Import

PIETER ASPE

Import

Voor Madeleine en Jan

De beste van alle rijkdommen is een goede vrouw te vinden.
– EURIPIDES

aspenv.be
facebook.com/pieteraspe

© 2016 Uitgeverij Manteau / WPG Uitgevers België nv,
Mechelsesteenweg 203, B-2018 Antwerpen en Pieter Aspe
www.manteau.be
info@manteau.be

Vertegenwoordiging in Nederland:
WPG Media
Wibautstraat 133 – 1097 DN Amsterdam
Postbus 1050 – 1000 BB Amsterdam

Eerste druk april 2016

Omslagontwerp: Wil Immink
Omslagfoto: iStock
Opmaak binnenwerk: Ready2Print

Alle rechten voorbehouden. Niets uit deze uitgave mag worden verveelvoudigd, opgeslagen in een geautomatiseerd gegevensbestand of openbaar gemaakt, in enige vorm of op enige wijze, hetzij elektronisch, mechanisch, door fotokopieën, opnamen of op welke wijze ook, zonder voorafgaande schriftelijke toestemming van de uitgever.

ISBN 978 90 223 3243 6
D 2016/0034/338
NUR 330

1

André Dumoulin probeerde *De geboorte van Venus*, Botticelli's bekendste schilderij, te visualiseren in zijn hoofd terwijl hij met hangende schouders langs de vloedlijn slenterde. Hij was geen kunstliefhebber, evenmin was hij onder de indruk van de glorieuze zonsopgang die opnieuw een hete dag aankondigde, hij had het gewoon nodig om aan iets anders te denken, te vergeten dat hij vannacht in het casino van Blankenberge negenduizend euro had vergokt. Wroeging en opluchting. Wroeging omdat hij het verlies nooit meer kon goedmaken, opluchting omdat geldgebrek noodgedwongen een einde had gemaakt aan de drang om ermee door te gaan. Zijn vrouw en twee vrienden waren op de hoogte van zijn verslaving, ze hadden hem aangespoord professionele hulp te zoeken. Hij had hen in de waan gebracht dat hij hun advies had gevolgd, zij wisten niet dat het van kwaad tot erger was gegaan, de put steeds dieper werd, het gat niet meer te dichten was. Hij vroeg zich af hoe lang het nog zou duren voor zijn werkgever erachter kwam dat hij de afgelopen maand al twee keer een aanzienlijke som had verdonkeremaand door valse facturen op te stellen en het geld op zijn rekening te laten bijschrijven. En dat was nog maar het topje van de ijsberg. Hij was de tel kwijtgeraakt voor hoeveel hij bij louche kredietverstrekkers in het krijt stond, welke vrienden en kennissen hij nog geld verschuldigd was. Venus vervaagde, hij slaagde er niet in het beeld vast te houden dat hem als jongen van veertien zo diep had getroffen, de eerste naakte vrouw die zijn ogen hadden aanschouwd. Tegenwoordig hoefde niemand die een stel borsten wilde zien nog een museum binnen te lopen of een kunstboek open te slaan, je kreeg ze ongevraagd geserveerd als de zon scheen. André bleef staan, hield zijn hand boven zijn ogen, kneep ze dicht tegen het felle licht, tuurde over de immense watervlakte en daarna over het onaangeroerde strand waar zich straks tientallen schaars geklede godinnen zouden neervlijen, pronken met hun afgetrainde lichamen, geduldig wachtend tot iedere vierkante centimeter van hun huid diep bruin was gekleurd. Zijn gedachten dreven weg als schuimvlokken in een leeglopend bad, vederlicht en broos. Het duurde een aantal seconden voor hij zich realiseerde dat de hobbel waar zijn starende blik was blijven hangen een mens was. Hij schrok op uit zijn dagdromen, versnelde de pas in de richting van de langwerpige verhevenheid die herkenbaarder werd naarmate hij dichterbij kwam. Het was het lichaam van een kalende man met een normaal postuur. André schatte hem een jaar of vijfenveertig. Hij leek morsdood, maar hoe kon je zoiets met zekerheid weten? Hij ging op zijn hurken zitten, probeerde een polsslag te detecteren. De drenkeling voelde ijskoud aan. André was geen arts, maar het kon bijna niet anders dan dat de man die hij voor een hobbel had aangezien al een tijdje dood was. Wat nu? Hij keek schuw en onrustig om zich heen. Er viel in de wijde omgeving niet één vroege wandelaar of jogger te bekennen. André krabbelde overeind, zette twee stappen naar achteren, bekeek het lijk onderzoekend. Vreemd. De drenkeling droeg dure schoenen, een jasje van fijn leer, een Breitling-polshorloge en er zat een knoert van een zegelring om zijn vinger. Mensen die van plan waren zelfmoord te plegen lieten hun kostbare spullen thuis of deden ze af voor ze in het water sprongen, want dat was wat er waarschijnlijk was gebeurd. De zegelring en het kostbare horloge prikkelden zijn nieuwsgierigheid. Wat als... Het dilemma hield hem gedurende een aantal minuten bezig. Ondertussen streken vier meeuwen op een paar meter afstand van het aas neer, wachtten rustig af tot ze de kans kregen hun honger te stillen. André verjoeg ze met armgezwaai en geschreeuw, de brutale vogels lieten zich niet afschrikken, ze kwamen steeds talrijker terug, hoe langer hij wachtte, hoe moeilijker het zou worden ze op een afstand te houden. Talmen had geen zin. Hij haalde een mobieltje uit zijn broekzak, belde de hulpdiensten, bleef bij het lijk van de onbekende staan tot de ambulanciers arriveerden.

Hannelore droeg een doorzichtig niemendalletje dat Van In haar lang geleden cadeau had gedaan. Ze had het een keer gepast om hem zijn pleziertje te gunnen en het daarna veilig opgeborgen wegens te weinig verhullend. De aanhoudende hittegolf was de enige reden waarom ze het weer uit de kast had gehaald. Van In had er gelukkig niet van geprofiteerd en haar met rust gelaten, de verlammende hitte zorgde er immers voor dat de meeste mannen bepaalde inspanningen vermeden. Het leven beperkte zich nog tot essentiële activiteiten als drinken, douchen, een beetje eten en voor de rest alleen doen wat strikt noodzakelijk was. Hannelore had koffie gezet en een stokbrood gesneden voor wie een hap door zijn keel kon krijgen.

'Volgens de weerman wordt het morgen wat koeler.'

Van In zag er niet uit in shorts, een hemd met korte mouwen en op sandalen, maar hij trok zich de blikken van zijn collega's en de flauwe grapjes die ze erover maakten

niet aan, dat had hem te veel energie gekost. Zweetvlekken tekenden zich nu al af onder zijn oksels, hoewel hij juist had gedoucht.
'Dat zei hij gisteren ook, ik hoop dat ze vandaag onze airco komen leveren.'
De hittegolf hield het grootste deel van Europa in haar greep, de vraag naar mobiele aircotoestellen was met ruim drieduizend procent gestegen, de fabrieken konden de vraag niet bijhouden hoewel er 24/7 werd geproduceerd.
'We kunnen ook in de auto slapen.'
'Waarom niet in de koelkast?' klonk het schamper.
Het scheelde niet veel of de onschuldige woordenwisseling was op een fikse ruzie uitgedraaid, twee slapeloze nachten hadden hun humeur geen goed gedaan. Gestommel op de trap smoorde het dreigende conflict, als de kinderen er niet waren geweest was het wellicht zover gekomen.

Zlotkrychbrto leek op een goedkope kloon van Frankenstein met zijn priemende ogen, vierkante kop, hoekige schouders en platgedrukt haar. Hij zag er ook niet opgewekt uit omdat hij geen ochtendmens was. Het enige voordeel van vroeg opstaan was dat het aan de vloedlijn aanmerkelijk frisser was dan in zijn slaapkamer. Twee geüniformeerde agenten van de Blankenbergse politie escorteerden hem naar de plek waar de drenkeling lag. Ze hadden het lijk een vijftal meter verplaatst vanwege het opkomende tij.
'Hebben jullie de technische recherche gebeld?'
'Ze zijn onderweg', haastte een van de agenten zich.
Hij kende de reputatie van de stugge wetsdokter die al sinds jaar en dag in Blankenberge woonde, ze konden beter vriendelijk tegen hem doen, iedereen wist dat de Pool een hekel had aan de lokale politie, vanwege een misverstand twee jaar geleden, tenminste dat was zijn versie van de fei-

ten. In het pv dat de collega's hadden opgesteld stond dat er meer dan drie promille alcohol in zijn bloed zat en dat hij weerspannig was geweest, met als gevolg dat een van de agenten die hem in de cel had willen opsluiten in het ziekenhuis was beland.

'Komt er ook iemand van de recherche?'

'Ja', zei de andere agent. 'We hebben de federale politie op de hoogte gebracht.'

'Federale politie, mijn kloten. Het slachtoffer bevindt zich op het grondgebied van Brugge. Bel als de bliksem Van In en doe hem de groeten.'

Geen van beide agenten durfde een discussie aan te gaan op welk grondgebied het slachtoffer zich bevond omdat ze het zelf niet goed wisten.

'Goed zo.'

Zlotkrychbrto boog zich moeizaam voorover, klapte zijn tas open, haalde een spuit uit de verpakking en plofte de naald in het rechteroog van de drenkeling. Het gezicht van de ene agent trok wit weg, de andere draaide zich om terwijl hij zijn mobieltje uit zijn broekzak haalde. Ze hadden allebei gelukkig nog niets gegeten.

Van In en Saskia arriveerden een halfuur later. De schone en het beest. Zlotkrychbrto begroette hen met een scheve grijns en een stevige handdruk. Saskia beet op haar onderlip, haar vingers voelden aan alsof ze tussen een bankschroef hadden gezeten, maar ze bleef glimlachen omdat ze wist dat hij het niet met opzet had gedaan. Ze vond het wel merkwaardig dat hij met zulke grove knuisten mensen met een ongelooflijke precisie in stukjes kon snijden.

'Waar is onze bruine ridder?'

'Voor een onderzoek naar het ziekenhuis.'

'Is hij weer te geweldig geweest in bed?'

'Nee, Zlot, het is niet wat je denkt. Guido voelt zich de laatste tijd niet zo goed, hij wil weten wat er aan de hand is.'
'Ik ga in ieder geval akkoord met je nieuwe keus.'
'Ik ben niemands keus, doktertje. Je zou je moeten schamen om op die manier over vrouwen te spreken.'
'Vrouwen, meisjes zul je bedoelen. Hoe oud ben je eigenlijk, Saskia? Twintig?'
'Denk maar niet dat ik je gezever als een compliment beschouw.'

Van In haalde diep adem, stak een sigaret op, inhaleerde diep. De korte wandeling over het strand was behoorlijk vermoeiend geweest, zijn kuitspieren deden pijn, maar dat had niets te maken met de inspanning die hij had geleverd. Het gebeurde steeds vaker dat hij 's nachts met verkrampte benen wakker werd en dat de pijn overdag weer de kop opstak. Misschien kon hij beter het voorbeeld van Versavel volgen en zich ook eens in het ziekenhuis laten onderzoeken.

'Gaan jullie nu alsjeblieft ophouden met kibbelen. Het is te warm om ons druk te maken. Vertel me liever wie het slachtoffer gevonden heeft.'

Er liep een straaltje zweet langs zijn slapen naar beneden, zijn hemd voelde klam aan op zijn huid en hij was kortademig. Het werd inderdaad hoog tijd dat hij anders ging leven. Waarom niet vanaf nu? Hij bekeek de sigaret die hij net had opgestoken, gooide ze achteloos in het zand, haalde opnieuw diep adem. Het maakte weinig verschil. Hij wierp een blik over zijn schouder, zag de vrachtwagen van de technische recherche over de Zeedijk rijden. Inderhaast opgeroepen agenten waren druk bezig met het afbakenen van een perimeter en dat was geen overbodige maatregel. De eerste zonnekloppers en nieuwsgierige oudjes die de drukte vanaf hun balkon hadden waargenomen troepten

samen op de promenade. Toeristen en gepensioneerden, ze vormden een even grote plaag als de meeuwen.
'Een zekere André Dumoulin', zei Zlotkrychbrto. 'Hij heeft ook de hulpdiensten gebeld.'
'Waar is hij?'
'De politie van Blankenberge heeft zijn verklaring genoteerd en hem daarna naar huis gestuurd. Volgens hen woont hij in de buurt.'
'Oké. Dan laten we hem voorlopig met rust. Wil jij onze Blankenbergse collega's vragen of ze me een kopie van die verklaring kunnen bezorgen?'
'Ik vraag me af wat onze chef zou doen zonder assistent', lachte Saskia.
'Stuntelen, meisje.'
'Ik ben je meisje niet, Zlot.'
'Dat is dan bijzonder jammer.'
Saskia keek de mannen strijdlustig aan, zij trokken een onschuldige smoel. Zelfs Van In vond het niet seksistisch een knappe vrouw 'meisje' te noemen.

Hakim keek met een vertederde blik naar de vrouw die naast hem lag te slapen, hoewel hij zich zorgen maakte om hun toekomst. Het was waar dat ze voorlopig niets hoefden te vrezen van de sadisten van IS die het grootste deel van zijn familie op een barbaarse manier hadden uitgemoord, de vraag was hoe lang het nog zou duren voor ze ook Europa onder de voet liepen. Hij had waarschijnlijk zijn schouders opgetrokken indien iemand hem die vraag een week geleden had gesteld, maar vanochtend was hij wakker geworden met het prangende gevoel dat er iets mis aan het gaan was. Hij wist alleen niet wat. Hij legde zijn handen onder zijn hoofd, keek naar het plafond, probeerde zich de sterrenhemel voor te stellen die hij als kind urenlang had liggen bewonderen in de woestijn terwijl hij zich zoals ieder kind had afgevraagd of het heelal werkelijk oneindig groot was, of het ergens stopte en wat er dan achter lag. De herinneringen aan vroeger deden de onrust heel langzaam afnemen tot hij weer volop kon genieten van haar aanwezigheid.

'Ben je nu al wakker, schat?'

Ze draaide zich op haar zij, keek hem verbaasd aan. Aisha was achtentwintig en net als hij geboren in Syrië. Ze hadden elkaar acht maanden geleden ontmoet in een opvanghuis voor asielzoekers. Het was liefde op het eerste gezicht geweest, terwijl ze allebei beseften dat ze op geleende tijd leefden en beter van ieder moment konden genieten.

'Zal ik thee voor je zetten?'

'Je hebt mijn vraag niet beantwoord, Hakim', klonk het mild verwijtend.

Hij kon niets voor haar verborgen houden hoewel ze elkaar nog niet zo lang kenden en zij had ondertussen geleerd dat zijn netvlies iedere emotie vastlegde als zilvernitraat op een gevoelige plaat.

'Ik heb me even zorgen gemaakt', zei hij bijna onverschillig.

'Is er dan iets waarover we ons zorgen moeten maken?'

'Ik weet het niet, blijf jij maar lekker in bed. Ik maak het ontbijt wel voor je klaar.'

Hij liet zich uit het bed glijden, sloeg een zijden badjas om en liep blootsvoets naar beneden. De hitte had geen vat op hem, hij was de verzengende woestijn gewend. Het leek of hij weer thuis was. De keuken was aan kant zoals gewoonlijk, Aisha kookte niet alleen voortreffelijk, ze was bovendien een zorgzame huisvrouw. Hij glimlachte. Een overdosis geluk kon mensen onrustig maken omdat mooie liedjes in principe niet lang duurden, maar Hakim probeerde zich geen zorgen meer te maken, ze hadden allebei zoveel ellende te verwerken gekregen dat Allah hun wat extra tijd schuldig was. De ietwat zondige gedachte, Allah was niemand iets schuldig, deed hem de wenkbrauwen fronsen, maar het bleef bij fronsen omdat hij in een liefdevolle god geloofde die hem een dergelijke gedachte niet kwalijk zou nemen, in tegenstelling tot de gekken die de naam van de allerhoogste misbruikten om zogezegde zondaars te folteren en te vermoorden. De heksenjacht op iedereen die zich weigerde te schikken naar de barbaarse wetten had hem en miljoenen landgenoten het land uitgedreven, een diaspora waaraan voorlopig geen einde leek te komen. Hakim bleef glimlachen terwijl hij de waterkoker aanzette en een blikken doos thee uit de kast haalde. Hij en Aisha hadden geboft. Haar asielprocedure was vlot verlopen, hij had bijna onmiddellijk werk gevonden toen hij anderhalf jaar geleden naar België was uitgeweken en ze woonden in een relatief modern huis. De heimwee was voor later of voor nooit meer.

'Weten we al iets meer over het slachtoffer?'

Van In stond op een veilige afstand, de aanblik van een lijk bezorgde hem slappe knieën en er viel niet veel meer vast te stellen behalve dan dat de drenkeling dood was. Het aantal nieuwsgierigen op de Zeedijk was ondertussen zienderogen aangegroeid en de eerste persmuskieten waren gearriveerd. Minstens tien krachtige telelenzen zochten naar beelden die morgen de voorpagina's van menige krant zouden illustreren. De jacht op exclusieve beelden zou echter niet veel opleveren omdat Klaas Vermeulen, de chef van de technische recherche, een tentje boven het aangespoelde lijk had laten plaatsen.

'Het slachtoffer heeft niets bij zich dat hem kan identificeren.'

Zlotkrychbrto stak een sigaret op en bood Van In er een aan. Hij weigerde het aanbod met een slap gebaar.

'Ben je ziek?'

'Nee. Ik heb gewoon even geen trek.'

'Dan ben je toch ziek', lachte de Pool.

'Ik heb geen tijd om ziek te zijn.'

Zlotkrychbrto knikte. De commissaris had duidelijk zijn dagje niet, dat hij een sigaret weigerde was een feit dat voor zich sprak. De politiearts trok zijn gezicht in een ernstige plooi, verwijderde een denkbeeldig pluisje van de revers van zijn versleten jasje.

'Volgens mij is hij verdronken', zei hij zuinig.

'Is hij al lang dood?'

'Dat is nog niet exact te bepalen.'

'Heb je je thermometer vergeten?'

'Nee, beste vriend. Ik heb mijn thermometer niet vergeten, in bepaalde omstandigheden moet ik een beroep doen op andere technieken om het tijdstip van het overlijden te bepalen. Bij een drenkeling kun je beter wat oogvocht laten analyseren, het resultaat is nauwkeuriger dan bij de klassieke temperatuurmethode. Zal ik je uitleggen hoe...'

'Nee, laat maar, Zlot. Ik weet genoeg.'

De gedachte dat de wetsdokter het oog van de drenkeling aanprikte deed hem huiveren, ondanks de toenemende hitte. Hij kneep zijn ogen dicht, raakte het vreselijke beeld maar niet kwijt. Van In was als kind getuige geweest van een verkeersongeval waarbij een been van een motorrijder was afgerukt en dat beeld was hem tot nu toe bijgebleven. Het idee van nog zo'n nare herinnering deed hem kribbig reageren op het tumult dat een eindje verderop was ontstaan.

'Wat is er nu weer misgelopen?'

Op de Zeedijk was een hevige discussie losgebarsten tussen boze badgasten die luidruchtig hun plekje op het strand opeisten en twee agenten die erop moesten toezien dat niemand de perimeter overschreed. Het conflict dreigde uit de hand te lopen toen een ongeduldige surfer een van de agenten met zijn plank opzijduwde.

'Ik stel voor dat we versterking vragen.'

Saskia kwam zelden op een plaats delict, ze had geen ervaring met opdringerige toeschouwers.

'We kunnen ook de perimeter kleiner maken', zei Zlotkrychbrto, die al ergere dingen had meegemaakt.

Van In ging er niet op in. Hij draaide zich om, ploeterde als een dronkenman door het mulle zand in de richting van de mopperende menigte. De stuwende adrenaline leidde zijn gedachten af van de injectienaald en het afgerukte been. Hij arriveerde net op tijd. De twee agenten waren erin geslaagd de opstandige surfer in bedwang te houden, maar het was een kwestie van tijd voor ze het onderspit zouden delven tegen de vier jonge kerels die kwamen aangelopen om hun vriend te ontzetten. Hij beklom de helling, mengde zich in het dispuut. Vijftig jaar geleden had hij ongestraft zijn pistool kunnen trekken en een waarschuwingsschot lossen, tegenwoordig had het woord ordehandhaving een totaal andere betekenis gekregen. Hij verzocht de twee agenten de jonge surfer los te laten en wendde zich tot de vier kerels die hun vriend te hulp kwamen.

'Ik ben commissaris Van In. Wie zijn jullie?'

De vraag deed hen alle vier verbaasd opkijken. De opstandige surfer stond er beteuterd bij. Het geroezemoes verstomde, Van In besefte dat hij geen moment te verliezen had, hij begon zijn speech met 'beste mensen' en eindigde met 'ik dank jullie voor jullie medewerking'. Er werden foto's genomen, journalisten schoven aan om een interview af te nemen van de flik die de menigte met een korte toespraak had gekalmeerd. Van In hield woord. Hij gaf de

agenten de opdracht een doorgang te maken zodat zij die het wilden in de zee konden. De menigte loste daarna vanzelf op als een suikerklontje in een kop hete koffie.
'Je lijkt Versavel wel', zei Saskia. 'Zo rustig heb ik je nog nooit bezig gezien.'
'Ik ook niet', beaamde Zlotkrychbrto. 'Heb je een pilletje genomen?'
'Nee. Ik heb geen pilletje genomen, maar ik lust wel een Omer. Is hier ergens een kroeg in de buurt? Hoe laat is het nu?'
'Halfnegen', zei Saskia ongelovig.
'Dan vinden we wel iets dat open is. Vergeet niet dat het hoogseizoen is en we aan de kust zijn.'

Dokters laten zelden of nooit blijken wat ze denken als ze met een patiënt bezig zijn. Verbeeldde hij zich wat of was het beroepsmisvorming, Versavel meende uit de lichaamstaal van de cardioloog te kunnen afleiden dat er iets ernstigs met hem aan de hand was. De arts ontweek zijn blik en het leek alsof hij zijn kaken op elkaar klemde terwijl hij de pompende hartklep op het scherm bestudeerde.
'Hebt u soms last van druk op uw borst?' vroeg hij op een neutrale toon.
'Nee', zei Versavel. 'Maar ik voel me minder fit dan vroeger.'
'Rookt u?'
'Nee.'
'Drinkt u?'
'Occasioneel.'
'Sport?'
'Niet meer. Is er een probleem?'
'Ik denk het wel.'
Het klonk als een doodvonnis. Versavel was geen hypo-

chonder, maar evenmin iemand die alles aan zijn laars lapte. Het antwoord van de cardioloog zette het deksel van de doos van Pandora op een kier. Hij zag zichzelf op een operatietafel liggen, in een rolstoel zitten, langzaam wegkwijnen achter het raam tot magere Hein kwam aankloppen.

'Maar we kunnen het wel verhelpen', haastte de cardioloog zich toen hij besefte wat zijn voorzichtige formulering bij de patiënt had teweeggebracht. 'Een hartklep vervangen is tegenwoordig een routineoperatie en u verkeert bovendien in een uitstekende conditie.'

De hartklep was inderdaad het probleem niet, het verslag dat een van zijn collega-artsen bij het dossier had gevoegd was veel onrustwekkender, maar het was gelukkig niet zijn taak om dat mee te delen.

'U hoeft zich geen zorgen te maken over uw hart, meneer Versavel.'

Dat was nogal botweg, de patiënt leek het ook zo aan te voelen. Zijn gezicht drukte ongeloof uit.

'U mag zich weer aankleden', zei de cardioloog. 'Ik loop even met u mee naar de receptie om een nieuwe afspraak te maken.'

'Is het dringend?'

'Niet echt, maar we kunnen beter niet te lang wachten. Kunt u volgende week nog eens langskomen? Dan zullen we de rest bespreken.'

De rest, welke rest, dacht Versavel wanhopig. Hij trok zijn hemd aan, knoopte het dicht, ging op een stoel zitten, stak zijn voeten in zijn schoenen, sloeg zijn ogen op omdat hij de indruk had dat er een donkere schaduw boven zijn hoofd zweefde. Zo gaat het dus in zijn werk, zei hij in zichzelf. De jonge cardioloog stond al bij de deur met het dossier onder zijn arm geklemd. Versavel liep met hem mee naar de receptie, waar ze met een handdruk afscheid van elkaar namen nadat er een nieuwe afspraak was gemaakt. Versavel liep met gebogen schouders naar de lift, de jonge cardioloog keek nog een keer om voor hij om de hoek verdween op weg naar een volgende patiënt. Er stonden vier mensen in de lift: een man in een keurig zwart pak die verdacht veel op een begrafenisondernemer leek, een oudere vrouw met opgezwollen omzwachtelde benen, een jonge moeder met een kindje op de arm en een uitgemergelde grijsaard met een pakje sigaretten in zijn hand. De afdaling verliep in absolute stilte, de liftgebruikers zaten opgesloten in hun eigen universum. Versavel wandelde in een bos, bewonderde de forse eiken, zag hoe een van de bomen werd verzaagd tot duimdikke planken die uiteindelijk in het atelier van een lijkkistenmaker belandden. De lift kwam met een bijna onmerkbaar schokje tot stilstand. Iedereen stapte uit op de begane grond. Versavel liep net als de anderen door de fraaie hal naar de uitgang, iemand knikte hem toe, hij reageerde niet. Hij had veel zin om een kroeg binnen te lopen en zich te bezatten nu hij bijna zeker wist dat sober leven geen garantie was voor een langer leven. Hij had op de bus kunnen wachten, hij deed het niet. Hij belde Van In en daarna een taxi.

De schaduw zorgde amper voor verkoeling, de occasionele ventilator op het terras produceerde warme wind, Van In was genoodzaakt zijn glas snel leeg te drinken voor het bier te warm werd, maar een dergelijk tempo was niet vol te houden met Omer, hij kon niet anders dan tussendoor ook water bestellen.
'Daar heb je hem.'
Van In wees naar de overkant van de straat waar een taxi was gestopt. Versavel stapte uit, betaalde de rit en kwam met afgemeten passen naar hen toe. Hij liep een beetje hou-

terig en met hangende schouders. Van In had er een eed op durven doen dat zijn voorhoofd meer rimpels telde dan de dag ervoor. Weinig mensen fleurden op van een bezoek aan het ziekenhuis omdat je er zelden even gezond naar buiten kwam als je er binnenging. Wat ze je tegenwoordig allemaal probeerden wijs te maken. Die dekselse dokters ontdekten gegarandeerd iets verontrustends en zelfs als ze geen anomalie konden vinden, stuurden ze je weg met de overtuiging dat er iets grondig mis was met je levensstijl. Roken, drinken, slechte eetgewoonten, te weinig lichaamsbeweging, stress op het werk, ouderdom, er viel altijd iets op je aan te merken. Van In kon zich voorstellen hoe zijn vriend zich voelde. Hij stond op, liep hem tegemoet en sloeg zijn armen om zijn schouders.

'Ik had je vandaag niet meer verwacht.'

'Het ging vlot.'

'Tant mieux, mon ami. Kom erbij zitten. Wat wil je drinken?'

'Water.'

Zelfs Saskia, die Versavel bij lange niet zo goed kende als Van In, zag onmiddellijk dat hem iets scheelde. Zlotkrychbrto gedroeg zich zoals gewoonlijk als een olifant in een porseleinkast.

'Het is zeker geen goed teken als ze je te snel naar huis sturen. Neem mijn vader bijvoorbeeld, een boom van een kerel, ijzersterk gestel, nooit ziek, laat zich een keer onderzoeken in het ziekenhuis en...'

'Moet jij niet dringend iemand in stukjes gaan snijden, of moet ik de klus voor je klaren?'

Het was niet direct de elegantste manier om Zlotkrychbrto duidelijk te maken dat hij kon opkrassen, het werkte in ieder geval. De wetsdokter mompelde iets onverstaanbaars, waarschijnlijk een of andere Poolse verwensing, pak-

te zijn tas en verdween zonder iemand de hand te drukken.
'Was dat niet een beetje te drastisch?'
'Nee, Guido. Het is de enige taal die hij begrijpt.'
Van In pakte zijn glas, walste het bier dat ondertussen toch lauw was geworden, nam een slok en trok een vies gezicht.

Saskia parkeerde de auto in de buurt van het station omdat de winkelstraat tijdens het seizoen voor alle verkeer was afgesloten, geen overbodige luxe, want er leek geen einde te komen aan de schare zonnekloppers die zich op hun weg naar het strand door de smalle doorgang wurmden en daarbij niets of niemand ontzagen. Je kwam er de vreemdste schepsels in de gekste kleren tegen, wie er nog nooit was geweest waande zich op een andere planeet. Van In deed zijn best om een obese cowboy te ontwijken die in een elektrische rolstoel tussen de meer normale mensen slalomde, vermeed wandelaars met aangelijnde honden en gezinnen met kleine kinderen omdat hij liever niet in aanvaring kwam met licht ontvlambaar volk. De expeditie van het stationsplein naar het appartement van Dumoulin in een schijnbaar uitgestorven zijstraat verliep echter vlekkeloos. Er viel niets noemenswaardig meer voor behalve dat Saskia op het nippertje een hondendrol had kunnen ontwijken. Ze belde aan, wachtte tot de deurtelefoon werd opgenomen, stelde zich voor.

'Mogen wij naar boven komen, meneer Dumoulin?'

Het antwoord was een korte zoemtoon. Van In duwde de deur open, liep voorbij de lift en nam de trap naar de tweede verdieping, tot grote verbazing van Versavel, die nog niet had gemerkt dat zijn vriend het afgelopen uur niet had gerookt. De voordeur van het appartement stond op een kier. Saskia klopte discreet aan.

'Komen jullie maar binnen', klonk het vanuit de woonkamer. André Dumoulin had een korte broek en een marcelleke aan, zijn vrouw was keurig gekapt, had slanke vingers en een rustige, bijna berustende blik in haar ogen. Ze droeg een zomerjurkje dat zedig tot aan haar knieën reikte en teenslippers met een oranje margriet erop. Het meubilair was duidelijk afkomstig van een kringloopwinkel en strookte niet met het schilderij aan de muur, een doek van Edgar Tytgat dat minstens vijfentwintigduizend euro waard was. De vrouw nodigde hen uit te gaan zitten en vroeg of ze iets wilden drinken. Er was geen airco in het appartement, hoewel het er vrij nieuw uitzag, de temperatuur binnen schommelde rond de dertig graden. Niemand sloeg bijgevolg het aanbod af om iets te drinken.

'Er is koffie, frisdrank en water', zei de vrouw met een omfloerste, melancholische stem als van een fadozangeres. Een en al weemoed.

'Koffie is oké', zei Van In.

Zijn moeder had altijd beweerd dat warme dranken meer verfrissing gaven dan koude als het erg heet was, daarom dronken woestijnbewoners bijna uitsluitend hete thee.

'Als ik het goed begrijp kwam u terug van het casino in Blankenberge.'

Hij had de verklaring die Dumoulin had afgelegd gelezen en er een paar kanttekeningen bij geplaatst.

'Inderdaad.'

'Bent u een gelegenheidsspeler of komt u er wel vaker?'

'Wat heeft dat ermee te maken?' reageerde Dumoulin verstoord.

Zijn vrouw, die met een dienblad uit de keuken kwam, probeerde hem te sussen.

'Vertel hun de waarheid, André. Waarom zou je jezelf vergoelijken. Iedereen in Blankenberge weet dat je een onverbeterlijke gokker bent.'

Ze had het nooit geloofd dat hij ermee gekapt had, ze had zich neergelegd bij de realiteit dat hij ongeneeslijk ziek was en zich voorgenomen er niet meer over te zeuren.

'U hebt gelijk maar uw vrouw ook, meneer Dumoulin. Het feit dat u gokt heeft waarschijnlijk niets met de drenkeling te maken, maar u moet ook begrijpen dat wij ons werk moeten doen en alle gegevens verzamelen die in deze zaak relevant kunnen zijn.'

De voorzichtige aanpak leek Dumoulin te kalmeren, hij knikte. Van In probeerde minzaam te glimlachen.

'Mag ik ook weten hoeveel u vannacht hebt verloren?'

'Dat gaat u geen moer aan.'

'Maak het uzelf toch niet zo moeilijk, meneer Dumoulin, of wilt u echt dat ik contact opneem met de verantwoordelijke van het casino?'

'Nee, dat hoeft nu ook weer niet.'

'Hoeveel?'

'Negenduizend.'

'Negenduizend', herhaalde Van In. 'Als ik het goed gelezen heb, werkt u voor een transportbedrijf. Mag ik weten hoeveel u daar verdient?'

'Tweeduizend honderdvijfenvijftig euro', zei de vrouw van Dumoulin voor hij kon antwoorden.

Ze was de laatste jaren door een hel gegaan. De gokverslaving van André had hen al hun spaargeld gekost, ze hadden een deel van hun interieur moeten verkopen en dan waren er nog de leningen die hij achter haar rug had aangegaan.

'Als ik de huur en de vaste kosten niet zelf zou betalen, stonden we allang op straat.'

Van In knipperde met zijn ogen. Experts beweerden dat

een gokverslaving erger was dan een alcohol- of rookverslaving. Hij kon het zich amper voorstellen, maar geloofde haar wel. Het was ook een van de redenen waarom ze nu bij hem waren langsgekomen.

'Uw man zou een extraatje dus goed kunnen gebruiken.'

'Wat wilt u insinueren, commissaris?' vloog Dumoulin uit. 'Ik heb verdorie mijn burgerplicht gedaan. Waarom zou ik de hulpdiensten bellen als ik van plan was het slachtoffer te beroven?'

De heftige reactie bewees dat ze gelijk hadden. Zowel Zlotkrychbrto als Saskia had gemerkt dat de aftekening op de pols van de drenkeling afkomstig was van een horloge.

'Ik zal u wat vertellen, meneer Dumoulin. We zijn absoluut niet van plan u te vervolgen, op voorwaarde dat u ons het horloge en eventueel nog andere persoonlijke spullen van de drenkeling overhandigt. De rest is uw probleem. Wat denkt u van mijn voorstel?'

Het duurde geen tien seconden voor meneer Dumoulin een beslissing nam. Hij stond op, liep naar de slaapkamer en kwam terug met het Breitling-horloge en de zegelring. Hij overhandigde ze met gebogen hoofd aan Van In en ging zonder een woord te zeggen weer zitten.

2

Het nieuwe Brugse Politiehuis was energiepassief, de capaciteit van de airco in normale omstandigheden voldoende om een comfortabele temperatuur te garanderen, maar het systeem was niet opgewassen tegen de hete woestijnlucht die al dagenlang vanuit het zuiden werd aangevoerd. Van In zat te zweten aan zijn bureau, hoewel hij niets meer deed dan de krant lezen. De persmuskieten hadden hun werk voor een keer goed gedaan. Ze hadden de officiële foto's van de drenkeling gepubliceerd, die van de ring, de voor- en de achterkant van de Breitling en een close-up van de naam en de datum die erin stonden gegraveerd: Michiel, 6 juli 2015. Het was een kwestie van tijd voor een familielid of vriend zich zou melden om het slachtoffer te identificeren, maar het hoefde allemaal niet snel te gebeuren, niemand had veel zin om onmiddellijk in actie te komen. Zelfs Achilles Beirens, die ondertussen volledig hersteld was van zijn verwondingen, zat loom op een stoel. Versavel transpireerde eveneens, de rug van zijn hemd was doorweekt, maar hij zeurde er niet over. Hij nipte van de hete koffie, depte zijn voorhoofd met een ouderwetse katoenen zakdoek. Saskia had van de gelegenheid geprofiteerd om een jurkje aan te trekken waarmee ze anders niet op het werk had durven te verschijnen omdat het ietsepietsie te luchtig was en het decolleté gewaagder dan ze gewend was, maar het voelde tenminste koel aan. Niemand had tot nu toe bezwaar gemaakt tegen haar zomeruniform.

'Ik heb op het internet een tip gevonden om de situatie wat draaglijker te maken', zei Achilles plotseling. 'Ik weet alleen niet of het werkt, maar ik wil het wel proberen.'

Het bleef stil. Niemand reageerde omdat het hun geen barst kon schelen met welke tip hun jonge collega voor de dag zou komen.

'Willen jullie het echt niet weten?'

'Vertel, we luisteren.'

Van In wilde hem niet teleurstellen, hij veinsde interesse omdat Hannelore zonder de tussenkomst van Achilles misschien dood was geweest.

'Ligt er ijs in de diepvriezer?'

'Ik denk het wel', zei Saskia. 'Zal ik het halen?'

'Graag', glimlachte Achilles terwijl hij stiekem van de contouren van haar lichaam genoot.

Hij had zich tijdens zijn verblijf in het ziekenhuis gerealiseerd dat Hannelore onbereikbaar voor hem zou blijven, had zich er tegen zijn zin bij neergelegd hoewel hij de gevoelens die hij voor haar koesterde nooit volledig zou kunnen uitgommen. Hannelore zou voor altijd zijn prinses blijven, de jonkvrouw die hij uit de klauwen van de draak had gered. De littekens van de kogels die hij voor haar had opgevangen zouden hem blijven herinneren aan de passie die hij nooit met haar had mogen beleven. De wulpse verschijning van Saskia werkte als een verdovende pleister, al was het maar voor even. Hij keek haar na toen ze naar buiten liep.

'Je hebt ons nieuwsgierig gemaakt, Achilles.'

Versavel depte zijn voorhoofd, stond op en ging bij de openstaande deur staan in de hoop dat de luchtcirculatie het zweet deed opdrogen, het was verloren moeite, er was geen zuchtje tocht.

'Menen jullie dat?'
'Natuurlijk.'
Van In probeerde zijn gezicht in de plooi te houden, wat Achilles ook wilde demonstreren, het was een manier om de verveling te verdrijven. Hij strekte zijn arm, nam een slokje lauwe koffie terwijl hij aan sigaretten dacht.

'Als je een zakje met ijs voor een ventilator hangt, koelt de lucht af en dan heb je het effect van een airco.'

'Eureka', murmelde Versavel. Het was tegenwoordig in om problemen op te lossen met behulp van dingen die daar eigenlijk niet voor gemaakt waren onder het motto 'baat het niet, het schaadt ook niet'. Saskia kwam binnen op het moment dat hij Achilles wilde vragen op welke manier hij het zakje met ijs voor de ventilator zou bevestigen.

'De chef heeft net gebeld', zei ze. 'Hij wil jullie dringend spreken.'

Van In wierp een veelbetekenende blik naar Versavel. Hoofdcommissaris Duffel was allesbehalve een paniekzaaier, als hij iemand dringend wenste te spreken had hij daar gegronde redenen voor. Ze talmden dus niet.

'Installeren jullie ondertussen de nieuwe airco, wie weet komt het ding van pas.'

Hij stond op, stak zijn voeten in zijn schoenen en slofte naar de deur. Hannelore had hem vanochtend verplicht een polohemdje van Lacoste aan te trekken en ze had een deftige bermuda en een paar bootschoenen voor hem gekocht omdat ze niet wilde dat zijn collega's hem de hele dag zaten uit te lachen. Het was de perfectie nog niet, zijn bolle buik viel amper te maskeren om nog maar te zwijgen van zijn melkwitte kuiten, maar het was een verbetering.

Had Duffel op het internet dezelfde site geraadpleegd als Achilles en ook een noodairco in elkaar geknutseld? Van In

had de indruk dat het in het kantoor van de baas veel koeler was dan in de rest van het gebouw.
'Goedemorgen Pieter, goedemorgen Guido. Ga zitten. Wat kan ik jullie aanbieden?'
Er zat al iemand, een man van een jaar of vijfendertig met een getaande huid in een modieus pak met glimmende zwarte schoenen, een jongere versie van wijlen Omar Sharif.
'Mag ik jullie Hakim voorstellen?'
De jongere versie van Omar Sharif glimlachte minzaam, stond op en stak zijn hand uit. Hij had lange, slanke vingers, perfect gemanicuurde nagels, verspreidde een zachte muskusgeur. Hij was ontegenzeggelijk het type man voor wie vrouwen in lange rijen stonden aan te schuiven en ongetwijfeld de natte droom van menige homo. Versavel vormde geen uitzondering, hij kon op het nippertje verhinderen dat zijn mond openviel.
'Hakim werkt voor de ESSE en ik hoef jullie niet uit te leggen wat de ESSE is.'
'Nee', zei Van In.
ESSE was de afkorting van zowel European Secret Service als van Service Secret Européen. De dienst was nog niet bekend bij het grote publiek omdat een geheime dienst nu eenmaal niet graag in de kijker loopt en deze meer bepaald nog te weinig gepresteerd had om enige bekendheid te genieten.
De geheime dienst was vijf jaar geleden opgericht op verzoek van de Duitse bondskanselier en de Franse president met het doel de veiligheid van het Europese territorium te garanderen en iedere poging tot destabilisatie van de gemeenschap te verhinderen. De ESSE had agenten in vaste dienst, maar deed soms ook een beroep op de gewone politie als dat opportuun was. Van In en Versavel hadden een paar jaar geleden voor de ESSE gewerkt en geholpen bij de

opsporing van een overloper, een opdracht die ze met glans hadden volbracht, wat hun heel wat prestige had opgeleverd bij de top van de internationale geheime dienst. De conclusie lag voor de hand: de aanwezigheid van Hakim had iets te maken met de drenkeling.

'Michiel Claes was een notoire internationale wapenhandelaar die we al een tijdje in de gaten hielden', zei Hakim. Hij had een zachte, sonore stem en zijn Nederlands klonk beter dan dat van de meeste Waalse ministers. Zijn droge, stevige handdruk en de rust die van hem afstraalde boezemden onmiddellijk vertrouwen in, Versavel had hem zelfs zijn vertrouwen geschonken als het anders was geweest. Hij kon zijn ogen gewoon niet van hem afhouden. Welwel, dacht Van In, die merkte wat er aan het gebeuren was.

'Hakim is hier om uit te zoeken hoe en waarom Michiel Claes gestorven is', zei Duffel. 'En de directeur van de ESSE heeft mij officieel gevraagd of wij hem daarbij kunnen helpen.'

'Wij?'

'Jullie.'

'Fijn', zuchtte Van In. 'Ik dacht even dat we met u op pad moesten.'

Duffel mocht een begenadigd manager zijn met de juiste instelling om een politiekorps te leiden, hij had geen kaas gegeten van het veldwerk omdat hij ervan overtuigd was dat hij misdaden vanachter zijn computer kon oplossen.

'Het is je vergeven, Pieter. Ik zorg er ondertussen voor dat je over de nodige middelen kunt beschikken om de moordenaar van Michiel Claes op te sporen.'

'Weten jullie nu al zeker dat hij vermoord is?'

'Volgens Hakim kan zijn dood op geen enkele andere manier verklaard worden.'

'Wie ben ik om Hakim tegen te spreken, laten we hopen

dat het rapport van Zlot ons meer duidelijkheid verschaft.'
Van In hield zich op de vlakte, de exotische agent van de ESSE mocht er betrouwbaar uitzien, het was nog af te wachten hoe efficiënt hij was en in hoeverre hij de baas zou willen spelen. Daarom gaf hij hem het voordeel van de twijfel.
'Een vraag, commissaris. Heeft de man die het lijk van Michiel heeft aangetroffen u behalve de Breitling en de ring nog iets anders overhandigd?'
'Nee.'
'Geen portefeuille?'
'Nee, geen portefeuille.'
Het kostte Van In moeite om niet te snauwen, niemand merkte dat hij zich aan het opwinden was, behalve Versavel.
'Dan stel ik voor dat we de eerlijke vinder nog eens een bezoekje brengen', zei Hakim zonder een spier te vertrekken. 'Kunt u dat voor me regelen?'
'Het is een halfuurtje rijden met de auto. Zal ik hem bellen en zeggen dat we eraan komen?'
'Zo snel hoeft ook weer niet. Neem rustig de tijd, ik moet eerst nog een paar zaken afhandelen voor we kunnen vertrekken.'
Your wish is my command, wilde Van In zeggen, hij zweeg. De goede indruk die de kloon van Omar Sharif had gemaakt dreigde te veranderen in een gevoel van onbehagen. Als Hakim een bleekscheet was geweest, had hij hem duidelijk gemaakt dat hij niet van plan was om met iemand samen te werken die hem als een loopjongen behandelde, maar met een gekleurde medemens was voorzichtigheid geboden. Tegenwoordig was één scheef woord voldoende om een klacht wegens discriminatie aan je broek te krijgen.
'Laat me weten wanneer je klaar bent', zei hij zeemzoet. 'We wachten wel.'

Er verstreken hooguit vijf seconden voor André Dumoulin besefte dat het krakend geluid van hout en de klap die erop volgde niet afkomstig was uit een ander appartement. Iemand had verdomme zijn voordeur geforceerd. Zijn vrouw kreeg de kans om één keer te gillen, voor een doffe plof een einde maakte aan haar noodkreet. Er stonden twee gemaskerde mannen in de deuropening, ze hielden allebei een pistool met geluiddemper voor zich.

'Ga liggen, handen in de nek.'

Een van de overvallers bleef in de woonkamer staan, de andere liep terug naar de hal, deed de deur weer dicht. De deurpost was licht beschadigd aan de buitenkant, maar wie zou er aandacht aan besteden. De bewoners van het appartement onder dat van André Dumoulin kwamen nog maar zelden buiten. De man was bijna potdoof en de vrouw zat in een rolstoel. De overige verdiepingen waren verhuurd aan vakantiegangers, die met dit weer zeker niet thuis waren.

'Waar is de portefeuille?'

'Welke portefeuille?'

Een van de overvallers zette zijn voet in de nek van Dumoulin, duwde hem met zijn gezicht tegen de vloer tot zijn neusbeen kraakte.

'De portefeuille', klonk het toonloos.

Dumoulin besefte dat zijn laatste uur geslagen had. De twee overvallers zouden niet aarzelen hem te vermoorden, ook als hij hun de portefeuille gaf omdat hij het geld eruit had gehaald en er een deel van zijn schulden mee had betaald.

'Ggg.'

Zijn neus deed verdomd pijn en hij kreeg moeite met ademen door de druk die de voet op zijn nek uitoefende, hij kronkelde, probeerde zijn hoofd opzij te draaien en naar lucht te happen.

'Er zijn andere methodes om hem aan het praten te krijgen', hoorde hij een van de overvallers zeggen. 'Straks breek je zijn ruggengraat nog.'
Twee handen trokken hem ruw overeind, duwden hem op een stoel. Op de vloer lag een kleine plasje bloed. De overvaller die hem overeind had getrokken, richtte zijn pistool op zijn linkerknie. Dumoulin wist wat hem te wachten stond. Een schot kon hem voor de rest van zijn leven kreupel maken. Een bevriende gokker die zijn schulden niet meer kon betalen had het aan den lijve ondervonden, de dokters hadden gedaan wat ze konden, hij liep nog altijd op krukken.
'De portefeuille.'
'Ik heb het geld uitgegeven.'
'Het geld interesseert me niet. Ik wil de portefeuille.'
Dumoulin slikte, wat kon er in de portefeuille zitten dat kostbaarder was dan de zesduizend euro die hij eruit had gehaald?
'De vuilniszak.'
'Waar?'
'In de berging.'
De vuilniszak was halfvol, de overvallers deden niet de moeite om in het afval te woelen, ze kieperden de inhoud uit op de vloer. De vrouw van Dumoulin had een beroerte gekregen mocht ze zoiets meegemaakt hebben, maar het maakte nu niet meer uit. Ze was dood. De portefeuille lag tussen het koffiegruis, hij voelde nog vochtig aan. De tweede overvaller sloeg hem open, bekeek de inhoud, klapte hem weer dicht en knikte naar zijn kompaan. De loop van het pistool verplaatste zich van de knie naar het hoofd van Dumoulin. Plof en nog eens plof voor de zekerheid. Een hel licht deed zijn schedel exploderen, flarden van herinneringen dwarrelden als sneeuwvlokken in zijn hoofd, een

zoete zaligheid daalde over hem neer, zijn oogleden vielen dicht voor een slaap waaruit hij nooit meer zou ontwaken.

Meneer en mevrouw Dumoulin hadden niet thuis kunnen zijn omdat ze boodschappen aan het doen waren bijvoorbeeld of een ommetje maakten, toch had Versavel een vreemd voorgevoel dat er iets ergs gebeurd was toen er na herhaaldelijk aanbellen niet werd opengedaan. Van In stond een eindje verderop in de schaduw te overwegen of hij een sigaret zou opsteken, Hakim frunnikte verstrooid aan zijn neus. Toen ook de onderburen niet reageerden, belde Van In een slotenmaker en stak een sigaret op. De droge rook schroeide zijn keel, de bittere smaak hechtte zich vast aan zijn verhemelte, maar hij bleef roken omdat zijn lichaam om nicotine schreeuwde.

'Waarom denk je eigenlijk dat Claes vermoord is?' vroeg Van In terwijl ze op de slotenmaker aan het wachten waren.

'Waarom wordt een wapenhandelaar doorgaans vermoord, commissaris?'

Het klonk een beetje neerbuigend. Tijdens de rit van Brugge naar Zeebrugge hadden ze amper een woord met elkaar gewisseld. Hakim had de hele tijd naar buiten zitten staren, onbeweeglijk als een Arabische prins die de horizon afspeurde op zoek naar een vijand. Was het door zijn houding of zijn uiterlijk dat hij een soort natuurlijk gezag uitstraalde? Wat deed een Syriër eigenlijk bij de Europese geheime dienst? Was hij echt te vertrouwen? Hoe lang zou het duren voor ze elkaar in de haren vlogen?

'Omdat hij stout geweest is?'

'Is dit westerse humor?'

'Nee, maar ik vind dat we open kaart moeten spelen, meneer Hakim. Ik wil weten waarom de portefeuille zo belangrijk is.'

'Omdat hij waarschijnlijk informatie bevat over een operatie die het lot van de Europeanen kan veranderen.'
'Waarschijnlijk', zuchtte Van In.
Hij probeerde zijn peukje tussen de tralies van een rioolputje te mikken. Het mislukte.
'Michiel Claes heeft een paar weken geleden stiekem contact met ons opgenomen, hij beweerde iets vreselijks te hebben ontdekt, iets dat het hele continent kon ontwrichten. Ik had een afspraak met hem, maar hij is nooit komen opdagen.'
'Heeft hij ook gezegd wat hij met iets vreselijks bedoelde?'
'Nee.'
'Een beetje vaag, niet?'
'U hebt gelijk, commissaris. Daarom ben ik ook karig met het verstrekken van informatie. Het is de bedoeling dat we samen achter de waarheid komen. Of bent u vergeten dat mijn chef u aanbevolen heeft? Dan moet u wel goed zijn.'
Van In glimlachte onwillekeurig. Vrouwen hielden van complimentjes en gaven dat ook toe, mannen hielden evenveel van complimentjes als vrouwen, ze waren gewoon te beroerd om het toe te geven of ze beschouwden ze als verdoken spotternij.
'Ik ben niet naïef, Hakim.'
'Ik ook niet, commissaris.'
De slotenmaker, een jonge slungel met een kapsel dat geen enkele moeder haar zoon toe zou wensen, stapte uit een gammele tweedehands bestelwagen, stak zijn hand op en pakte een gereedschapskist van de voorbank.
Hij zag er niet uit in een overall vol met zelfgemaakte gaten en scheuren, maar hij kende zijn vak en het was een eenvoudig slot.
'Je had het zelf gekund', zei hij toen Van In hem op zijn beurt een complimentje gaf.

'In ieder geval bedankt.'
'Geen probleem. Tot een volgende keer.'
De slotenmaker pakte zijn gereedschapskist, stak zijn hand op en stapte in zijn bestelwagen. Hij had vijftig euro verdiend in minder dan vijf minuten. Een van zijn klasgenoten die ingenieur was geworden, moest daar bijna een uur voor werken, tja, het leven was misschien niet rechtvaardig maar daar maakte hij zich geen zorgen over.
'Vooruit dan maar', zei Van In tegen Versavel.
Ze beklommen behoedzaam de trap, want je wist maar nooit. Het zou niet de eerste keer zijn dat een geflipte bewoner de politie of hulpverleners die poolshoogte kwamen nemen onder vuur nam. Er gebeurde niets. Versavel merkte onmiddellijk dat de deurpost versplinterd was ter hoogte van het slot. De rest liet zich raden, hoewel Versavel noch Van In had verwacht dat beide bewoners koelbloedig waren afgemaakt.
'De portefeuille', zei Van In zacht.
'Ik denk het.'
Hakim nam de plaats delict rustig in zich op terwijl hij de moordpartij probeerde te reconstrueren. Van In belde ondertussen de technische recherche hoewel ze alle drie beseften dat de kans klein was dat de speurders bruikbare sporen zouden aantreffen. Dit was duidelijk het werk van een beroepsmoordenaar. De ernst van de feiten drong pas echt tot hen door toen bleek dat ook de onderburen dood waren.
'Het wordt tijd dat we aan tafel gaan zitten en iemand me behoorlijk brieft', foeterde Van In.
'Ik zal mijn best doen', zei Hakim.

Zlotkrychbrto verscheen tien minuten later, hij was de eerste doordat hij in Blankenberge woonde. Het bepalen van

het tijdstip van overlijden was een routinekwestie, vaststellen dat de twee andere bewoners ook dood waren leverde evenmin een noemenswaardig probleem op. Alle slachtoffers hadden gaten in hun schedel, ze ademden niet meer, hun hart had opgehouden met pompen en hun huid voelde als koud marmer aan ondanks de hitte. Ballistische experts zouden later bepalen hoe het in zijn werk was gegaan.
'Het is dorstig weer, Pjetr. Wat denk je? Ik ken een kroeg in de buurt waar ze Omer hebben. En ik heb nog een en ander te melden over de drenkeling.'
'Dan zijn we genoodzaakt om je te volgen, dokter. Ik leg mijn vriend Hakim ondertussen uit wat Omer is.'
Moslims werden verondersteld geen alcohol te consumeren, sommige weigerden zelfs een plek te betreden waar alcohol werd geserveerd, Van In kon voor iedere mening respect opbrengen, maar hij vond ook dat hij zich niet hoefde te schikken naar de gewoontes van iemand anders. Toeristen die Amerika bezochten, waren toch ook niet verplicht de vettige troep te eten die de autochtonen naar binnen werkten. Ze liepen naar een kroegje bij de waterkant aan de haven en gingen onder een parasol zitten waar de temperatuur enigszins draaglijk was. De serveerster, een volkse vrouw met een wuivende paardenstaart en vlezige op en neer zwiepende borsten, begroette hen met een brede glimlach en een uitnodigend gebaar.
'Drie Omers en wat drink jij, Guido?'
Van In kon best overtuigend zijn, maar Versavel had nooit verwacht dat hij een moslim zover zou krijgen bier te drinken. Hakim zag hem verbaasd kijken toen de volslanke serveerster de bestelling had gebracht en hij zijn lippen aan het glas zette dat Van In voor hem had ingeschonken.
'Lekker biertje en bijzonder verfrissend.'
Hakim wreef het schuim van zijn bovenlip, zette het glas

voorzichtig neer en knikte goedkeurend naar Versavel, die nog steeds verbijsterd zat toe te kijken.

'En een goede vriend als je er niet te veel van drinkt', lachte Van In.

'Wat is niet te veel?' Zlotkrychbrto dronk zijn glas in één teug leeg, hij woog ruim honderdtwintig kilo en beschikte over een lever die hij meer dan twintig jaar in Polen had getraind, hij keek niet op een Omer meer of minder.

'Vertel ons liever wat je nog meer te melden hebt over de drenkeling.'

De wetsdokter mocht een geroutineerde drinkebroer zijn, het was veiliger dat ze de ernstige dingen eerst bespraken omdat Van In nu al zeker wist dat het niet bij een of twee Omers zou blijven en ze dan onvermijdelijk over andere, minder ernstige dingen zouden gaan praten. Zlotkrychbrto begreep wat Van In bedoelde, hij knikte instemmend.

'Oké. Serieuze dingen eerst. De autopsie heeft uitgewezen dat onze vriend niet verdronken is. Zijn lichaam vertoont geen verwondingen en hij is al langer dood dan hij in het water lag.'

'Tiens, dat is vreemd.'

'Inderdaad', zei Zlotkrychbrto. 'Waarom heeft iemand de moeite gedaan om hem in de Noordzee te gooien als hij vooraf een natuurlijke dood is gestorven?'

'Goede vraag.'

Hakim nam een slok Omer, haalde een pakje sigaretten uit zijn binnenzak en stak er een op. Straks eet hij ook nog varkensvlees, dacht Versavel. Zijn ogen glansden, hij koesterde verlangens uit lang vervlogen tijden. Of dachten alle oudere mannen met weemoed terug aan hun jeugd en aan de krachten die ze onderweg hadden verloren? Waarom was hij Hakim geen twintig jaar geleden tegen het lijf gelopen, waarom bracht ouder worden hem geen rust?

'Hij was in ieder geval niet gekleed als iemand die een boottochtje op zee wilde maken.'

De bizarre dood van Michiel Claes riep heel wat vragen op, vragen die Van In nog niet hardop durfde te stellen voor hij meer informatie had over Hakim, de mysterieuze Syriër die volgens hem veel meer wist dan hij wilde loslaten.

'Wat is de doodsoorzaak volgens jou?'

'Vergiftiging', antwoordde Zlotkrychbrto kordaat. 'We moeten het gif alleen zien op te sporen.'

'En?'

'Men is er druk mee bezig.'

'Wie is "men"?'

'De mensen van Eurofins. Als zij het niet vinden, kunnen we de rest vergeten.'

'Ik vrees dat ik je niet kan volgen, Zlot.'

De wetsdokter gaapte als een leeuw in de dierentuin, hij had vannacht weinig geslapen en behoorlijk veel gedronken. De hitte en de Omer begonnen hun tol te eisen. Het belette hem echter niet zijn hand op te steken en nog een bier te bestellen.

'De mogelijkheden van ons forensisch lab zijn beperkt, Pjetr. Als we naar een naald in een hooiberg zoeken, wenden we ons tot een privéfirma.'

'Handig voor de belastingbetaler. Wat wij niet kunnen, doen de anderen beter. We beginnen stilaan op de openbare omroep te lijken.'

De hitte hield de kelen droog, het bier vloeide rijkelijk. Zelfs Hakim begon na een tijdje met een dubbele tong te spreken. Gelukkig hield Versavel het hoofd koel. Hij bestelde pizza.

Het was stil in het Politiehuis omdat veel agenten met vakantie waren en zij die nog werkten niet erg actief waren.

De hitte hield de mensen binnen, waardoor er minder verkeersongevallen gebeurden, Oost-Europese dievenbendes hadden een dagje vrij genomen. Wellicht waren Saskia en Achilles de enigen van het korps die zich plichtsgetrouw van hun taak kweten. Ze hadden alle beelden bekeken van de bewakingscamera's in de wijde omgeving van het appartementsgebouw van meneer en mevrouw Dumoulin en zojuist een merkwaardige vaststelling gedaan. Op een van de beelden die ongeveer twee kilometer van de plaats delict waren opgenomen, hadden ze twee mannen van auto zien wisselen. Beide auto's bleken na controle van de nummerplaten gestolen, en ze waren erin geslaagd een bruikbaar beeld van een van de mannen te isoleren en uit te vergroten.

De pizza had een weldoende invloed op de geestelijke conditie van de Omerdrinkers, het bericht dat Saskia waarschijnlijk een van de daders had weten te identificeren werkte als een stoot zuivere zuurstof op hun benevelde hersenen. Ze waren alle drie op slag nuchter.

'Een Rus', mompelde Van In ongelovig.

Saskia had de foto van de verdachte door de databanken van de federale politie gehaald. Met succes. De man heette Oleg Petrofski. Hij had zes jaar in de gevangenis gezeten wegens een gewelddadige roofoverval waarbij iemand was omgekomen en sinds kort woonde hij in Brugge. Hakim reageerde onmiddellijk, hij belde het hoofdkwartier van de ESSE en vroeg om instructies. Het antwoord was bondig: ze mochten voorlopig niets ondernemen.

'Daar gaan we weer', foeterde Van In. 'Het is altijd hetzelfde, wij sporen er eentje op en zij laten hem lopen. Ik kan de brave burgers die de overheid laksheid verwijten als zij een GAS-boete moeten betalen en zware criminelen ongemoeid gelaten worden, geen ongelijk geven.'

'Niet zo snel, commissaris', reageerde Hakim. 'We weten absoluut nog niet zeker of Petrofski iets met de moordpartij te maken heeft.'

'Hoe lang woon je hier al, Omar Sharif?'

'Anderhalf jaar.'

'Van integratie gesproken. Je bent al net zo erg als de rest.'

'Je overdrijft, Pieter. Hakim heeft gelijk. Iemand blijft onschuldig tot het tegenovergestelde bewezen is.'

Versavel kon het niet langer aanhoren, maar op de steun van de Poolse wetsdokter kon hij niet rekenen. Integendeel. Hakim kreeg allerlei verwijten naar zijn hoofd geslingerd, het ene nog minder genuanceerd dan het andere, met als resultaat dat hij opstond en wegliep.

Brugge leek een grote accumulatiekachel. Van In, die met zijn rug tegen een zijgevel stond, voelde de warmte van de bakstenen door zijn hemd. Zlotkrychbrto zat op de rand van het trottoir. Het was misschien niet zo verstandig geweest hem bij een clandestiene operatie te betrekken, maar het was nu te laat om er nog over te piekeren. Eigenlijk had hij moeten inzien dat de clandestiene operatie op zich geen verstandig idee was. Wat konden ze immers doen? Het huis van de verdachte in het oog houden in de hoop dat ze... Hij kon de boel beter afblazen. Zonder een mandaat van een onderzoeksrechter was zo'n actie zinloos.

'Gaat het een beetje?'

Van In had niets meer gedronken sinds ze pizza hadden gegeten, maar dat kon je niet van Zlotkrychbrto zeggen, die achteraf nog drie Omers had geconsumeerd.

'Geen probleem. Ik voel me alleen een beetje moe.'

'Ga dan naar huis.'

'Naar huis? Met de auto? Ben je gek geworden?'

Van In glimlachte ondanks de penibele situatie. Versavel

was net als Hakim kwaad weggelopen toen hij had voorgesteld het huis van Petrofski in de gaten te houden, en Hannelore had de hoorn op de haak gegooid toen ze hoorde wat hij van plan was.

'Alsof het de eerste keer is dat je beschonken achter het stuur zit.'

'Zegt een politiecommissaris.'

'Neem dan een taxi, Zlot.'

Het kostte hem tien minuten om de wetsdokter te overreden, de taxi arriveerde nog geen vijf minuten later. En nu, dacht Van In. Naar huis gaan en zich bij Hannelore verontschuldigen was de meest voor de hand liggende keuze, waarom bleef hij koppig vasthouden aan een waardeloos idee? Hij stak een sigaret op en besliste nog even te wachten. De tijd verstreek, zijn voorraad sigaretten slonk.

Petrofski woonde in de Snaggaardstraat, waar het bijzonder rustig was, zelfs overdag. Na tien uur 's avonds kwam niemand nog buiten, het schaarse verkeer was al een tijdje stilgevallen. Twee koplampen die onverwacht uit het niets leken op te doemen, deden hem opkijken. De auto die net de straat was ingedraaid, reed heel traag, alsof de chauffeur op zoek was naar een welbepaald adres. Van In gooide zijn sigaret op de grond, trapte ze uit. Zou hij uiteindelijk toch gelijk krijgen? De auto stopte vlak voor het huis van Petrofski. De chauffeur doofde de lichten, stapte uit. Hij hoefde niet aan te bellen. De voordeur zwaaide open alsof het bezoek was aangekondigd. De spanning wond Van In op, hij voelde zich plotseling dertig jaar jonger, dacht met een zekere melancholie aan de tijd dat de politie nog over enige macht beschikte, een huis kon binnenvallen, de verdachten geboeid wegvoeren en hen aan een derdegraadsverhoor onderwerpen in de catacomben van het politiebureau. Het was allemaal voorbij, hij mocht niet optreden tegen een man die een verdachte een bezoekje bracht, maar niemand verbood hem dichterbij te sluipen en de nummerplaat van de verdachte auto te noteren, want als die gestolen bleek kon hij de cavalerie te hulp roepen omdat hij dan een misdadiger op heterdaad betrapt had. Het zou stom zijn een dergelijke kans te laten liggen. Hij kreeg kriebels in zijn buik toen hij als een schim langs de gevels sloop. Zijn hart ging op en neer, het zweet brak hem uit. De auto, een blauwe Mercedes, stond op een donkere plek buiten het schijnsel van de straatlantaarn. Hij naderde stap voor stap tot hij de cijfers en letters van de nummerplaat beter kon onderscheiden, stak zijn hand in zijn zak op zoek naar een balpen. Verdomme. Hij had evengoed naar een briefje van vijfhonderd euro kunnen zoeken. Er zat niets anders op dan de nummerplaat te memoriseren. Hij herhaalde de combinatie tien keer na elkaar, probeerde een ezelsbruggetje te vinden om ze zeker niet te vergeten, schuifelde langs de Mercedes, stond naast het achterportier. Een klik deed hem opschrikken, de voordeur van Petrofki's huis zwaaide open, twee mannen stormden naar buiten, besprongen hem als wilde dieren. Van In maakte geen kans, hoewel hij zich hevig verzette. Zijn overvallers waren te sterk. Ze dwongen hem met zijn gezicht op de straatstenen, een van hen trok zijn armen naar achter, een snoer sneed venijnig door het vlees van zijn polsen. Ze sleurden hem overeind, duwden hem naar binnen. De voordeur klapte dicht. Van In was half versuft, hij zag niets omdat ze met een krachtige zaklamp in zijn ogen schenen. Hij kreeg een klap en dan nog een, tot er bloed uit zijn lip drupte. Gedempte stemmen. Ze bonden hem vast op een stoel, het licht bleef in zijn ogen schijnen, het ging pas uit toen hij aan handen en voeten vastgebonden zat. Een vuistslag in zijn maag deed hem kokhalzen, bij de tweede verloor hij bijna het bewustzijn. Wat waren ze met hem van plan? Zijn gezicht deed pijn, zijn maag was verkrampt en het snoer om zijn polsen sneed de bloedtoevoer af. Hij begon te tellen, eerst tot zestig, daarna tot honderd. Ze lieten hem gelukkig met rust, maakten een fles open, waarschijnlijk sterkedrank want de dop maakte een metaalachtig geluid. Ze dronken alsof ze zo snel mogelijk laveloos wilden worden. Laveloos om wat te doen? Hij kwam erachter toen hij tweeëntwintig keer tot honderd had geteld. Het koude staal van de loop van een pistool tegen zijn voorhoofd, opnieuw een gedempt gesprek in een taal die hij niet verstond. Seconden kropen voorbij. Ze waren hoogstwaarschijnlijk aan het overleggen wat ze met hem gingen doen, hij herkende de toon van iemand die probeerde de situatie niet te laten escaleren en de toon van iemand die wilde handelen, hij kon niet uitmaken wie van de twee uiteindelijk de bovenhand zou krijgen.

3

De spanning in het kantoor van hoofdcommissaris Duffel vulde de ruimte als een onzichtbaar fluïdum. Ze zaten aan tafel met bedrukte gezichten te wachten tot iemand met een zinnige verklaring voor de verdwijning op de proppen kwam, het bleef bij wilde gissingen en van de pot gerukte veronderstellingen. Van In liep niet in zeven sloten tegelijk, niemand achtte hem in staat om zelfmoord te plegen of zomaar te verdwijnen zonder een bericht achter te laten en ze hadden al iets moeten horen mocht hij bij een ongeval betrokken zijn geweest. Ze hadden hem via zijn mobieltje proberen op te sporen, maar ook dat was niet gelukt. Zlotkrychbrto was de laatste met wie hij was gezien en de enige die wellicht meer uitleg kon geven. Saskia had hem gebeld, hij had niet opgenomen, wat volgens zijn vrouw niet onrustwekkend was, haar man was vaker een nachtje uithuizig. Zij had het allang opgegeven hem nog te bellen omdat hij toch niet opnam.

'Wat stellen jullie nog voor?' vroeg Duffel toen niemand nog iets zei.

'Hem zoeken, natuurlijk.'

Hannelore zag lijkbleek. Haar kapsel was uit de vorm, haar bloes verfomfaaid doordat ze met haar kleren aan in slaap was gevallen, haar ogen stonden nog rood van het huilen. Ze was triest en kwaad tegelijk. Triest omdat ze vreesde dat hem iets ernstigs was overkomen, kwaad omdat hij onlangs nog beloofd had zijn leven te beteren. Ze had zich vroeger geen leven zonder hem kunnen voorstellen, maar dacht hij wel aan haar? Realiseerde hij zich dat ze drie kinderen hadden voor wie ook hij verantwoordelijk was? Had ze eigenlijk nog zin om haar leven te delen met een flierefluiter?

'Ik heb alle patrouilles de opdracht gegeven naar hem uit te kijken en we hebben ondertussen alle klanten die in het café zaten weten op te sporen. Ze worden nu een voor een verhoord.'

'Volgens mij kan alleen Zlotkrychbrto ons helpen. Ik stel voor dat we wachten tot hij weer boven water komt.'

Versavel wist dat de Poolse wetsdokter er een aantal vriendinnetjes op na hield en af en toe bij een van hen zijn roes ging uitslapen en daarna nog een tijdje bleef tot hij nuchter genoeg was om aan zijn trekken te komen.

'Ik denk dat Guido gelijk heeft', zei Saskia.

Volgens de dienster met de vlezige borsten, die als eerste was verhoord, waren Van In en Zlotkrychbrto om een uur of tien weggegaan. Het goede nieuws was dat Van In veel minder had gedronken dan de Pool.

'Dan wachten we af.'

Duffel besefte dat ze niet eindeloos konden blijven wachten, aan de andere kant was hij evenmin voorstander om het nieuws aan de grote klok te hangen voor hij precies wist wat er gebeurd was. Sommige mensen mochten beweren dat slechte publiciteit beter was dan geen, hij deelde hun mening niet. Een schandaal bracht schade toe aan de reputatie van zijn korps en hij had al genoeg stormen moeten afslaan. Maar dat was zonder Hannelore gerekend. Ze protesteerde fel. Versavel zette hem uit te wind.

'Ik weet zeker dat Zlotkrychbrto in de loop van de dag

opduikt, het onderzoek gaat ondertussen onverminderd voort. Maak je dus geen zorgen, Hanne, we vinden hem.'

Zijn woorden kalmeerden haar in zekere mate, maar ze konden haar niet volledig geruststellen omdat ze ervan overtuigd bleef dat Van In contact met haar had opgenomen als hij daartoe in staat was geweest. Ze bond in omdat ze zelf geen beter voorstel had.

'Dat is het dan', zuchtte Duffel. 'Houd me op de hoogte van eventuele ontwikkelingen, anders zien we elkaar om 17 uur terug.'

Ze hadden hem geblinddoekt, een kap over het hoofd getrokken en hij kon zich amper bewegen omdat ze hem een dwangbuis hadden aangetrokken en zijn benen met tape waren omwonden. Het geluid van voetstappen op grind deed hem de oren spitsen. Ze waren met zijn tweeën. De portieren gingen open en dicht, de motor sloeg aan. Van In wist nu zeker dat hij zich in de laadruimte van een bestelwagen bevond die op diesel reed. De weg was hobbelig, maar dat veranderde snel. Hij had ooit een film gezien waarin de ontvoerde held de route reconstrueerde aan de hand van de geluiden die hij onderweg had opgevangen en de afgelegde afstand tussen de verschillende geluiden berekende door te tellen hoeveel seconden er ondertussen waren verlopen. Van In hoorde het geronk van een tractor, of was het een laagvliegende helikopter, en hij probeerde in te schatten hoe lang ze al aan het rijden waren. De conclusie was dat alleen superhelden in stoere Hollywoodfilms tot een dergelijke prestatie in staat waren of dat hij er gewoon te dom voor was. Zijn concentratievermogen werd eveneens zwaar op de proef gesteld door de pijnscheuten die om de paar tellen door zijn lichaam gingen. Hij liet zijn gedachten de vrije loop. De situatie was uitzichtloos maar niet hopeloos. Zijn ontvoerders waren blijkbaar niet van plan hem te vermoorden, want dat hadden ze al eerder kunnen doen, tenzij ze hem op een afgelegen plek zijn eigen graf lieten graven en pas daarna executeerden. Die gedachte zette een domper op de hoop die hij zo-even nog had gekoesterd. Hij probeerde zichzelf moed in te spreken. Wat maakte hem de moeite waard? Hij doorliep de gebeurtenissen van de afgelopen achtenveertig uur: de drenkeling, de identificatie van Petrofski, de betrokkenheid van de ESSE, de slachtpartij in het appartementsgebouw, de Russische moordenaars... Hoe langer hij erover nadacht hoe ingewikkelder het probleem werd, alsof hij een kubus van Rubick met zijn ogen dicht moest oplossen. Het gezoef van auto's gaf aan dat ze zich op een autosnelweg bevonden. Waarnaartoe? Een geheime locatie in het buitenland waar ze hem uitgebreid konden folteren? Hij had heel lang geleden het Fort van Breendonk bezocht, waar duizenden onschuldige mensen op een beestachtige manier waren behandeld. Het beeld van de folterkamer, een kale ruimte met een katrol aan het plafond en een vleeshaak aan een koord met eronder driekantige houten blokken waarop de beulen de murw geslagen lichamen van hun slachtoffers lieten neerkwakken, was hem bijgebleven. Dat hem zoiets kon overkomen, was zijn ergste nachtmerrie. Aan andere dingen denken, Van In. Meisjes, vrouwen, reizen, feestjes, de geboorte van zijn kinderen, de eerste nacht met Hannelore, zijn bevordering... Het hielp niet. De kale kamer met de katrol en de vleeshaak dook steeds opnieuw op in zijn hoofd als een reclameboodschap op het internet die je niet kunt wegklikken.

Versavel had het bij het rechte eind. Zlotkrychbrto belde om twintig over drie met de vraag waarom Van In zijn oproepen niet beantwoordde.

'Waar ben je nu?'
'Ergens.'
'Ergens bij een van je vriendinnetjes.'
'Geen commentaar. *Der Feind hört mit.*'
'Hoe lang duurt het voor je hier kunt zijn.'
'Een kwartier. Waarom? Wat is er aan de hand?'
'Dat vertel ik je straks', antwoordde Versavel droog. 'Of ben je al vergeten dat de vijand meeluistert?'

Je kon Zlotkrychbrto veel onhebbelijkheden verwijten, zijn afspraken kwam hij meestal stipt na, zeker als hij zijn zinnen had kunnen verzetten. Om zes minuten over halfvier hoorde Versavel voetstappen op de gang. Hij was Hannelore een bericht aan het sturen toen de deur openzwaaide en de Poolse wetsdokter zijn entree maakte. Hij zag er verzadigd uit, een brede grijns op zijn gezicht, de manier waarop hij Versavel begroette, de parfumgeur die nog in zijn kleren hing, alles wees erop dat hij een bezoekje aan de hemel had gebracht. Zijn gezicht vertrok toen hij hoorde wat het probleem was, hij ging zitten en vertelde in een paar woorden wat er de avond ervoor gebeurd was.

Versavel schoot onmiddellijk in actie. Nog geen minuut later reden twee politiewagens naar buiten, een derde volgde twintig seconden later. De bewoners van de Snaggaardstraat wisten niet wat ze zagen toen hun straat hermetisch werd afgesloten en agenten met getrokken pistolen aanbelden bij een huis waar een alleenstaande man woonde met wie niemand contact had. Het ging allemaal razendsnel. Twee agenten beukten de voordeur in met een stormram, terwijl vier andere klaarstonden om het huis binnen te vallen.

'Wat denk je?' vroeg Versavel aan een van zijn collega's.

Ze hadden het huis doorzocht, maar niets gevonden dat extra informatie over de bewoner kon opleveren. Behalve een matras in de slaapkamer, een elektrische kookplaat in de keuken en een ouderwets televisietoestel troffen ze er alleen een kleine voorraad drank en voedingswaren aan. Geen persoonlijke bezittingen.

'De verdachte had ruimschoots de tijd om alle sporen uit te wissen en eventueel bezwarend materiaal te laten verdwijnen. Misschien vinden de mannen van de technische recherche iets.'

'Tja.'

'Ik maakt me zorgen, Guido.'

Hij had Hannelore niet horen binnenkomen, ze zag er nog even hulpeloos uit als vanochtend en dat kon hij haar niet kwalijk nemen, want hij maakte zich eveneens zorgen om Van In. Als Oleg Petrofski deel uitmaakte van het moordcommando dat het bloedbad in het appartementsgebouw van meneer en mevrouw Dumoulin had aangericht, zat Van In diep in de nesten.

'We moeten de Rus zo snel mogelijk zien op te sporen', zei hij mat. 'En dat kan niet zo moeilijk zijn. We beschikken over een recente foto en hij kan niet zomaar van de aardbodem verdwijnen.'

De Rus woonde bovendien al tien jaar in België en hij had banden met het criminele milieu. In normale omstandigheden werd de zwijgplicht in dat milieu zelden of nooit geschonden. De ontvoering van een politiecommissaris was een totaal ander gegeven. Justitie zou alles uit de kast halen om hem op te sporen en waarschijnlijk draconische maatregelen nemen die door veel criminelen niet op gejuich zouden worden onthaald omdat doorgedreven politionele acties schade toebrachten aan lucratieve criminele activiteiten. De omerta werd alleen doorbroken als de schade te groot dreigde te worden.

'Ik weet dat je je best zult doen, Guido, maar wat als...'

'Daar mag je niet aan denken, Hanne. Kom.'
Hij legde zijn arm om haar schouder en nam haar mee naar buiten. Haar schouders schokten en er blonken tranen in haar ogen. Ze dachten allebei hetzelfde: de Rus zou niet aarzelen Van In te vermoorden als ze hem in het nauw dreven, het enige wat hij nu kon doen was haar zo goed mogelijk bijstaan. Daarom stelde hij voor ergens iets te gaan drinken en de zaak rustig te bespreken. Hannelore zei niets, ze knikte. Vlissinghe was het dichtstbijzijnde café waar ze ongestoord konden praten, het lag op loopafstand van de Snaggaardstraat. Ze liepen ernaartoe als een koppel dat net had vernomen dat een dierbare was overleden. Versavel ondersteunde haar, zij depte voortdurend haar ogen met een papieren zakdoekje.

'Een perrier en een witte wijn, alsjeblieft.'

Ze zaten aan een tafeltje in de schaduw en er was gelukkig nog niet veel volk, waardoor ze op een normale toon konden praten. Grietje, die de bestelling had opgenomen, zag dat er problemen waren. Ze knikte, verwijderde zich zonder een woord te zeggen.

'Hoe gaat het eigenlijk met jou, Hanne?'

'Redelijk. Mijn psychiater is ervan overtuigd dat ik binnen afzienbare tijd weer de oude ben.'

'Dat is tenminste al goed nieuws.'

'Ja', zuchtte ze.

Bij Hannelore was een tijdje geleden een milde vorm van dissociatieve identiteitsstoornis vastgesteld ten gevolge van een trauma dat ze in haar jeugd had opgelopen. Ze had gelukkig een sterk karakter, wat een gunstige invloed had op het genezingsproces, het was echter moeilijk te voorspellen welke invloed de verdwijning van Van In en het vooruitzicht dat ze hem misschien nooit meer levend zou terugzien, zou hebben op haar geestelijke gezondheid.

'Laten we dus positief blijven. Het is een kwestie van tijd voor iemand uit het milieu zijn mond voorbijpraat.'
Ze glimlachte teder. Guido was na Van In de man van wie ze het meest hield, ze had zich zelfs al een paar keer afgevraagd wat er gebeurd zou zijn als hij geen homo was geweest. Zonder hem was ze waarschijnlijk weer in een zwart gat beland, ze was moreel verplicht hem niet teleur te stellen.
'Ik wil niet alleen zijn, Guido.'
'Geen probleem, dat lossen we wel op.'
'Fijn.'
Het bleef een paar minuten stil, ze staarden allebei in gedachten verzonken naar hun glas. Een buitenstaander had kunnen denken dat ze net ruzie hadden gemaakt. Hij vroeg zich af of hij niets was vergeten, zij droomde dat ze weer achttien was, surfte op haar herinneringen naar de dag dat ze Van In had leren kennen, de brute beer met een gouden hart, de vader van haar kinderen.
'Er is iets dat me blijft bezighouden', zei Versavel plotseling. 'Als ik het goed begrijp wilden de mensen van de ESSE niet dat we ingrepen en Petrofski arresteerden, met het argument dat ze het hele netwerk wilden oprollen. Ik vond dat ze gelijk hadden, maar dan hadden ze het huis van Petrofski onder surveillance moeten plaatsen.'
'Wat wil je daarmee zeggen?'
Het was een retorische vraag. Als de ESSE het huis van Petrofski onder surveillance had geplaatst, waren ze getuige geweest van de ontvoering. Haar lippen vormden een dunne rechte streep, haar ogen fonkelden vervaarlijk.
'Hakim.'
Het woord schoot als een kogel uit haar mond. Van een onderzoeksrechter wordt verwacht dat hij of zij alle elementen tegen elkaar afweegt zowel die in het voordeel van

de verdachte als die in zijn nadeel, de manier waarop ze de naam uitspuwde klonk als een regelrechte beschuldiging. Versavel was geneigd haar gelijk te geven.
'Er is maar één manier om erachter te komen, Hanne.' Versavel pakte zijn mobieltje en belde de Syriër. Hij werd onmiddellijk doorgeschakeld naar de mailbox.
'Verdomme.'
'Bel zijn baas dan', snauwde ze.

De Snaggaardstraat was nog altijd verboden gebied voor onbevoegden, alleen de mensen die er woonden mochten langs de versperring. Saskia en Achilles hadden de meeste bewoners verhoord, ze hadden geen enkel resultaat geboekt.
'Een buurtonderzoek levert meestal niet veel op', zei ze tegen haar onervaren collega. 'En als het toch iets oplevert, is de informatie meestal onbruikbaar. Het menselijk geheugen is nu eenmaal onbetrouwbaar.'
'Is dat zo?'
'Je gelooft me niet.'
'Toch wel', probeerde Achilles zich te redden.
'Alle groentjes denken dat ze het beter weten.'
'Ik heb niet gezegd dat ik het beter weet.'
Saskia mocht meer ervaring hebben, hij had geen zin om zonder slag of stoot toe te geven dat ze gelijk had. Hadden zijn ogen hem verraden of kon ze zijn gedachten lezen? Hij kreeg lik op stuk.
'Zeg jij dan eens welke bloes ik gisteren aanhad. En beweer nu niet dat je niet gekeken hebt.'
Achilles voelde zich betrapt, hij had inderdaad naar haar borsten zitten gluren, maar het klopte dat hij zich niet meer herinnerde welke bloes ze droeg. Hij probeerde het beeld weer op te roepen, maar moest genoegen nemen met een flits.

'Een rode.'
'Nee, jongen. Ik had een jurkje aan.'
Een rood jurkje weliswaar, maar dat hoefde ze niet toe te geven. Er was niet veel mis met het geheugen van de geile aap, ze had hem beter kunnen vragen welke schoenen ze aanhad. Het voornaamste was dat ze gescoord had. Achilles sloeg zijn ogen neer, ze zou hem de volgende keer niet meer liggen hebben.
'Bent u ook van de politie, mevrouw?'
Saskia draaide zich om. Een jongen van een jaar of twaalf keek haar met grote ogen aan. Hij had een warrige haardos en een scherpe neus, hij leek op een jongere versie van Einstein. De vergelijking lag voor de hand, want op zijn T-shirt stond: $E=mc^2$. Hij was waarschijnlijk een van de vele pientere baasjes die op hun twaalfde al meer wisten dan een geleerde in de negentiende eeuw.
'Wat kan ik voor je doen, jongen?'
'Ik heet Bram, mevrouw.'
Beleefd en pienter was een zeldzame combinatie, Saskia kon het niet verhelpen dat het kereltje haar vertederde. Achilles stond erbij als een renner die de sprint had verloren nadat hij zestig kilometer alleen op kop had gereden.
'Mijn moeder zegt dat u op zoek bent naar mensen die gisteravond iets verdachts gezien hebben.'
'Dat klopt, Bram.'
'Dan heb ik iets gezien dat jullie waarschijnlijk zal interesseren.'
Zlotkrychbrto was om twintig voor elf in een taxi gestapt. Van In was daarna verdwenen, een nogal onchristelijk uur voor een jongetje van twaalf. De verklaring was nochtans eenvoudig. Bram ging om negen uur naar bed, maar hij sliep nooit voor middernacht omdat hij een grote passie had: fotoshoppen. Hij bracht uren achter zijn computer

door zonder dat zijn moeder het wist en besteedde iedere euro zakgeld aan zijn hobby. Zijn laatste aanwinst was een camera met een lichtversterkende lens waarmee hij beelden kon maken bij kaarslicht.

'Wilt u dat alstublieft niet aan mijn moeder vertellen?'
'Natuurlijk niet. Waar is uw moeder trouwens?'
'Bij een vriendin op bezoek.'
Bram wierp een blik op zijn horloge en zei dat hij verwachtte dat ze over een halfuur thuis zou zijn.
'Wilt u ondertussen de foto's zien die ik gemaakt heb?'
'Uiteraard. Waar woon je?'
Bram draaide zich om en wees naar een keurig onderhouden huisje op amper vijftig meter van dat van Petrofski.

Hakim gedroeg zich een stuk minder zelfverzekerd dan op de dag dat ze aan elkaar waren voorgesteld. Hij vermeed rechtstreeks oogcontact alsof hij iets te verbergen had. Versavel was er met enige moeite in geslaagd het nummer van een van de directeurs van de ESSE op de kop te tikken, hij had hem gebeld en de hele zaak uitgelegd. De man had geduldig geluisterd en beloofd dat hij Hakim zo snel mogelijk opnieuw contact zou laten opnemen. Hij had woord gehouden. Hakim verscheen nog geen kwartier later op het terras van café Vlissinghe.

'Het is mijn fout', verontschuldigde hij zich. 'Ik vond het niet nodig onmiddellijk te reageren. De surveillanceploeg zou pas vanochtend aan de slag gaan. Nogmaals mijn excuses daarvoor, maar ik kon onmogelijk weten dat Van In zelf het initiatief zou nemen en nog minder dat de Rus hem zou ontvoeren.'

'Russen', corrigeerde Hannelore bits.

Ze had de beelden bekeken die Bram had gemaakt, waarop duidelijk te zien was dat Van In door twee mannen was

neergeslagen. De kompaan van Petrofski was dit keer duidelijk in beeld gekomen en ook hij had een crimineel verleden.
'We hebben er een speciale eenheid naartoe gestuurd', haastte Hakim zich. 'Ik verwacht ieder ogenblik nieuws over de interventie.'
De kompaan van Petrofski woonde in Gent, de Mercedes stond op zijn naam geregistreerd. Ieder politiekorps in België had de dringende opdracht gekregen naar de wagen uit te kijken.
Versavel stak zijn hand op naar Grietje, die in de deuropening een sigaret stond te roken.
'Wat wil je drinken, Hakim? Omer?'
'Nee, niet vandaag en zeker niet na alles wat er gebeurd is.'
'Of omdat je godsdienst het verbiedt', sneerde Hannelore.
Hakim had zich verontschuldigd en toegegeven dat hij een fout had gemaakt omdat hij waarschijnlijk te veel Omer had gedronken. Hij had ook niet helemaal ongelijk. Petrofski was zich van geen kwaad bewust, hij had geen enkele reden om de benen te nemen en ze wist ook dat surveillanceopdrachten bijzonder kostbaar waren en iedere politiedienst onderbemand was, maar het temperde het gevoel van onmacht niet dat haar aan het verscheuren was.
'Ik moet u helaas teleurstellen, mevrouw. Ik ben geen moslim. Waarom denkt u dat ik mijn geliefde vaderland ben ontvlucht? U weet net zo goed als ik dat IS alle ongelovigen genadeloos afmaakt, ik en heel mijn familie zijn christenen en ik ben de enige die het heeft overleefd. Zal ik u vertellen hoe ze gestorven zijn?'
'Nee, dank u.'
Ze stond op het punt zich op haar beurt te verontschul-

digen. De familie van Hakim was op een gruwelijke manier vermoord, Van In was verdwenen. Ze mocht de hoop niet opgeven.
'Hebt u kinderen?'
'Nee, gelukkig niet.'
Hakim zag haar bezorgdheid als een teken van goede wil. Hij glimlachte minzaam zonder haar aan te kijken.
'Maar ik heb ondertussen wel een vrouw gevonden', zei hij. 'Ze heet Aisha en is even mooi als u.'
We stellen ons Arabieren al te vaak als bloeddorstige monsters voor en vergeten daarbij dat hun cultuur destijds de meest geraffineerde ter wereld was en het Westen ongelooflijk veel aan hen te danken heeft. Hannelore slikte haar wrevel in. Iedereen maakte wel eens een fout, Hakim had uiteindelijk niets verkeerds gedaan. Ze keek hem aan. Dit keer ontweek hij haar blik niet. Ze meende een glimp van dankbaarheid in zijn ogen te zien.

De bestelwagen stopte. Van In had er geen idee meer van hoe lang ze onderweg waren geweest. De achterportieren klapten open. Twee handen grepen hem vast, sleurden zijn gekneusde lichaam over de laadvloer. De geur van dennennaalden deed vermoeden dat ze zich in een bosrijk gebied bevonden, hij zweette als een rund maar de buitenlucht bracht geen verkoeling. Ze trokken hem overeind, sleepten hem als een zak meel over de rulle bosgrond, zijn hielen trokken een diep spoor. De mannen die hem sleepten, ademden zwaar. Waar brachten ze hem naartoe? Waren ze toch van plan hem in het bos te doden en alles op video vast te leggen? De beelden van westerse gijzelaars die op het punt stonden onthoofd te worden spookten door zijn hoofd. Russen deden zoiets normaal niet, maar wie weet wilden ze de schuld op de moslims afschuiven om paniek te zaaien. Europa werd al maandenlang bestormd door tienduizenden vluchtelingen, het stond in de sterren geschreven dat dergelijke moordpartijen ook hier zouden plaatsvinden. Ze lieten hem vallen op een bed van mos, de geur van humus deed hem denken aan vroeger toen hij met de jeugdbeweging in de bossen om Brugge ging spelen. Twee kampen en twee vlaggen, wie de vlag van de tegenpartij kon bemachtigen had gewonnen. Zo simpel. Hij hoorde een deur opengaan, ze tilden hem op, sleurden hem naar binnen en duwden hem op een stoel.

'Wat willen jullie?'

Zijn stem klonk hees omdat zijn keel was uitgedroogd, zijn lippen zaten onder de korsten, zijn lichaam schreeuwde om vocht.

'Ik heb dorst, mag ik alstublieft iets te drinken?'

Hij kreeg geen antwoord, maar toen hij even later water uit een kraan hoorde lopen, wist hij dat ze hem begrepen hadden. Een hand trok zijn kap omhoog, een andere zette een glas aan zijn lippen. Het water was lauw, maar hij had nog nooit iets gedronken dat zo lekker smaakte.

De tweede Rus huurde een huis in de buurt van de Dampoort in een straat waar voornamelijk Turken woonden. Het arrestatieteam dat Hakim naar Gent had gestuurd ging discreet te werk, tenminste ze dachten dat ze discreet bezig waren, de aanwezigheid van geüniformeerde zwaar bewapende mannen veroorzaakte een schokgolf door de wijk. Het duurde geen tien minuten voor ze omstuwd werden door tientallen boze allochtonen die hun ongenoegen uitschreeuwden. De leider van het team had geen andere keus dan om versterking te vragen. In andere, minder democratische landen had hij zijn mannen de opdracht gegeven de menigte met traangas uiteen te drijven of een paar heethoofden onschadelijk te maken met rubberkogels, in België zou een dergelijk vertoon verregaande consequenties hebben en de minister van Binnenlandse Zaken waarschijnlijk zijn kop kosten. Hij deed zijn best om de menigte te bedaren, maar toen de versterking arriveerde, sloegen bij iedereen de stoppen door. De geplande arrestatie van de Rus werd afgeblazen, de ordediensten trokken zich terug, maar dat betekende niet dat de rust weerkeerde. Er ontstonden rellen, de opgezweepte massa koelde haar woede op geparkeerde auto's, winkelruiten en het straatmeubilair. Inderhaast opgetrommelde cameraploegen legden het gebeuren minutieus vast, de meest spectaculaire beelden werden netjes na elkaar gemonteerd en uitgezonden in een extra journaal. Hakim kreeg een telefoontje van zijn chef nog voor de uitzending afgelopen was. Zijn gezicht betrok naarmate het gesprek vorderde en hij knikte.

'Heb je de zwartepiet gekregen?'

'Wat bedoelt u daarmee, mevrouw de onderzoeksrechter?'

Hakim sprak behoorlijk Nederlands, hij las zo veel mogelijk boeken om het idioom onder de knie te krijgen, hij wist wie Zwarte Piet was, maar begreep niet wat de uitdrukking betekende.

'Dat ze jou de schuld geven van wat er in Gent gebeurd is.'

'De schuld is veel gezegd. Mijn baas vindt dat ik de operatie beter had moeten voorbereiden. Hij zal zelf een persmededeling verspreiden en heeft gevraagd of ik ondertussen mijn mond wil houden.'

Hakim sprak de waarheid, hij had alleen andere woorden gebruikt dan zijn chef, minder kwetsende woorden. Zijn trots en zijn eergevoel hadden een flinke deuk gekregen, waarom konden westerlingen in godsnaam niet beleefd

blijven? Hannelore zag dat hij aangedaan was, vrouwen waren daar nu eenmaal ontvankelijker voor dan mannen.
'Misschien kun je beter toch een Omer drinken', zei ze.
'Dat lijkt me inderdaad geen slecht idee, mevrouw de onderzoeksrechter.'
'Noem me alsjeblieft niet voortdurend mevrouw de onderzoeksrechter. Ik heet Hannelore en hij Guido.'
Ze stak haar hand op en bestelde een Omer, een perrier en een glas witte wijn. Ze kon net als Hakim een beetje troost gebruiken. Van In, waar ben je toch?

Van In hoorde de bestelwagen stoppen, de portieren open- en dichtslaan. Ze hadden hem een tijd alleen gelaten, hoe lang kon hij niet inschatten. Door de blinddoek en de linnen zak wist hij niet of het nog licht was. De temperatuur was de enige aanwijzing die hem deed besluiten dat de avond nog niet was gevallen, omdat het niet koeler aanvoelde. Hij hoorde iemand iets neerzetten en het geluid van glas dat tegen glas tikt. Hadden ze boodschappen gedaan? Iemand stak een sigaret op, hij probeerde de rook mee op te snuiven. Er werd een fles opengemaakt, iets met koolzuurgas. Spuitwater of limonade.
'Mag ik ook drinken?'
De vraag was aanleiding voor een korte woordenwisseling in het Russisch. Aan de toon viel niet op te maken of ze ruziemaakten of overlegden. Voetstappen in zijn richting, een hand trok de kap van zijn hoofd. Eindelijk meer lucht. Zijn schouders waren stram, zijn handen leken gevoelloos, zijn armen niet kunnen bewegen was nog het ergste. Een van de Russen zette een fles aan zijn lippen, hij deed zijn mond open. Het was gelukkig water, van frisdrank zou hij alleen nog meer dorst krijgen.
'Dank u', zei hij gemeend.

De twee Russen mochten gewetenloze moordenaars zijn, het kon geen kwaad beleefd te blijven omdat zelfs gewetenloze moordenaars daar niet ongevoelig voor waren. Van In waagde zijn kans, vroeg hun of ze hem konden losmaken.
'Mijn vingers zijn gevoelloos en het wordt me af en toe zwart voor de ogen.'
Er ontspon zich weer een discussie in het Russisch, een teken dat zijn verzoek niet botweg afgewezen werd. Hij gaf hen nog een duwtje, in de hoop dat de balans in zijn voordeel oversloeg.
'Er zitten handboeien in mijn achterzak, die zijn even efficiënt als een dwangbuis maar een stuk comfortabeler voor mij.'
Wie weet vonden ze hem onbeschaamd en kreeg hij weer een klap voor zijn gezicht of een stomp in zijn maag. Seconden verstreken.
'Wat denk je?' vroeg Petrofski in het Russisch.
'Ik weet het niet. Vergeet niet dat hij weet wie je bent.'
'Wat maakt het nog uit? Mijn taak zit er bijna op, maar als hij doodgaat barst de hel los.'
'Waarom denk je dat hij doodgaat?'
'Zijn vingers tintelen, hij heeft overgewicht en wellicht ook een hoge bloeddruk.'
'Wat kan ons dat schelen?'
'Hij staat niet op de lijst en onze vrienden hebben hem nog nodig.'
'Dat is waar.'
'Mij goed dan.'
Van In voelde handen op zijn rug, vingers maakten de gespen van de riempjes los, de druk op zijn borst verminderde, zijn armen vielen slap naast zijn lichaam, bleven aan zijn stijve schouders bungelen als lompe worsten. Hij ademde diep in terwijl ze de dwangbuis uittrokken.
'Dank u', zei hij opnieuw.

De zon maakte plaats voor een zwoele schemering, een bijna onmerkbare bries bracht wat verkoeling. Hannelore had net haar vijfde glas witte wijn besteld, Hakim maakte geen bezwaar dat ze ook nog een Omer voor hem vroeg. Hij voelde zich licht als helium in een ballon, zijn hoofd was ijl, de ontgoocheling om het mislukken van de opdracht verdronken in een plas heerlijke nectar. Hij keek naar Hannelore terwijl hij aan Aisha dacht, zijn vrouw zou niet gelukkig zijn hem in die toestand te zien, maar hij voelde zich niet schuldig.

'Daar hebben we onze vriend de wetsdokter weer.'

Versavel was zoals gewoonlijk de enige die niet in hogere sferen was. Hij wenkte Zlotkrychbrto, die hen blijkbaar nog niet had opgemerkt omdat het terras in de loop van de avond was volgelopen.

'Hoe wist je dat we hier waren?' lispelde Hannelore.

'Saskia. Mag ik erbij komen zitten?'

Hij wierp een wantrouwige blik op Hakim. Niemand kon hem van racisme beschuldigen, maar ze konden hem evenmin verplichten gevluchte Arabieren in de armen te sluiten, in gedachten bleven ze voor hem kamelendrijvers en geitenneukers.

'Wat brengt je zo laat nog naar hier?' wilde Hannelore weten.

'Is er al nieuws over Pjetr?'

Het bleef stil. Hannelore schaamde zich dat Zlotkrychbrto haar in die omstandigheden trof in het gezelschap van een knappe man met wie ze professioneel geen enkele band had. Gelukkig kreeg ze steun van Versavel. De minachtende blik van de wetsdokter was hem niet ontgaan.

'Nee', zei hij kordaat. 'Ik neem aan dat je het nieuws hebt gezien op de televisie.'

'Alsof ik daar tijd voor heb.'

'De arrestatie van de vermoedelijke mededader is mislukt. We kunnen voorlopig alleen hopen dat de collega's erin slagen hem en zijn kompaan op te pakken.'
'Laten we dat inderdaad hopen', reageerde Zlotkrychbrto pinnig.

Hij bestelde een Kasteelbier omdat hij niet hetzelfde wilde drinken als de zandvreter en verzweeg met opzet waarom hij hen was komen opzoeken. De baas van Eurofins had hem een kwartier geleden gebeld met de resultaten van het toxicologisch onderzoek. Het had veel geduld en doorzettingsvermogen gekost om de doodsoorzaak van de drenkeling te bepalen en het middel op te sporen waarmee hij vergiftigd was omdat het niet te detecteren viel, tenzij ze er gericht naar zochten. Digoxine was een stof die je in vingerhoedskruid aantrof, een plant die op zich niet zeldzaam was. Digoxine uit vingerhoedskruid winnen was daarentegen een moeilijk proces dat gespecialiseerde apparatuur vergde, waardoor het bijgevolg niet zomaar te verkrijgen was. Zij die verantwoordelijk waren voor de dood van de drenkeling waren geen amateurs, maar dat hoefde de zandridder niet te weten. En er was nog iets dat hij niet mocht weten, iets dat de mensen van Eurofins enorm verontrustte.

4

'Kijk, papa.'
Het meisje kneep in de hand van haar vader, wees opgewonden naar een plek aan de rand van de weg. De man deed alsof hij keek, knikte zonder zich iets af te vragen. Zijn dochtertje was hyperkinetisch, bruiste van de fantasie, eiste doorgaans alle aandacht op en zag dingen die er meestal niet waren. Hij en zijn vrouw hadden zich allang neergelegd bij haar wispelturige karakter en haar soms beschamende uitspraken omdat het hun dochter was, de buitenwereld had meer moeite met het lastige kind.

'Je moet echt kijken, papa.'
Ze trok aan zijn hand, probeerde zich los te rukken. Hij liet zich door haar meeslepen, als een baasje dat zijn aangelijnde hond niet meer in bedwang kon houden.

'Wat zie je, kind?' vroeg hij ten slotte.
'Een grote dikke kabouter. Ik denk dat hij nog slaapt. Kom, papa. Ik wil hem zien.'

Hij versnelde de pas. Het gras in de berm was hoog opgeschoten maar kurkdroog door de aanhoudende droogte, een gedeelte was platgetrapt en er lag inderdaad iets dat op een kabouter leek. Van In lag op zijn zij met een hand onder zijn hoofd. Zijn borstkas ging regelmatig op en neer, zijn bolle buik zat gekneld achter een dunne broekriem. Hij had geen puntmuts op, maar een linnen kap.

'Zie je wel', kraaide het meisje. 'Een echte kabouter.'
Nee, kind. Het is gewoon een dronkaard die zijn roes aan het uitslapen is, wilde de man zeggen. Hij zweeg omdat het geen zin had zijn dochter uit te leggen wat een dronkaard was en wat zijn roes uitslapen betekende. Hij bekeek de kerel die voor hem in het gras lag. Er woonden niet veel mensen in de buurt en hij kende ze allemaal. Wie was hij en waarom lag hij uitgerekend hier te slapen? Was hij bij een van de omwonenden feest gaan vieren? Het leek weinig waarschijnlijk. Hij haalde diep adem, liet zich door zijn knieën zakken, schudde de zatlap bij de schouder.
'Wakker worden. Voelt u zich wel goed?'
Hij dacht er nu pas aan dat de man misschien een beroerte had gekregen of door een gebrek aan insuline in een coma was geraakt. Snurkte iemand die een beroerte had gekregen of door een gebrek aan insuline in een coma was geraakt? Hij schudde hem opnieuw bij de schouder tot er een reactie kwam, een dierlijk gegrom en een stuiptrekking die hem achteruit deed deinzen.
'Je hebt de kabouter kwaad gemaakt, papa.'
Het meisje wilde Van In aanraken, haar vader trok haar ruw terug. Ze begon te huilen. Ook dat nog, maar hij probeerde rustig te blijven voor zij hysterisch werd.
'Ik denk dat je kabouter ziek is en we beter een dokter bellen', zei hij zacht.
Het meisje stopte met huilen, knikte enthousiast. Zij ging regelmatig bij de dokter op bezoek en die gaf haar snoepjes in een doosje om weer beter te worden. Papa had wellicht gelijk, de kabouter was ziek, anders was hij hier niet blijven liggen. Kabouters lieten zich immers overdag niet zien omdat ze bang waren voor de mensen. Het meisje stak een duim in haar mond en begon erop te sabbelen. Papa had gelijk, als er snoepjes bestonden voor zieke kinderen, konden die ook kabouters weer beter maken.

Van In werd wakker in een ziekenhuisbed. Hij besefte niet onmiddellijk wat er gebeurd was, zijn hoofd was leeg, zijn ledematen voelden zwaar en stijf aan alsof hij een berg had beklommen. Wat deed hij hier? Een attente verpleegkundige had de noodzoemer binnen handbereik gelegd. Hij pakte het ding en duwde op de knop. De deur van zijn kamer stond op een kier, er liepen voortdurend mensen voorbij, maar niemand die aandacht aan hem besteedde. Hij draaide zich op zijn zij, zette zich met zijn elleboog af op de matras en probeerde zich op te richten. Het lukte niet.

'Hei daar.'

Zijn stem droeg niet ver genoeg om de aandacht van de mensen op de gang te trekken. Hij liet zich weer op zijn zij zakken en drukte opnieuw. Wat was hem in godsnaam overkomen? Waar was Hannelore? Wie had zijn mobiltje gepikt? De geur van dennennaalden, de rit in de bestelwagen, het gevecht in de Snaggaardstraat... Hij draaide zich op zijn rug, zoog zijn longen vol met droge ziekenhuislucht. Zijn neus zat vol met aangekorst snot, zijn mond was kurkdroog. Op het nachtkastje stond een fles mineraalwater en een glas, hij had geen fut om zijn hand uit te strekken, de fles te pakken en te drinken. Hij hoorde flarden van een gesprek in een vreemde taal. Russisch. De schietpartij in het appartementsgebouw in Blankenberge. De drenkeling. Hakim...

'Goedemorgen, meneer.'

Een jonge man met kort blond haar en een modieuze zwarte hoornen bril stond in de deuropening. Hij glimlachte.

'Wat kan ik voor u doen?'

'Ik heb dorst', zei Van In.

De jonge verpleegkundige kwam binnen, pakte de fles mineraalwater, vulde een glas en reikte het aan. Van In dronk gulzig, zijn hand beefde als die van een alcoholicus die zijn portie nog niet gekregen heeft.

'Beter nu?'

'Veel beter.'

'Fijn. Hoe heet u eigenlijk?'

'Pieter Van In.'

'Geboortedatum.'

'Drie april negentienhonderd drieënzestig.'

'Adres?'

'Moerstraat 6, 8000 Brugge.'

'Beroep?'

'Commissaris bij de Brugse politie.'

'Ach zo.'

'U vindt het toch niet erg dat ik flik ben?'

'Natuurlijk niet.'

De jonge verpleegkundige vroeg niet wat een politiecommissaris bezield had om de nacht in de open lucht door te brengen. Het was ook niet zijn taak een oordeel over iemand te vellen. De resultaten van het bloedonderzoek waren nog niet beschikbaar, maar het zou hem niet verbazen als de commissaris iets te diep in het glas had gekeken. Een val- of vechtpartij zou in ieder geval de talrijke kneuzingen en hematomen verklaren, het leek wel of hij door een mangel was gehaald.

'Kunnen we iemand bellen om te zeggen dat u weer terecht bent?'

'Ik ben getrouwd. Mijn vrouw heet Hannelore Martens. Haar nummer is 0475 318 109.'

Ze bestonden dus toch, zware drinkers van wie het geheugen nog niet was aangetast. De verpleegkundige noteerde het telefoonnummer en vroeg hoe hij zich nu voelde.

'Het gaat', zei Van In. 'Ik voel me alleen geradbraakt.'

'Zal ik u een pijnstiller geven?'
'Nee. Zo erg is het niet.'
Een zware drinker met een intact geheugen die niet zeurde. Het werd steeds interessanter. De verpleegkundige liet zijn vooroordelen varen en vroeg dit keer bezorgd wat Van In overkomen was.

De rust was weergekeerd in de Turkse buurt aan de Dampoort. Beschadigde auto's waren weggesleept, ingeslagen vitrines met multiplex afgedekt. Twee straatvegers waren in hun eigen tempo bezig de glasscherven en de andere rommel op te ruimen. Hannelore stapte uit de wagen, een muur van warme lucht maakte abrupt een einde aan het comfortabele gevoel van de luchtgekoelde omgeving die ze net had verlaten. Ze gooide het portier dicht, wachtte tot Versavel en Hakim waren uitgestapt. Haar hoofd woog zwaar op haar tengere schouders, maar dat had niets met gewicht te maken. Het was het kwalijke gevolg van de witte wijn die ze de vorige avond in grote hoeveelheden had genuttigd. Hakim zag er om dezelfde reden ook niet al te fris uit.

'Ik heb zo de indruk dat de Poolse wetsdokter met de onuitspreekbare naam geen hoge dunk van me heeft.'
'Je mag het hem niet kwalijk nemen', zei ze. 'Het is zijn schuld niet, hij is zo opgevoed.'
'Jammer.'
'Inderdaad, maar geef Zlot wat tijd. Hij heeft een gouden hart.'
'Dan zal ik je maar geloven.'
Ze liepen langs de trieste gevels van de onderkomen rijtjeshuizen. Het was vroeg. De meeste bewoners sliepen nog, waardoor zij amper opvielen. Het was beter zo. Machtsvertoon had meestal het verkeerde effect op mensen die zich

vaak ten onrechte gestigmatiseerd voelden, het was de spreekwoordelijke rode lap. Het optreden van het speciale arrestatieteam had eveneens veel commotie veroorzaakt in linkse kringen, de pers die geacht werd objectief te blijven had gesproken van een groteske vertoning, een gevaarlijk signaal voor de democratie en meer van dat soort zogezegd genuanceerde onzin. Hannelore vond de reacties fel overdreven, maar als onafhankelijke magistraat moest ze zich van elk commentaar onthouden. Ze kon wel beamen dat een discrete aanpak minder stof had doen opwaaien. Ze bleven staan voor het huis van Vladimir Krilov, de handlanger van Oleg Petrofski, die net als zijn kompaan werkloos was, een strafblad had, al langer dan tien jaar in België woonde en zijn brood hoofdzakelijk met criminele activiteiten verdiende. Versavel wierp een blik op zijn horloge. Het was twintig voor negen en hij had de slotenmaker om halfnegen besteld.

'Ik denk dat onze man eraan komt', zei Hakim.

Er kwam een gele bestelwagen aangereden. Op de zijkant stond een kleurige afbeelding van een kameel en drie palmbomen met de originele tekst: *Ali Baba maakt alles open.* Achter het stuur zat een Marokkaan met grijzende slapen en een keurig getrimde baard die zich even later voorstelde als Ali. Niemand durfde te lachen of naar zijn achternaam vragen. Hannelore liet hem voor alle zekerheid het huiszoekingsbevel zien dat ze zelf had ondertekend. Ali knikte, bekeek haar met een blik die alle mannen herkennen, haalde zijn gereedschapskist uit zijn rijdende grot en maakte in minder dan twee minuten de deur open. Als Van In er was geweest, had hij zeker gezinspeeld op de zegswijze dat stropers de beste boswachters waren en wie weet had Ali erom kunnen lachen, want welke slotenmaker noemde zijn bedrijf anders Ali Baba? Hannelore tekende een formulier

af en kreeg een vette knipoog terug. Ali zette zijn gereedschapskist weer in zijn rijdende grot en vertrok.
'Zover zijn we.'
Ze stapte als eerste naar binnen. In de gang stond een oude fiets, het behangselpapier hing in flarden van de beschimmelde muur en het stonk er naar het riool, maar het huis van Vladimir was iets comfortabeler ingericht dan dat van Petrofski in de Snaggaardstraat. Het meubilair mocht aftands zijn en de stoffen bekleding van de bank groezelig, er heerste een zekere gezelligheid. Dat kwam waarschijnlijk door de koperen samovaar, de kitscherige schilderijen en de onvermijdelijke baboesjka's. Het televisietoestel zag er net als het iPodstation splinternieuw uit. In de keuken troffen ze torenhoge stapels smerige borden en aangekoekte pannen aan, maar dat vond ze niet abnormaal omdat ze wist dat het er bij hen net hetzelfde zou uitzien als Van In alleen zou wonen. De stank begon stilaan te wennen.
'Ik begrijp nog steeds niet waarom vier mensen moesten sterven om een portefeuille te recupereren, tenzij het over veel geld ging.'
'Vergeet niet dat Claes een notoire wapenhandelaar was.'
'Wat wil je daarmee zeggen, Hakim?'
Hannelore en Versavel keken de Syriër afwachtend aan. Verzweeg hij iets? De mensen die bij de Europese geheime dienst werkten, vormden een gesloten gemeenschap, de meesten hadden zelfs paranoïde trekjes en weinig buitenstaanders wisten precies wat ze deden. Hannelore had op een of ander congres opgevangen dat ze over een ruim budget beschikten en nog volop hoog gekwalificeerde medewerkers aan het rekruteren waren. Wat wisten ze eigenlijk over Hakim? Hij had de portefeuille ter sprake gebracht. Ze gooide het gesprek bewust over een andere boeg.

'Meneer Dumoulin had misschien iets ontdekt dat het daglicht niet mocht zien?'
'Wat zou hij ontdekt kunnen hebben?'
'Bezwarende informatie.'
Hannelore had er dieper op kunnen ingaan, het leek haar echter niet het moment om tweedracht te zaaien. Ze hadden tenslotte andere dingen aan hun hoofd dan een verklaring te zoeken voor de verdwijning van een portefeuille.
'Ik heb Saskia en Achilles de opdracht gegeven het doopceel van meneer Dumoulin te lichten. Wie weet schept hun onderzoek enige duidelijkheid', zei Hannelore. 'En jij hebt me het dossier van Claes beloofd', voegde ze er met een veelbetekenende blik in de richting van Hakim aan toe.
Ze liepen de trap op. Het huis telde twee slaapkamers, een rudimentair ingerichte badkamer en een zolder. In een van de kleerkasten hingen een winterse jas en twee wollen hemden. In de badkamer troffen ze alleen een stuk gebruikte zeep aan.
'Ik zal mijn belofte nakomen', zei Hakim plotseling. 'Maar veel valt er niet meer te zeggen. Meneer Claes leidde een onopvallend leven in de Provence, de rest heb ik jullie al verteld.'
'Ik wil je best geloven, Hakim, maar ik hoef je niet te vertellen dat er een groot verschil is tussen iets van horen zeggen weten en het dossier in kwestie zelf lezen.'
'Touché.'
Hakim glimlachte, zijn donkere ogen creëerden een soort magnetisch veld dat haar aanzoog. Ze kreeg er kippenvel van. Versavel deed alsof hij het niet merkte, hij nam het haar niet kwalijk omdat hij zich zelf niet aan de hypnotische aantrekkingskracht van de Syriër kon onttrekken. De stilte in de kamer vermengde zich op een onaangename manier met de drukkende hitte en de pregnante stank. Niets zeggen had het alleen nog erger gemaakt.

'Hoe gaat het eigenlijk met je vrouw?' vroeg Hannelore.
'Aisha doet voorlopig nog het huishouden en ze studeert een beetje.'
'Heeft ze moeite om zich aan te passen?'
'Een beetje', gaf Hakim toe. 'Aisha is de vrijheid die jullie genieten nog niet gewoon, maar ze heeft al veel bijgeleerd.'
Ze liepen de trap weer af, doorzochten de woonkamer en de keuken, waar Versavel een busje kruipolie vond in een keukenkast. Het was zo goed als leeg. Hij veronderstelde dat ze er hun wapens mee hadden geolied, want een naaimachine stond er niet. De huiszoeking leverde geen resultaat op. Alles wees erop dat ze hun vlucht zorgvuldig hadden voorbereid.
'Er zijn een paar mogelijkheden', zei hij. 'Ze zitten ondergedoken bij vrienden of ze hebben hun toevlucht in het buitenland gezocht.' Saskia had achterhaald dat beide Russen een geldig paspoort hadden, maar het was niet uitgesloten dat ze ook over valse papieren beschikten.
'Ik heb een internationaal opsporingsbevel opgesteld, er zit niet veel anders op dat af te wachten.'
Hannelores gedachten gingen onwillekeurig naar Van In. Hoe langer het duurde voor ze iets van hem hoorde, hoe kleiner de kans werd dat ze hem nog levend zou terugzien. Het was een ondraaglijk vooruitzicht, maar ze kon zich beter op het onderzoek concentreren dan doelloos thuis zitten piekeren.

'Hallo? U spreekt met dokter Geens. Spreek ik met onderzoeksrechter Hannelore Martens?'
Gebeld worden door een vreemde dokter, zesendertig uur nadat je man door twee Russische criminelen ontvoerd was, voorspelde niet veel goeds. Het leek of haar keel werd dichtgesnoerd, Versavel schrok toen hij in haar wijd opengesperde ogen keek.

'Ja', klonk het breekbaar. 'Wat is er...'
'Uw man is terecht en hij verkeert in goede gezondheid.'
Dokter Geens wist als geen ander dat je goed nieuws het best snel serveerde. Hij hoorde de opluchting aan de andere kant van de lijn.
'Waar is hij?'
'In het AZ Sint-Jan.'
'Kan ik hem bezoeken?'
'Ja, maar dan zult u hem wakker moeten maken. Hij is net weer in slaap gevallen.'
'Dank u, dokter.'

Ze hing op met een zweem van ongeloof om haar mond. Vijf minuten eerder had ze nog gedacht dat hij... en nu was ze door het dolle heen. Ze sloeg haar armen om Versavel, drukte hem stevig tegen zich aan. Hij voelde haar hart wild tekeergaan. Tranen doorweekten zijn overhemd, hij aaide zachtjes over haar rug.

Hakim bekeek het tafereel met een zekere verbazing, maar hij gaf geen commentaar. Westerse vrouwen mochten blijkbaar uithuilen op de schouder van een andere man. Hij schrok pas echt toen ze zich plotseling omdraaide en hij een zoen kreeg. Gelukkig was Aisha niet in de buurt. Hij nam haar bij de schouder en duwde haar zachtjes van zich weg omdat het de eerste keer was dat een andere vrouw dan Aisha hem zo intiem had aangeraakt. Het bracht hem in de war. Hij draaide zich om en liep naar zijn auto, die een eindje verderop geparkeerd stond.

Croupiers zijn net als dokters, advocaten en andere zorgverleners gebonden aan het beroepsgeheim, maar Saskia liet zich daardoor niet afschrikken. Mensen die tot 's ochtends in een casino bleven hangen, waren over het algemeen verwoede gokkers. Ze had een onderhoud aangevraagd bij de directeur en die had haar volledige medewerking beloofd, maar er eveneens aan toegevoegd dat hij niet kon garanderen dat iedereen dat zou doen. Gelukkig had de spelbediende die meneer Dumoulin voor het laatst had gezien dienst. Ze trof hem in de speelzaal achter een roulettetafel. Achilles volgde haar als een trouwe waakhond. Saskia was Van In niet, maar ze kende haar vak en hij had nog veel te leren.

'Ben je al eerder in een casino geweest?'

'Nee', zei hij terwijl hij nieuwsgierig om zich heen keek.

Er zaten drie oudere vrouwen aan de bar met een cocktail binnen handbereik, ondanks het relatief vroege uur. Twee met blauw gespoeld haar, de andere was blond. Ze waren zwaar opgemaakt, behangen met opzichtige juwelen en gekleed in dure jurken. Vereenzaamde vrouwen of weduwen die bulkten van het geld en niets anders meer omhanden hadden dan de zuurverdiende centen van hun respectieve mannen te laten rollen en wie weet ook op zoek waren naar ander vertier.

'Wil je ook iets drinken?'

'Iets drinken?' vroeg Achilles met opgetrokken wenkbrauwen.

'Croupiers werken nooit langer dan vijfenveertig minuten aan een stuk. Onze man heeft nog een klein halfuur voor de boeg voor hij mag pauzeren.'

'Wat wil je?'

'Cola.'

Saskia knikte, gaf het meisje achter de bar een teken en bestelde een cola en een glas cava. Daarna ging ze naast Achilles zitten, die nog steeds in de ban was van de drie rijke harpijen. Het werd pas echt spannend toen een keurig geklede man van een jaar of veertig de blonde heks aansprak en haar met complimentjes begon te overladen. Saskia draaide haar hoofd en gaf Achilles een knipoog. Je hoefde geen waarzegger te zijn om te voorspellen wat er zou gebeuren. De blonde del liet zich de complimentjes welgevallen terwijl ze met haar valse wimpers zat te knipperen als iemand die het wereldrecord knipperen scherper wilde stellen, bestelde een fles champagne, met op de achtergrond het geluid van kletterende jetons die door de pot van het casino werden opgeslokt. Achilles had er geen flauw benul van voor welk bedrag de croupier bijeen had geharkt omdat hij niet wist hoeveel een jeton waard was, maar het klonk in ieder geval indrukwekkend. Geen nood. Het duurde geen minuut voor de spelers weer torentjes bouwden op de velden van de roulettetafel. *Rien ne va plus.* De croupier schoot het kogeltje in het draaiende rad, waar het eerst door de middelpuntvliedende kracht werd gestuurd tot het begon te stuiteren toen de snelheid afnam om daarna definitief op een nummer te vallen.

'Wordt er dan nooit gewonnen?'

'Meer dan je denkt', zei Saskia. 'Maar uiteindelijk wint het casino, anders waren ze allang failliet.'

'Dat lijkt me logisch.'

De gigolo liet zijn hand op de gerimpelde dij van de blondine rusten, het begin van een proces dat niet al te veel tijd in beslag zou nemen omdat hij haar kende. Een fles champagne was voldoende om alle remmen los te gooien, ze logeerde niet ver hiervandaan, hield van een snelle wip omdat ze de speeltafel niet lang kon missen en nog meer aan gokken dan aan seks was verslaafd.

'Ik denk dat zijn tijd er bijna op zit.'

Saskia wierp een halve blik op haar horloge, dronk haar glas leeg, liet zich vervolgens elegant van de barkruk glijden en liep naar de speeltafel, waar een collega van de croupier die ze wilde spreken klaarstond om de volgende shift over te nemen. Saskia wachtte tot de aflossing officieel was voor ze zich aan hem voorstelde en vroeg of ze elkaar op een rustige plek konden spreken.

'Ik heb de formele toestemming van de directeur', zei ze toen de croupier zich met een smoes wilde redden.

Ze gingen aan een afgelegen tafeltje in de speelzaal zitten. Achilles volgde hen met enige tegenzin. De hand van de gigolo was net tussen de split van de jurk van de blondine verdwenen, het had hem niet onberoerd gelaten. Wat was er toch mis met zijn hormonen als zelfs oude vrouwen hem opgeilden?

'Het betreft André Dumoulin', zei ze. 'Ik neem aan dat u hem kent.'

De croupier liet het puntje van zijn tong over zijn tanden glijden, een tic die hem de bijnaam Lekmulippe had opgeleverd.

'Al onze klanten staan geregistreerd in een centrale databank', zei hij op een toon waarin een zeker misprijzen doorklonk.

Wat dacht die flikkentroela eigenlijk? Dat hij achterlijk was. Croupiers mochten niet de meest intelligente wezens zijn, bij de politie werken stond in zijn ogen gelijk aan stront ruimen. Mensen in uniform dachten hoe dan ook dat ze belangrijk waren en vrouwen waren op dat gebied erger dan mannen. Saskia hoefde zijn gedachten niet te kunnen lezen om te weten dat hij haar geestelijke vermogens niet hoog inschatte.

'Dat weet ik ook', zei ze. 'De vraag is of u alle klanten kent die in de centrale databank staan ingeschreven. Kende u Dumoulin of niet?'

Haar reactie havende zijn ego zodanig dat hij sprakeloos bleef, hij had de arrogante trut graag uitgescholden, maar was hij ook bereid om er een prijs voor te betalen? De directie liet zijn doen en laten scherp in de gaten houden omdat ze vermoedden dat hij sjoemelde, een aanvaring met de politie kon hem duur komen te staan. Dus gaf hij schoorvoetend toe dat hij Dumoulin kende.

'Fijn', glimlachte Saskia.

De weerstand van de macho was gebroken. Hij vertrouwde haar nog geen vijf minuten later toe hoeveel Dumoulin had verloren en wie hij geld schuldig was.

'Geef toe dat het niet zo moeilijk was', glimlachte ze weer.

Achilles draaide zijn hoofd omdat hij wilde vermijden dat de croupier merkte dat hij ook aan het lachen was. De blonde del en de gigolo waren verdwenen, de glazen nog voor de helft gevuld. Waren ze al bezig? Hij zag de oude doos liggen met haar gerimpelde benen wijd open, smachtend naar het vlees dat haar eenzaam bestaan een beetje draaglijker zou maken.

'Weet je wel zeker dat je iets wilt gaan drinken, schat?'

Hannelore had alles uit de kast gehaald om Van In ervan te overtuigen nog een nachtje in het ziekenhuis te blijven, het had, hoe kon het anders, niets uitgehaald. Het advies van de behandelende arts om na een zware verdoving geen alcohol te drinken was eveneens in dovemansoren gevallen.

'Maakt u zich om mij geen zorgen, dokter', had hij gezegd. 'Dit keer kies ik voor een lichte verdoving.'

Het was relatief koel in het ziekenhuis, Van In was bijna vergeten hoe warm het buiten was. Het zweet brak hem uit nog voor ze bij de auto waren.

'Gaat het?'

Hannelore was er niet gerust op. Oudere, zwaarlijvige mannen met een verhoogde bloeddruk hadden bij warm weer meer kans op een hartaanval, zeker als ze ook rookten en alcohol dronken. Ze lette daardoor niet op Versavel, die moeite had om hen bij te houden.

'Zal ik rijden?' stelde Hakim voor toen hij merkte dat Versavel kortademig was.
Hannelore merkte het nu ook. Ze wisselde een blik met Van In.
'Guido en ik gaan op de achterbank zitten, ga jij maar naast Hakim zitten en wijs hem de weg naar café Vlissinghe.'
Van In had al een tijdje in de gaten dat er iets mis was met zijn vriend, de vale kleur van zijn gezicht stond hem niet aan, maar hij zei niets omdat hij het zelf haatte als iemand over zijn gezondheidstoestand begon te zeuren.

De man die Dumoulin geld had geleend, was een vastgoedmakelaar met een kantoor aan de Zeedijk. Hij had naar verluidt al menige gokker leeggezogen en ontleende zijn autoriteit aan een forse medewerker die wanbetalers op een onorthodoxe manier met de realiteit confronteerde. Het was een stuurse man, met kleine ogen, hangwangen en dun achterovergekamd grijs haar, een oude havik op zoek naar weer een nieuwe prooi. Saskia vond het hoog tijd om Achilles spitsroeden te laten lopen.
'Dit keer is de eer aan jou', zei ze monter.
'Welke eer?'
'Het is jouw beurt om iemand te verhoren.'
De jonge agent voelde de grond onder zijn voeten wegschuiven. Had ze zijn vunzige gedachten geraden en werd hij daarom gestraft? Hij had ondervonden dat Saskia een bijzonder opmerkzame vrouw was, de manier waarop hij de blonde del en de gigolo had zitten begluren was haar waarschijnlijk niet ontgaan.
'Moet dat echt?'
'Moeten niet, maar wat zal Van In denken als...'
'Oké. Ik doe het.'
Achilles haalde diep adem, liep naar de vastgoedmake-

laar en stelde zich voor. Hij kreeg een keurende, of was het een afkeurende, blik terug. Zijn hart begon sneller te slaan.
'Komen jullie mee naar mijn kantoor.'
Het klonk eerder als een bevel dan als een uitnodiging. Saskia liet Achilles voorgaan, ze was benieuwd hoe hij het ervan af zou brengen.
'Ga zitten.'
Het kantoor was spartaans gemeubileerd: een werktafel met een pc, drie archiefkasten en evenveel stoelen. Geen kamerplanten, foto's of schilderijen. Alleen een plattegrond van Blankenberge. Achilles had Van In al een aantal keren aan het werk gezien, hij viel met de deur in huis.
'Hoeveel hebt u aan André Dumoulin geleend?'
'Dat gaat u geen moer aan.'
'Toch wel', reageerde Achilles vastberaden. 'Tenzij u verkiest met of zonder advocaat bij ons langs te komen. Wat denkt u van morgen om negen uur?'
Saskia was aangenaam verrast, ze had nooit verwacht dat haar nogal schuchtere collega op die manier uit de hoek zou komen. Van In had weer eens een goede keus gemaakt hem in het team op te nemen. Achilles deed er zelfs nog een schepje bovenop. Hij stond op en zei 'tot morgen' toen de makelaar zijn vraag niet onmiddellijk beantwoordde.
'Momentje.'
Het is hem verdomme gelukt, dacht Saskia opgetogen. Achilles had de sluwe makelaar uit zijn evenwicht gebracht en hield hem nu in een wurggreep.
'Ik heb hem inderdaad een fors bedrag geleend, maar hij heeft het onlangs terugbetaald.'
'Wanneer?'
'Een paar uur voor de schietpartij, een schietpartij waarmee ik trouwens niets te maken heb.'
'Dat weten we, meneer', reageerde Achilles rustig. 'Anders

hadden we u al laten oppakken. Nog een prettige dag verder en wie weet tot ziens.'

Het ijskoude bier schuimde in het glas, belletjes zochten hun weg naar de oppervlakte. Van In zette het glas aan zijn lippen, boorde zijn neus door de kraag en dronk tot zijn ergste dorst gelest was. Hannelore moest toegeven dat hij er gezien de omstandigheden redelijk goed uitzag. Zijn huid had weer een gezonde kleur, zijn ogen fonkelden als die van een stout jongetje en zijn haar was voor een keer netjes gekamd.

'Iedereen wil weten wat jou overkomen is, Pieter.'

Hij knikte en vertelde wat hij zich nog herinnerde van de ontvoering, de rit in de bestelwagen en het verblijf in de boshut tot het moment dat ze hem een spuit hadden gegeven en hij in de berm wakker was geworden.

'Vreemd verhaal', zei Hakim. 'En denk alsjeblieft niet dat het me niet interesseert, maar ik moet er dringend vandoor.'

Hannelore had hem een paar minuten eerder een pas binnengekomen bericht op zijn mobieltje zien lezen. Ze was nieuwsgierig naar de reden van zijn plotselinge vertrek, maar vond het onbeleefd ernaar te vragen. Het was nog steeds niet erg duidelijk welke rol hij exact speelde en ze wist ook niet goed of het verstandig was hem volledig in vertrouwen te nemen, niet zozeer omdat hij Syriër was, ze had gewoon geen al te hoge dunk van de ESSE. Van In stelde zich eveneens vragen, maar hij bestelde eerst een nieuwe Omer voor hij zei wat hem echt bezighield.

'Ik kan er in komen dat Hakim het huis van Petrofski niet onmiddellijk onder surveillance heeft laten plaatsen, we weten zelf hoeveel geld en mankracht een dergelijke operatie kost en iedereen maakt wel eens een foutje, ik vind het echter bijzonder vreemd dat de Russen zich zo gemakkelijk bloot hebben gegeven. Professionelen mijden camera's als de pest, zeker als ze een strafblad hebben.'

'Denk je dat ze die fout met opzet hebben gemaakt?'

Het was de eerste keer dat Versavel zich in het gesprek mengde. Hij zag er al een stuk beter uit dan op het parkeerterrein van het ziekenhuis. Zijn gezicht zag minder grauw en hij ademde weer normaal.

'Als het antwoord op die vraag ja is, is de volgende: waarom hebben ze dat gedaan?'

'Omdat ze dom zijn.'

'Dat denk ik niet, Hanne.'

'Ik ook niet', zei Versavel. 'Vergeet niet dat ze alle andere sporen vakkundig hebben uitgewist.'

'Waarom hebben ze Pieter dan niet vermoord?'

'Had mevrouw dat gewenst misschien?'

'Onnozelaar. Ik wilde gewoon aantonen dat...'

'Nu heeft Hanne wel een punt', knikte Versavel. 'De moordpartij in het appartementsgebouw van het echtpaar Dumoulin was volledig zinloos.'

Ze bleven discussiëren tot de zon tot boven de horizon zakte, het een stuk koeler werd en het zweet langzaam begon op te drogen.

'*One for the road?*'

Het was donker toen ze door de Vette Vispoort liepen. Van In haalde de huissleutel uit zijn broekzak, Hannelore trapte haar pumps uit en legde het laatste eindje blootsvoets af omdat haar voeten verhit en gezwollen waren. De aanraking met het arduin van de stoep deed bijna even goed als een lauwe douche. Van In betaalde de oppas, gaf een kleine fooi, wenste het meisje nog een prettige avond en keek haar nog even na, anders had hij niet gemerkt dat een forse man de Vette Vispoort binnenliep.

'Niet bang zijn, meid. Ik ga je niet lastigvallen.'

Zlotkrychbrto kruiste de oppas, stak zijn hand op naar Van In, die opgelucht ademde toen hij de Poolse wetsdokter herkende.

'Ik dacht even...'

'Dat ik Jack de Ripper was.'

'Nee, de zoon van Frankenstein. Kom binnen. Welke goede wind drijft je hierheen?'

Ze installeerden zich in de salon, Hannelore zette de ramen open en vroeg of de wetsdokter iets wilde drinken, het was een stomme vraag. Ze had gelukkig een nieuwe voorraad Omer gekocht.

'Ik wilde het de vorige keer niet vertellen toen die zandstuiver van de partij was, maar onze vriend de wapenhandelaar is niet verdronken, hij is vergiftigd met een product dat niet zomaar verkrijgbaar is en geen sporen achterlaat.'

'Is dat het grote geheim?'

'Nee, Pjetr. Er is iets dat me veel meer zorgen baart. Het slachtoffer is onlangs blootgesteld aan een redelijk hoge dosis radioactiviteit en dat valt een stuk moeilijker te verklaren dan een paar milligram...'

'Hoe ben je daar in godsnaam achter gekomen?'

'Dat heb je aan de mensen van Eurofins te danken. Een vergiftiging met een radioactief isotoop van polonium-210 was een van de mogelijkheden die ze hebben onderzocht. Toen bleek dat het iets anders betrof, zijn ze uiteindelijk bij Digoxine uitgekomen. Conclusie: Claes was radioactief besmet maar het heeft hem niet gedood.'

'Dat is sterk.'

'Heel sterk', zei Zlotkrychbrto.

5

De wereld was bijna om zeep. De aanhoudende droogte veroorzaakte een watertekort waardoor de oogst dreigde te mislukken, de vervuiling van de oceanen nam almaar toe, het regenwoud werd kleiner, diersoorten stierven uit, de luchtkwaliteit nam af, grondstoffen raakten op, mensen bleven elkaar ongenadig uitmoorden en last but not least stond de auto waarmee Versavel hem iedere dag kwam ophalen in de garage voor een grote onderhoudsbeurt. Van In stak een sigaret op om al die nare gedachten uit zijn hoofd te zetten. Het was een klein halfuur lopen naar het Politiehuis en maanden geleden dat hij zo'n afstand te voet had afgelegd. Zweet gutste uit zijn poriën, zijn voeten begonnen pijn te doen. Hij had natuurlijk een vervangwagen kunnen eisen, maar Hannelore had hem op andere gedachten gebracht met het argument dat dikke mannen na verloop van tijd impotent werden. Wat er ook van was, de gedwongen wandeling gaf hem de tijd om na te denken over de bevindingen van Zlotkrychbrto en de rol van Hakim.
'Morgen, commissaris.'
Een oudere agent op de fiets, stak zijn hand op. De grijns op zijn gezicht was veelbetekenend. Van In deed alsof hij het niet merkte. Nog tweehonderd meter. Hij overwoog een nieuwe sigaret op te steken, maar deed het uiteindelijk niet omdat roken evenmin de potentie bevorderde. Was dit

oud worden? Maakte ook hij straks de openbare weg onveilig met een opgefokte elektrische rolstoel? Doemdenken kon nare gevolgen hebben, wie weet schreef hij zich binnen afzienbare tijd in bij een plaatselijke petanqueclub.

'Hoi Pieter.'

De frisse verschijning van Saskia bracht zijn humeur weer op peil. Ze droeg een lichtblauwe jurk met witte noppen, het soort dat na de Tweede Wereldoorlog in de mode was en nu weer trendy. Eigenlijk kwam alles weer terug, behalve de jeugd. Hij kreeg een zoen terwijl ze zij aan zij naar de ingang liepen. De zoen en haar gezelschap deden hem opfleuren.

'Ben je iets meer te weten gekomen over Dumoulin?'

'En of', glunderde ze.

Ze liepen samen de trap op, hoewel hij zoals gewoonlijk de lift had kunnen nemen. Hoofden draaiden in hun richting, blikken van afgunst schoten als ongeleide projectielen door de ruimte. Het deed hem goed. De reactie van zijn jaloerse collega's verschafte hem een gevoel van welbehagen. Zijn stap werd veerkrachtiger, zijn rug rechter.

'Goedemorgen, Guido.'

Versavel stond in de gang met een beker koffie in de hand.

'Ook zin?' riep hij.

'Ja, maar dan liefst een zonder suiker.'

Van In liep zijn kantoor binnen met de knappe Saskia in zijn zog. Versavel volgde even later met de koffie. Hij zag er gezonder uit dan de dag ervoor en klonk opgewekter.

'Een zonder suiker voor de commissaris.'

Ze lachten. Van In liet zich op zijn stoel neerploffen, strekte de benen, probeerde zich voor te stellen hoe het zou aanvoelen als een lenige Thaïse zijn kuiten masseerde.

'We weten nu zeker dat geld niet het motief was voor de moord op het echtpaar Dumoulin', concludeerde Van In nadat Saskia had verteld dat Dumoulin een aanzienlijk deel van zijn schulden had terugbetaald voor de Russen hem hadden vermoord. Ze hadden die mogelijkheid eigenlijk al min of meer uitgesloten omdat geld ook niet de drijfveer voor de moord op de andere bewoners van het appartementsgebouw was geweest, het bewees echter wel dat de drenkeling veel geld op zak had, maar dat was op zich ook niet abnormaal omdat wapenhandelaars uitsluitend met cash werkten.

'Het kan ook een afleidingsmanoeuvre geweest zijn.'

Ze hadden het een keer meegemaakt dat een schijnbaar willekeurige moordpartij had gediend om de moord op het echte doelwit te verdoezelen.

'Je zou gelijk kunnen hebben, Guido, maar een afleidingsmanoeuvre waarvoor? Dumoulin was een gokker, niets verwijst naar een crimineel verleden.'

'Hij had misschien ook schulden bij de Russen', zei Saskia.

'Die redenering gaat alleen op als we aannemen dat de Russen de andere bewoners vermoordden om te vermijden dat die hen later konden identificeren.'

'Dan heeft het feit dat Dumoulin het lijk van de wapenhandelaar op het strand aantrof niets te maken met het bloedbad', zei Versavel.

Hoe ze de zaak ook bekeken, er kwam geen sluitende verklaring uit de bus, toch weigerden ze te aanvaarden dat het allemaal toeval was geweest.

'Wat missen we?'

Van In dronk van de koffie die ondertussen lauw was geworden en zonder suiker naar gebrande eikels smaakte.

'Wie we daar hebben.'

Hakim liep voorbij het raam, klopte aan en kwam binnen. Hij was gladgeschoren, zijn haar glansde, een zoete

geur van parfum vulde de kamer. Versavel keurde zijn pak met een kennersoog, het was van zijde en perfect van snit. Zelfs Saskia kon niet verbergen dat ze onder de indruk was van de elegante verschijning.
'Er is goed nieuws', zei de Syriër opgewekt. 'Mijn medewerkers zijn erin geslaagd een telefoongesprek van Krilov te traceren. We weten waar hij zich bevindt. Met een beetje geluk hebben we hen vanmiddag nog te pakken.'
Hij ging zitten, pakte de beker koffie aan die Saskia hem aanreikte en deed het plan om Krilov en zijn kompaan op te pakken uit de doeken.

Voortvluchtige misdadigers konden twee dingen doen om niet opgepakt te worden: onderduiken tot de storm overgewaaid was of een nieuw leven beginnen op een plek waar niemand hen zou zoeken. De tweede optie leek op het eerste gezicht de veiligste, maar was in de praktijk de meest omslachtige. Ergens een nieuw leven beginnen betekende ook afgesloten worden van vroegere sociale contacten en dag en nacht op je hoede blijven voor het geval je nieuwe verblijfplaats toch werd ontdekt. Petrofski noch Krilov hoefde die keuze te maken omdat alles voor hen geregeld was en ze hun instructies hadden gekregen.
'Ik kan niet wachten om die hete wijven te neuken', zei Petrofski.
Ze zaten aan de rand van een snelstromend riviertje dat wemelde van de forellen. Krilov had zijn hemd uitgetrokken en genoot van de zon terwijl hij bedachtzaam een sigaret rookte. Het vooruitzicht op hete wijven deed hem terugdenken aan de tijd toen hij callgirls met de wagen naar hun klanten reed en na afloop zelf een nummertje mocht maken of een pijpbeurt kreeg aangeboden.
'Jong vlees doet een man goed', mijmerde hij. 'Het is weken geleden dat ik nog op kutbezoek ben geweest.'

'Het voordeel is dat we niet eerst martelaar hoeven te worden om aan onze trekken te komen.'
'Ik denk niet dat we maagden krijgen.'
'Pff. Maagden. Je kunt evengoed een schaap neuken.'
'Dat doen de martelaars voor ze naar de hemel gaan.'
Het klaterende water bracht rust, Petrofski boog voorover, haalde een halfvolle fles wodka uit een emmer met ijs, schroefde de dop los, zette de fles aan zijn lippen en dronk.
'Ook een slok?'
'Graag. Hebben we nog iets te eten?'
'Ik denk het wel.'
Petrofski stond op, slenterde langs een aarden pad naar de boshut. Het deed hem denken aan een vakantie die hij met zijn vriendin bij familie in Rusland had doorgebracht. Een rivier met helder water, eindeloze dennenbossen, een stevige blokhut met een immense haard waarin 's winters halve stammen lagen te smeulen, de geur van borsjt, de roes van wodka, de onmetelijke sterrenhemel, een warm vrouwenlichaam onder een dekbed van dons. Hij had een respectabel leven kunnen leiden, trouwen, een gezin stichten, groente verbouwen in zijn eigen moestuin. Het was anders gelopen. Hij was ongewild bij een vechtpartij betrokken geraakt, er was een dode gevallen en hij had de schuld gekregen. Hij was in paniek gevlucht toen de politie hem wilde arresteren, een verre neef had hem opgevangen, onderdak en werk bezorgd. Hij wist toen nog niet dat zijn beschermengel deel uitmaakte van een criminele bende mensenhandelaars en het zijn taak zou worden lastige getuigen uit de weg te ruimen. Petrofski was de tel kwijtgeraakt van hoeveel mensen hij koud had gemaakt, het interesseerde hem ook niet meer. Iemand doden was even normaal geworden als ademen, eten en neuken. Hij duwde de deur van de boshut open, vulde een tas met wat ze nog in voorraad hadden:

koude kip, tomaten, brood, olie, opgelegde augurken en een fles pruimenjenever voor het geval de wodka opraakte. Hij liep terug naar de rivier met nog meer herinneringen aan vroeger.

'Hoeveel tijd hebben we nog?'

Krilov keek op zijn horloge, een gestolen Lebeau Corraillie met gouden kast. Hij kickte op luxeproducten, hij had alleen geen zin om er geld aan te besteden.

'Tijd zat. Ze komen ons pas om vier uur ophalen.'

Petrofski ging zitten, maakte de tas leeg, stalde de mondvoorraad uit op een keukendoek en tastte toe. Krilov volgde zijn voorbeeld.

'Besef je eigenlijk dat we boffen?' zei hij. 'Wie kan zeggen dat hij straks onbeperkt mag neuken met wijven die alles goed vinden?'

'Maak me nu nog niet gek.'

Petrofski trok een bout los, nam een hap. De kip was perfect krokant gebakken, het vlees zacht en vol smaak. Ze verslonden de kip, lieten het brood en de tomaten voorlopig ongemoeid.

'Het zijn mijn zaken niet, maar ik blijf me afvragen waarom iedereen in het gebouw dood moest.'

'Het zijn inderdaad onze zaken niet', zei Krilov. 'Laten we het zo houden.'

'Onze vrienden zitten ondergedoken in de buurt van Arlon', zei Hakim. 'Een team is onderweg om hen in te rekenen.'

'Dan zijn ze nog dommer dan we dachten. Zelfs een onnozele kruimeldief weet dat hij niemand moet bellen als de politie hem op de hielen zit.'

Van In schudde ongelovig zijn hoofd. Hij begon stilaan alles wat er gebeurd was in vraag te stellen en hij niet alleen. Versavel kon evenmin zijn scepsis verbergen. Hij zat voortdurend aan zijn snor te pulken.

'Het zijn Russen', lachte Hakim.
Een beginneling was er misschien in getrapt. Van In en Versavel hadden samen meer dan zestig jaar ervaring, dat moest Hakim ook weten. Waarom behandelde hij hen dan als amateurs? Wantrouwen was geen langzaam groeiend kruid, het woekerde tot je erin verstikte. Van In nam zich voor het verleden van de Syriër uit te spitten tot de waarheid aan het licht kwam. De gedachte dat hij hen voor de gek hield, bezorgde hem een beklemmend gevoel, maar ze mochten niet overhaast te werk gaan en geen loze beschuldigingen uiten voor ze met zekerheid wisten wat er aan de hand was.

'Hoe lang weet jij al waar ze zich schuilhouden?'

'Een medewerker heeft me een uur geleden gebeld.'

Welke medewerker, wilde Van In vragen, hij hield zich in. Saskia voelde de spanning aan. Ze vroeg of er nog iemand koffie wenste. Zij stelde zich niet dezelfde vragen als Van In en Versavel, het was de manier waarop Hakim haar bekeek die haar stoorde, hoewel ze er stilaan aan gewend was geraakt dat mannen haar met hun ogen uitkleedden.

'Dan reageren jullie sneller dan de vorige keer', merkte Van In droog op terwijl hij ostentatief en met een pijnlijk gezicht over zijn wang wreef, die nog blauw en gezwollen was van de klappen die hij had gekregen. Hakim verontschuldigde zich, het leek gemeend hoewel niemand kon weten wat er zich in zijn hoofd afspeelde. Mochten ze hem vertrouwen of zagen ze spoken? De ESSE screende zijn medewerkers grondig, dat Hakim een oorlogsgebied was ontvlucht, mocht geen reden zijn om hem te verdenken, iedere inlichtingendienst had mensen met een vreemde nationaliteit in dienst, zelfs de Mossad en de CIA. Een van de grote voordelen was ook dat Hakim Arabisch en Pasjtoe sprak, twee talen die maar heel weinig Europeanen beheersten.

'Ik kan je fysieke pijn niet wegnemen, maar sta me toe jou en Hannelore uit te nodigen voor een etentje. Aisha is een prima kokkin en ik heb onlangs een paar flessen schitterende Libanese wijn op de kop kunnen tikken.'

'Produceren ze daar ook wijn?'

'En of', glunderde Hakim. 'Je zult versteld staan.'

'Oké. Ik geloof je. Wanneer spreken we af?'

'Wat denk je van vanavond?'

'Dat lukt wel.'

Van In wist nog niet of het zou lukken. Ze hadden een oppas nodig en Hannelore hield niet van onaangekondigde etentjes, maar hij wilde de gelegenheid om meer over Hakim en Aisha te weten te komen niet laten schieten, zeker niet als er voortreffelijke wijn werd geschonken.

'Dat is dan afgesproken, maar als jullie me nu willen excuseren, ik heb nog een paar dingen te regelen.'

Hij liet een stilte na toen hij verdween. Ze dachten alle drie aan hetzelfde. Versavel was de eerste die iets zei.

'Vinden jullie het niet vreemd dat Hakim schijnbaar niet meer in de moord op Claes geïnteresseerd is? Of was dat niet de reden om met ons samen te werken?'

'Vertrouw je hem dan niet?' vroeg Saskia.

'Kun je iemand vertrouwen die je niet kent?'

Het antwoord van Versavel bracht haar een beetje in de war. Ze zocht steun bij Van In.

'Wat denk jij, Pieter?'

'Kennen we iemand die een goede relatie heeft met de top van de ESSE?'

'Hoofdcommissaris Duffel?'

'Mmm.'

Saskia kon gelijk hebben. Duffel was niet alleen korpschef van de Brugse politie, hij was ook heel actief op nationaal vlak en had uitstekende banden met de politiek. De vraag was of ze hem konden overtuigen zijn contacten in te schakelen. Van In deed niet graag achterbaks omdat hij zelf een hekel had aan achterbakse mensen, maar ze moesten iets ondernemen om meer over Hakim en Claes te weten te komen.

'Wat doen we?'
'Ik pols Duffel, wil iemand ondertussen een kernfysicus voor me zoeken?'

Het was zalig toeven aan de oever van het riviertje. Krilov was in slaap gevallen, Petrofski zat te soezen met zijn rug tegen een boom. De fles wodka was leeg, die met pruimenjenever nog halfvol. De toekomst zag er rooskleurig uit. Petrofski geeuwde uitgebreid, stak een sigaret op. Ergens in het bos kraakte een dorre tak, hij besteedde er geen aandacht aan. Een man in een kaki overall sloop behoedzaam door het bos. Hij droeg een bivakmuts, ondanks de smorende hitte. Zweetdruppels glinsterden op zijn bovenlip. Om zijn nek bungelde een prismakijker. Hij bleef staan, hield de kijker voor zijn ogen, zag dat het goed was. De tweede Rus leek eveneens te slapen. Het sluipschuttersgeweer dat hij bij zich droeg was van Belgische makelij en vervaardigd in Herstal onder de naam Ultima Ratio Commando, het was een uiterst efficiënt wapen dat zowel door de FBI als door Syrische terroristen werd gebruikt. Hij liet zich door zijn knieën zakken, ging op zijn buik op het zachte tapijt van dennennaalden liggen, plaatste de loop op een statiefje, stelde het vizier af op het hoofd van de Rus die bij het riviertje languit op zijn rug lag. De slapende man was een gemakkelijk doelwit omdat de sluipschutter zich op een hoger gelegen plek bevond. Missen was bijna onmogelijk. De sluipschutter richtte het geweer op de andere Rus die tegen een boom zat. Petrofski was zich er absoluut niet van bewust dat hij onder schot werd gehouden, het was zijn instinct dat hem wakker maakte. Hij deed zijn ogen half open, speurde de omgeving af. Niets. Krilov lag nog vredig te snurken, begeleid door het geklater van het water van de rivier en een koerende houtduif. Petrofski probeerde zich weer te laten gaan, maar het gevoel van onbehagen dat hem wakker had gemaakt bleef knagen, deed hem denken aan een nachtelijke raid van de Russische politie op een boerderij waar hij zat ondergedoken. Hij was er nooit achter gekomen wie hem had verraden en had zich nooit afgevraagd wat hem wakker had gemaakt, hij had weten te ontkomen en dat was het belangrijkste. Sindsdien had hij nooit meer vast geslapen. Het eerste schot klonk oorverdovend, de dumdumkogel deed de schedel van Krilov openspatten als een rijpe meloen. Het kostte de sluipschutter drie seconden om zijn wapen opnieuw te richten, maar hij was te laat. De Rus die tegen de boom zat te slapen, was verdwenen. Hij liet het geweer zakken omdat het vizier zijn gezichtsveld beperkte. Petrofski rende als een gek naar de rand van het bos terwijl hij zich angstig afvroeg hoeveel tijd de schutter nodig zou hebben om hem in het vizier te krijgen. Een bewegend doelwit was moeilijker te treffen dan een stilstaand, maar hij mocht er niet van uitgaan dat de schutter een amateur was, hij begon te zigzaggen. Net op tijd. De tweede kogel sloeg een kuiltje in de grond op de plek waar zijn voet had gestaan. Nog tien meter tot aan de bomen. Hij perste alle energie uit zijn lijf. Het derde schot miste hem op minder dan tien centimeter, hij was veilig, relatief veilig eigenlijk, want het was een heel eind lopen voor hij de bewoonde wereld bereikte, drank en sigaretten hadden zijn conditie in de loop van de jaren geen goed gedaan. Een jonge, getrainde kerel zou hem zo inhalen en het werk afmaken. Hij overwoog om terug te keren naar de boshut waar hun wapens lagen, zodat hij zich tenminste kon verdedigen, tot hij zich realiseerde dat de schutter misschien niet alleen was gekomen. Hij gokte verkeerd. De sluipschutter was alleen en was niet van plan de achtervolging in te zetten omdat hij wist dat de mannen van de speciale eenheid die Hakim op de Russen had afgestuurd niet meer veraf waren. Hij pakte zijn geweer, klapte het statiefje in en verdween in de tegenovergestelde richting terwijl hij zich afvroeg wat er in godsnaam was misgelopen.

'Ik neem aan dat je beseft waar je aan begint, Van In.'

Duffel had aandachtig geluisterd en ondertussen een paar keer zijn wenkbrauwen gefronst voor hij was beginnen te droedelen. Het aangespoelde lijk van de wapenhandelaar had amper de aandacht van de pers getrokken, het bloedbad in het appartementsgebouw van Dumoulin daarentegen was nog steeds het onderwerp van gesprek, maar dat zou zeker veranderen als het publiek te weten kwam wat Zlotkrychbrto had ontdekt. En een aantal mensen zou zich net als Van In vragen gaan stellen over de aanwezigheid van Hakim en hij moest eerlijk toegeven dat de directeur van de ESSE heel karig was geweest met informatie over de Syriër.

'Maar ik denk ook dat je verstandig hebt gehandeld niet met Hakim over de bevindingen van Zlotkrychbrto te spreken.'

'Dank u, chef.'

Duffel stond op, liep naar een ingebouwde kast, waar hij behalve vertrouwelijke dossiers ook een voorraad drank voor noodgevallen bewaarde.

'Een borrel zal ons allebei goed doen.'

De korpschef was niet vies van een glas en iedereen die hem kende wist dat hij op het werk geen druppel alcohol aanraakte, maar nood breekt wet. Het feit dat de wapenhandelaar aan een behoorlijke dosis radioactiviteit had blootgestaan was geen item dat je zomaar van tafel kon vegen, omdat het bijna niet te verklaren was dat zoiets kon gebeuren.

'Ik wil zo snel mogelijk weten hoe iemand aan een dergelijke dosis blootgesteld kan worden.'

'Niemand zegt dat het bij ons is gebeurd.'

'Nee, dat is waar.'

Duffel reikte hem een glas aan. Van In nipte ervan, een milde turfsmaak streelde zijn tong. Oban, het lievelingsmerk van de chef.

'Het zou handig zijn als ik zijn dossier kon inkijken.'

'Dat geloof ik, maar ik zou er geen geld op durven in te zetten dat we het ooit onder ogen krijgen. De ESSE hoeft alleen verantwoording af te leggen aan de Europese ministers van Justitie, en geloof me dat ze zich daar terdege van bewust zijn.'

'Daarom ben ik bij u langsgekomen, chef. Er zijn immers kwatongen die beweren dat u overal een mannetje hebt zitten.'

'Doe niet zo flauw.'

Duffel had kunnen toegeven dat Van In gelijk had, hij deed het niet omdat hij de erecode niet wilde breken. Wie in bepaalde kringen werd opgenomen, mocht alleen met gelijken over bepaalde onderwerpen communiceren. Een inbreuk op de erecode werd met levenslange uitsluiting bestraft.

'Bel dan iemand.'

'Dat zal ik doen, maar ik vrees dat ik jou niet bij het gesprek kan betrekken en het valt te bezien of het ook iets zal opleveren.'

'U bent mijn rots, chef.'

'Ja, en jij de branding zeker. Drink je glas leeg en verdwijn.'

Petrofski waggelde als een dronkenman tussen de rijzige dennenbomen. Hij stond af en toe stil om uit te rusten en te luisteren. De kans dat de huurmoordenaar hem te pakken kreeg, werd met de minuut kleiner. Hij liet zich hijgend en compleet uitgeput tegen een boom zakken, veegde het zweet dat op zijn voorhoofd brandde weg met de rug van zijn hand. Wat nu? Bij wie moest hij nog terecht? Wie kon hij nog vertrouwen? Hij had geen geld bij zich, geen wapen om zich te verdedigen, geen vervoermiddel om zich te verplaatsen, maar een roofdier stelde zich geen vragen, het gebruikte wat voorhanden was om te overleven. Petrofski kwam moeizaam overeind. Onder hem kronkelde een asfaltweg met elektriciteitspalen op regelmatige afstand van elkaar. Het was een desolate streek waar weinig mensen woonden, toch hoopte hij een onderkomen te vinden voor het donker werd. Rustig. Minuten verstreken. Zijn hartslag werd normaal, zijn ademhaling regelmatig. Hij begon weer helder te denken. België was een klein land, een zakdoek groot vergeleken met zijn vaderland, het kon geen uren duren voor hij op een teken van leven stootte. Arlon was de dichtstbijzijnde stad, maar was het verstandig om zich daar te vertonen? Als de schutter voor een opdrachtgever werkte, kon hij wellicht een beroep doen op een stel kompanen. De grootste vraag bleef echter onbeantwoord. Wie had hen willen vermoorden en waarom? Motorgeronk in de verte deed hem wegduiken in het bos, hij wachtte rustig af tot de naderende auto, een overjaarse Mazda, gepasseerd was. Het leek weinig waarschijnlijk dat de huurmoordenaar zich met een dergelijk voertuig verplaatste, maar hij kon beter geen enkel risico nemen.

De leider van het arrestatieteam dat Hakim naar de boshut had gestuurd was ondertussen niet bij de pakken blijven neerzitten. Hij had versterking en assistentie van een helikopter gevraagd en vier van zijn mannen de bossen in gestuurd toen bleek dat een van de Russen ontkomen was.

'Ik wil ook weten wie de eigenaar van de boshut is', zei hij over een beveiligde lijn tegen de officier die de operatie leidde vanuit het hoofdkwartier in Brussel.

Daarna belde hij Hakim.

'Krilov is vakkundig afgemaakt met een dumdumkogel, de andere is erin geslaagd te ontsnappen. Hij is te voet, het zou dus best kunnen dat we hem nog te pakken krijgen.'

'Is er een spoor van de schutter?'

'Nee. De operatie was goed voorbereid, volgens mij had hij de nodige voorzorgsmaatregelen genomen.'

'Heb je enig idee waarom ze uitgerekend op die plek ondergedoken zaten?'

'Nee, maar het is zeker geen toeval.'

In de hut waren behalve wapens, ook sleutels, twee koffers met kleren, een stel nieuwe identiteitspapieren, twee mobieltjes zonder simkaart en een behoorlijke som geld aangetroffen.

'Dan moeten we er eerst zien achter te komen voor wie ze werken', zei Hakim.

Het zware gebrom van een laagvliegende helikopter maakte het bijna onmogelijk het gesprek voort te zetten.

'Daar zijn we mee bezig', schreeuwde de leider van het team. 'Ik bel je zo snel mogelijk terug.'

Petrofski besefte dat het een kwestie van minuten was voor ze hem in de gaten zouden krijgen toen hij de helikopter in de lucht zag hangen. Er zat niets anders op dan de beschutting van het bos weer op te zoeken, hoewel dat niet veel respijt zou geven omdat hij wist dat ze over apparatuur beschikten om lichaamswarmte te detecteren. Toch zette hij het met de moed der wanhoop op een lopen. Takken zwiepten in zijn gezicht, striemden zijn armen, zijn hart hamerde in zijn borstkas. Hij bleef rennen ondanks de pijn in zijn knieën, het gevolg van een nooit volledig geheelde kogelwond. Het zou niet lang duren voor hij de strijd zou moeten opgeven, maar hij zette door tot hij in een soort trance kwam, waardoor hij niet merkte dat hij van een helling naar beneden aan het lopen was en zich evenmin realiseerde dat een dal meestal de bedding van een rivier vormde. Hij hoorde het snel stromende water voor hij het zag. Het was ijskoud, de perfecte omgeving om te ontsnappen aan de warmtecamera's in de helikopter. Het eerste contact deed hem naar adem happen. De rivier was ondiep door de aanhoudende droogte, maar de overhangende bomen boden beschutting tegen de spiedende ogen in de lucht. Het geronk kwam steeds dichterbij, hij ging kopje-onder, drukte zijn gezicht tegen de kiezels op de bodem en hield zijn adem zo lang mogelijk in. Het was vergeefse moeite, de warmtecamera detecteerde hem moeiteloos.

'We hebben hem', schreeuwde de observator in de helikopter.

De navigator knikte en gaf de coördinaten door aan de mensen op de grond omdat er nergens een geschikte plek was om te landen. Petrofski was zich van geen onheil bewust, hij kroop opgelucht uit het water toen het motorgeronk wegstierf in de verte. Het was hem verdomme gelukt. De onverwachte meevaller gaf hem nieuwe energie, hij zette zijn weg voort in de richting van de ondergaande zon.

Van In liep naar buiten, stak routineus een sigaret op. Wachten maakte hem ongeduldig, maar hij had geen andere keus. Zelfs al kon Duffel wonderen verrichten, het zou een tijdje duren voor hij over de gevraagde informatie beschikte.

Bovendien zat zijn dienst er bijna op. Hij gooide zijn halfopgerookte sigaret in het gras, liep weer naar binnen en nam de trap naar de tweede verdieping.

'Heb je ondertussen al een kernfysicus gevonden?'

Saskia glimlachte. Van In leefde nog met een been in de prehistorie, hij realiseerde zich nog steeds niet dat je in heel veel gevallen geen specialist meer nodig had om bepaalde informatie in te winnen. Ze liet hem in de waan.

'Uiteraard, chef. Ik ben zelfs zo vrij geweest een afspraak te maken. Hij verwacht jullie morgen om halftien bij hem thuis.'

'Toch niet op zo'n onzalig uur', protesteerde Van In.

'Je schreeuwt voor je slaag krijgt. Professor Stoops woont in de buurt en je dienstwagen met airco is weer beschikbaar. Tevreden?'

Saskia was de enige die ongestraft de draak met hem kon steken. Knappe vrouwen konden zich nu eenmaal meer permitteren dan oude knarren en hij mocht haar graag.

'Het is al goed, Sas.'

Hij ging zitten, nam een slok van de koffie die hij had laten staan, trok een vies gezicht. Koude koffie mocht een prima dorstlesser zijn bij warm weer, hij dronk liever Omer.

'Dank je, chef.'

'Houd toch op met dat gechef.'

'Wat moet ik dan zeggen? Pa?'

'Ik denk dat we allemaal last van de hitte krijgen.'

Versavel ging staan, zijn klamme broek kleefde aan zijn billen, hoewel hij in de loop van de dag al twee keer onder de douche had gestaan. De geur van zweet maakte hem misselijk, de stekende pijn in zijn schouder werkte op zijn humeur.

'Laten we hopen dat het vanavond wat afkoelt', zei Van In. Hij had er spijt van dat hij had toegezegd om bij Hakim te gaan eten, maar ze konden niet meer terug. Aisha was waarschijnlijk al de hele dag met de voorbereidingen bezig, het zou grof zijn de afspraak nu nog af te zeggen.

Doelloos rondzwalpen in een donker bos was geen pretje. Petrofski zag geen hand meer voor ogen, hij was al twee keer gestruikeld en had daarbij bijna zijn voet verzwikt. Het had echter ook voordelen. Het licht in de verte lokte hem als een konijn naar een lichtbak. Hij stelde zich geen vragen terwijl hij voortstrompelde en uiteindelijk bij een huis terechtkwam dat zo uit een sprookje afkomstig leek. Hij sloop dichterbij, gluurde door het raam naar binnen. Aan tafel zat een oude man in bloot bovenlijf een kruiswoordpuzzel in te vullen. Petrofski had een beetje medelijden met hem. Hij liep naar de voordeur, klopte aan. Het duurde behoorlijk lang voor de oude man reageerde, de voordeur ging op een kier. Petrofski aarzelde niet, hij trapte de deur open, sprong naar voren en greep de oude man die achterover was gevallen bij de keel.

Hannelore had voor de gelegenheid een lange zijden jurk aangetrokken met een discrete halsuitsnijding om de gastvrouw en de gastheer niet te choqueren, ze had zich de moeite kunnen besparen. Aisha droeg een korte rok en een strak topje dat niet veel aan de verbeelding overliet. Haar lippen waren gestift en ze geurde naar een duur Frans parfum.

'Welkom.'

Ze zoende hen allebei op de wang en ging voor naar de woonkamer waar Hakim een fles champagne aan het ontkurken was. Het meubilair kwam van Ikea, geen enkele decoratie deed aan Syrië denken, behalve een foto van een man op een dromedaris.

'Ga zitten. Wat kan ik jullie aanbieden? Omer voor de mannen en champagne voor de vrouwen?'
Er dansten pretlichtjes in haar ogen, zelfs Hannelore was onder de indruk van haar schoonheid. Aisha had een ongelooflijk gave huid, prachtige jukbeenderen en lichtgroene ogen. Haar figuur benaderde de perfectie van een gefotoshopt model. Ze gingen zitten. De tafel stond gedekt met gerechten die ze niet konden benoemen.
'U had zich niet zo hoeven uit te sloven, mevrouw, een hapje en een drankje waren ruim voldoende geweest.'
'Aisha. Mijn naam is Aisha.'
Mensen uit het Midden-Oosten genoten de reputatie gastvrij te zijn, de hartelijke ontvangst en de overvloed aan eten en drank maakte deel uit van hun cultuur. Van In herinnerde zich een bezoek aan het Topkapipaleis in Istanboel waar ze voor het eerst in contact waren gekomen met de verfijning van de Ottomaanse beschaving uit de vijftiende eeuw.
'Oké. I rest my case.'
De avond verliep in een ontspannen sfeer, alsof ze elkaar al jaren kenden. Hannelore genoot van de Maneeash, minipizza's met kaas, gehakt en uien, en Van In smulde van de shish taouk, spiesjes met kip. Ze kregen ook baba ghanoui voorgeschoteld, fuul en andere gerechten waarvan ze nog nooit hadden gehoord, laat staan geproefd. Hakim had bovendien niet overdreven wat de Libanese wijn betrof. Ze aten en dronken tot ze echt geen hap of slok meer binnenkregen. Aisha vond het zelfs niet erg dat er aan tafel gerookt werd. Roken en drinken maakte de tongen los, wat op zich niet erg was zolang de drankduivel geen roet in het eten gooide.
'Jullie hebben het hier in elk geval gemaakt', zei Van In. 'Wie zou kunnen geloven dat jullie nog maar pas in Vlaanderen wonen?'

'We doen ons best', knikte Aisha. 'En dat vinden we normaal. Jullie hebben ons tenslotte gastvrij opgenomen in jullie samenleving. Hakim heeft werk, we wonen in een mooi huis en ik heb de kans gekregen om te studeren. Wat kan een mens zich nog wensen.'
'Dat is waar, maar...'
'Je vraagt je af waarom andere moslims zich niet willen aanpassen.'
'Moslims', herhaalde Van In verbaasd. 'Ik dacht dat jullie Syrische christenen waren.'
'Hij wel, maar ik niet', lachte Aisha. 'Of hebben jullie er moeite mee dat ik alcohol drink en strakke topjes draag?'
'Natuurlijk niet.'
Van In kreeg een strenge blik van Hannelore omdat zijn antwoord waarschijnlijk te gretig had geklonken.

6

Stedelingen waren normaal trots op succesvolle medeburgers, behalve Bruggelingen. Hoe was het anders te verklaren dat iedere Bruggeling met een beetje naam en faam de stad na verloop van tijd de rug toekeerde en zich ergens anders ging vestigen? Gelukkig was er altijd de spreekwoordelijke uitzondering. Professor doctor Stoops was er zo een. Hij mocht misschien niet zo bekend zijn als een doorsneezanger of -acteur, wetenschappers van over de hele wereld beschouwden hem als een autoriteit op zijn vakgebied. Van In moest toegeven dat hij nog nooit iets over de man had gehoord, maar dat kon niemand hem kwalijk nemen, zelfs de burgemeester wist niet wie professor doctor Stoops was.

Versavel parkeerde de Audi voor de bescheiden villa van de gerenommeerde kernfysicus, Van In stapte uit, stak haastig een sigaret op, wat niet echt verstandig was in een kurkdroge bosrijke omgeving.

'Ik ben hier in geen jaren meer geweest', zei hij toen ze bij het hek stonden. 'Zou jij hier willen wonen?'

'Nee.'

Versavel hield nochtans veel van de natuur, hij droomde nog steeds van een boerderijtje in de polders, het Tillegembos trok hem geenszins aan wegens te somber. De villa van de professor doctor dateerde uit de jaren vijftig, een periode waarin de lelijkste bouwsels werden neergepoot, en zag er bovendien redelijk onderkomen uit. Het prieeltje in de tuin was het enige pluspunt. Ze liepen over een geplaveid met korstmos overwoekerd pad naar de voordeur.

'Je sigaret, Pieter.'

Van In haalde zijn schouders op, maakte zijn vingers nat met speeksel, kneep het peukje uit met duim en wijsvinger en stak het in zijn broekzak.

'Tevreden nu?'

De voordeurbel bootste het geluid van een gong na, ze wachtten geduldig af tot iemand kwam opendoen. Van In wierp een blik op zijn horloge. Het was achtentwintig minuten over negen. Ze waren in ieder geval op tijd.

'We hadden toch een afspraak.'

Versavel knikte. Hij hoopte dat Van In zich niet druk zou maken, maar vertikte het opnieuw aan te bellen. Wie weet was de professor moeilijk ter been of hij had misschien last van zijn prostaat en zat nog op het toilet. Met oudere mensen moest je een beetje geduld oefenen.

'Ik denk dat hij eraan komt.'

Hij hoorde een deur dichtgaan en voetstappen in de gang. Klik klak klik klak. Een zelfverzekerde pas en daarna geschuif van grendels. Professor doctor Stoops was een rijzige man met een volle baard, hij had geen bril op, keek hen aan met de blik van een adelaar. Op en top een professor.

'Jullie waren te vroeg', zei hij streng.

De bitse verwelkoming was voldoende om hem te typeren. Stoops was het levende bewijs dat fysica een exacte wetenschap was. Halftien was halftien, geen achtentwintig over negen. Van In bleef beleefd omdat hij besefte dat het niet eenvoudig zou zijn een andere kernfysicus te vinden die bereid was hen vandaag te ontvangen. Hij stelde zichzelf en Versavel voor en vroeg of ze mochten binnenkomen. Hij kreeg een zuinig knikje terug.

Wetenschappers besteedden doorgaans weinig aandacht aan hun interieur. Ze gingen ervan uit dat een stoel een zitmeubel was en een tafel diende om aan te eten. Hoe die dingen eruitzagen was onbelangrijk.
'Gaat u zitten.'
In de woonkamer lag een vloerkleed waarvan de kleur moeilijk te definiëren was, er stond een robuuste eiken tafel met zes bijpassende stoelen. Twee fauteuils die ouder leken dan de villa zorgden voor de gezelligheid. Van In verwachtte niet dat ze iets te drinken zouden krijgen, hij trok een stoel naar achteren en ging zitten. Versavel volgde zijn voorbeeld.
'Wat kan ik voor u doen?'
Stoops bleef staan, wat kon betekenen dat hij niet veel tijd had of alleen maar dat hij zijn hele leven rechtstaand had gedoceerd. Van In schraapte zijn keel, vertelde wat Zlot ontdekt had en overhandigde de professor een kopie van het verslag dat de wetsdokter had opgemaakt.
'Dat klinkt inderdaad ernstig', zei Stoops. 'Mensen bij wie een zo hoge dosis wordt aangetroffen zijn rechtstreeks in contact gekomen met een radioactieve stof die niet in de natuur voorkomt en onmogelijk het gevolg van een medische behandeling kan zijn.'
Ze kregen een lezing over radioactieve isotopen, becquerel, cesium-137, uraniumrijk zwerfvuil, vervaltijden en andere begrippen die zelfs Versavel alleen van naam kende. Ze bleven echter aandachtig luisteren omdat geen van beide de professor doctor durfde te onderbreken.
'Het zou dus best mogelijk zijn dat een of andere gek van plan is een vuile bom te assembleren.'
'Een vuile bom?'
'Een Radiation Dispersal Device. Een echte kernbom in elkaar knutselen is een bijzonder omslachtige klus, om een

vuile bom te maken heb je alleen conventionele explosieven en een hoop radioactief afval nodig. Een kind kan de was doen.'

'Dat meent u niet.'

De professor doctor keek Van In aan met een dreigende blik die de Medusa jaloers had gemaakt.

'Zie ik er zo uit?'

Van In haastte zich het hoofd te schudden omdat hij Stoops niet tegen hem in het harnas wilde jagen. Hij was gewoon erg geschrokken. Versavel probeerde zijn vriend te redden.

'Welke schade richt zoiets aan?'

'Hangt ervan af waar het ding ontploft. De explosie van de conventionele springstof brengt alleen de mensen in de onmiddellijke omgeving van de bom schade toe, het radioactieve afval dat daarbij vrijkomt kan echter een relatief groot gebied besmetten en gedurende jaren onbewoonbaar maken. Het draait allemaal om paniek zaaien. Wij westerlingen leven al decennia in een kunstmatige comfortzone, we zijn verwend, zwak en niet meer bereid de levens van onze jonge mannen op te offeren om onze waarden te verdedigen.'

'Verwacht u een terroristische aanslag?'

'Wat anders? Ieder verstandig mens weet toch dat het niet lang meer duurt voor we onder de voet worden gelopen.'

De professor doctor beschouwde hen duidelijk niet als verstandige mensen, maar het viel eveneens te betwijfelen of hij ze nog alle vijf op een rij had. Aan de andere kant konden ze zijn theorie niet klakkeloos naast zich neerleggen.

'Als ik het goed begrijp is er volgens u maar één verklaring voor de radioactieve besmetting van het slachtoffer.'

'Dat hebt u inderdaad goed begrepen.'

Stoops wierp een blik op de ouderwetse paardjesklok

naast de schoorsteen. Hij had zijn e-mails nog niet doorgenomen, verwachtte een collega met wie hij om halfelf had afgesproken. De stille hint bleef niet onopgemerkt. Van In stond op, bedankte de professor doctor uitvoerig voor de nuttige informatie en drukte hem de hand terwijl hij aan zijn kinderen dacht en de toekomst die hun wachtte.

Petrofski had geen idee hoe lang het zou duren voor ze het lijk van de oude man zouden vinden. Wie weet was het al zover, de mannen die hem achternazaten, zouden de hele streek uitkammen en zoveel huizen waren er niet in de buurt. Hij kon evenmin schatten hoeveel kilometer hij sindsdien had afgelegd of hoeveel uur hij had geslapen. Hij had gelukkig voldoende mondvoorraad meegenomen om het een paar dagen vol te houden zonder dat hij zich in de bewoonde wereld hoefde te wagen en had het geld op zak dat hij bij de oude man in een blikken doos had aangetroffen. Hij wist zeker dat ze de zoektocht niet zouden staken en zijn signalement ondertussen over het hele land verspreid was. Hij krabbelde overeind, keek omhoog naar de opgaande zon. Als hij in oostelijke richting bleef lopen kwam hij in Duitsland terecht, het zuiden bracht hem naar Frankrijk. Hij probeerde zich in het hoofd van zijn achtervolgers te verplaatsen. Wat zouden zij denken? Het was verstandiger te doen wat de vijand het minst verwachtte. Hij masseerde zijn stramme spieren, haalde een stuk worst uit de tas waarin hij zijn mondvoorraad had gestoken en nam een hap van het vettige, gezouten vlees. Het lag voor de hand dat ze de helikopter die ze na het vallen van de duisternis hadden teruggetrokken weer zouden inzetten. De meest logische oplossing was terugkeren naar het gebied dat ze reeds uitgekamd hadden en Arlon proberen te bereiken. Hij hing de tas over zijn schouder, propte het laatste stukje worst in zijn mond en vatte de terugtocht aan met de zon als gids. Het overlevingsinstinct dat hem destijds van een zekere dood had gered dreef hem voort, niemand kreeg Petrofski te pakken.

Versavel reed de stad binnen door de Smedenpoort, sloeg daarna rechts af en parkeerde de Audi op het parkeerterrein voor het oude politiebureau in de Hauwerstraat, om de eenvoudige reden dat Van In met Saskia, Achilles en Hannelore wilde overleggen zonder dat iemand hen daarbij stoorde. Ze liepen als twee toeristen over het Zand, zochten een tafeltje in de schaduw op een rustig terras. Saskia en Achilles waren er vijf minuten later, Hannelore arriveerde zoals gewoonlijk als laatste.

'Ik heb de indruk dat je Hakim niet vertrouwt', zei ze toen Van In uitgesproken was.

'Inderdaad, tenzij iemand het tegendeel kan bewijzen.'

'Niet alle Syrische vluchtelingen zijn terroristen, Van In.'

'Dat heb ik niet gezegd, maar we kunnen ook niet iedereen zomaar geloven.'

'Waarom vertrouw je hem eigenlijk niet?' vroeg Versavel.

'Omdat ik nog altijd niet geloof dat hij niet wist dat ik en Zlot beslist hadden het huis van Petrofski in het oog te houden.'

'Overdrijf je nu niet een beetje. Je hebt zelf gezegd dat je het hem niet hebt verteld.'

'Inderdaad, maar wie zegt dat hij ons niet gevolgd is. Iemand moet de Russen op de hoogte gebracht hebben, ze wisten wie ik was, anders hadden ze me zonder scrupules vermoord.'

'Waarom hebben ze je dan gekidnapt?'

'Om tijd te winnen zodat ze al hun sporen konden uitwissen. Ik weet zeker dat het niet de bedoeling was om me te vermoorden.'

Van In keek naar zijn lege glas, stak zijn hand op, wenkte de kelner. Het terras liep stilaan vol, hoofdzakelijk toeristen. De kelner had Van In gelukkig herkend, hij liet de eendagsvliegen wachten en kwam eerst zijn bestelling opnemen.

'Ook een Omer, Achilles?'

'Graag, commissaris.'

De jonge agent toonde zich een gewillige leerling, hij had een grenzeloze bewondering voor Van In en hij vond Omer best lekker bier.

'Ik vraag me af of Duffel iets meer over Hakim te weten zal komen.'

'Ik ook, Guido.'

De korpschef had beloofd er werk van te maken, Van In twijfelde er niet aan dat hij zijn uiterste best zou doen om de gevraagde informatie te verzamelen. Feiten en veronderstellingen buitelden over elkaar heen. Een diepe baritonstem in zijn hoofd onderbrak het gewriemel, een stem uit een ver verleden, die van een leraar geschiedenis die steevast iedere les begon met de woorden: heren, het is de kunst om het kaf van het koren te scheiden die grote leiders onderscheidt van gewone mensen. De boutade was Van In altijd bijgebleven, maar wat was kaf en wat koren? Waren ze zich niet op de verkeerde dingen aan het toespitsen? De uiteenzetting van de professor doctor had de zaak een totaal andere wending gegeven. Stel dat hij gelijk had en een of andere gek een vuile bom aan het assembleren was. Mocht hij dergelijke informatie achterhouden voor de ESSE omdat hij Hakim niet vertrouwde?

'Een Omer voor meneer.'

De kelner zette het glas en het flesje voor hem neer. Van In schonk de amberkleurige nectar voorzichtig in, keurde de schuimkraag voor hij een slok nam. Wat wisten ze eigenlijk over Michiel Claes, de radioactieve wapenhandelaar die vergiftigd was met vingerhoedskruid? Waren de voortvluchtige Russen erbij betrokken? En wie had hen willen vermoorden?

Porno op bestelling. Het meisje, ze leek heel jong, liet zich gewillig uitkleden door een jongeman met een ringbaardje. Ze liet zich strelen op de plekken die hem opwonden. Petrofski had hen vijf minuten eerder horen aankomen en zich achter een boom verstopt, waar hij nu zat te genieten van het tafereel dat zich voor hem afspeelde. Na het strelen ging het meisje op haar knieën zitten, ritste de broek van haar minnaar open, haalde zijn ding eruit en stak het in haar mond. Petrofski liet zijn hand naar zijn kruis zakken waar de spanning ondertussen ondraaglijk was geworden. Het meisje ging ondertussen ijverig door. Haar minnaar begon te kreunen en ging lichtjes door de knieën. Het werd te veel voor Petrofski, hij klemde zijn kaken op elkaar om zijn eigen gekreun te smoren toen hij klaarkwam. De ontlading deed hem even alles vergeten. Daarna kon hij weer helder denken. Het bronstige stel, het meisje was nog volop bezig, was niet te voet hiernaartoe gekomen. Petrofski probeerde zich te oriënteren. Uit welke richting waren ze gekomen? Waar lag de rijweg? Hij sloop als een volleerde commando op zijn ellebogen naar achteren tot hij zeker wist dat ze hem niet meer konden zien, een nutteloze voorzorgsmaatregel eigenlijk, want je kon er donder op zeggen dat ze zelfs een voorbijlopende olifant niet hadden opgemerkt. Petrofski krabbelde overeind en liep in een grote boog om hen heen tot aan de rijweg. Zijn voorgevoel klopte, een eindje verderop stond een Mini geparkeerd. Hij beende ernaartoe, pakte de handgreep, trok het portier open. De rest was kinderspel. Hij ging op de chauffeursstoel zitten, trok de bedrading onder het dashboard los en maakte contact. De motor sloeg grommend aan. Petrofski kon zich niet voorstellen dat de geliefden in het bos er na één keer mee zouden ophouden. Het meisje was te gretig, de jongen zou doorgaan tot de laatste druppel geplengd was. Het kon een paar uur duren voor ze de diefstal ontdekten en alarm sloegen.

'Hoe evolueert de toestand?'
Hakim zat thuis in de woonkamer. Aisha keek naar een praatprogramma op Al Jazeera. Wat zou ze anders doen? Alles was aan kant, het middagmaal klaar.
'We hebben assistentie gekregen van de federale politie', zei de leider van het speciale interventieteam. 'De zoekactie is volop aan de gang.'
'Heb je meer mensen nodig?'
'Voorlopig niet. Het hele gebied is afgezet. Hij kan geen kant uit.'
'Weet je zeker dat hij zich in het bos schuilhoudt?'
'Waar anders? De mensen in de helikopter controleren de wegen. Als hij zich buiten het bos waagt, valt hij op als een vlieg op een witte muur.'
'Is de pers al op de hoogte?'
'Ik denk het niet.'
'Houden zo. Ik heb geen zin om hun uit te leggen wat er gebeurd is. Bel me als er meer nieuws is en veel succes met de jacht.'
Hakim hing op, wierp een blik op Aisha, die verleidelijk op de bank lag, een snoepje dat wachtte om geconsumeerd te worden. Hij liep naar haar toe, legde zijn hand op haar dij, ze duwde hem zachtjes weg.
'Niet nu, schat.'
'Waarom niet?'

'Het is ramadan.'
'In augustus?'
Hij probeerde het opnieuw, dit keer liet ze hem begaan. Seks vertroebelde het gezond verstand van een man, maakte hem minder argwanend en volgzaam. In haar cultuur waren vrouwen altijd de baas geweest, wat anderen ook mochten beweren. Westerse vrouwen begrepen niet dat je mannen hun eigenwaarde moest laten, hen de indruk geven dat ze het voor het zeggen hadden en af en toe hun lusten bevredigen. De vurige Arabier nam haar als een volbloedhengst, hij hinnikte net niet toen hij klaarkwam.
'Tevreden?'
'Heel tevreden, schat.'
'Kopje thee?'
'Graag.'
Ze stond op, liep naar de keuken, zette een ketel water op het fornuis. Ze was gewend hem te bedienen en dat vond ze allesbehalve erg. Hakim was een goede man, tenminste daar ging ze van uit, want ze wist bitter weinig over zijn verleden. Maar waarom zou ze zich vragen stellen over het geschenk dat ze had gekregen? Het water in de ketel begon te pruttelen. Ze haalde kopjes en een kannetje uit de kast, zette alles netjes op een dienblad. Ze had Hakim gisteren naar Hannelore zien kijken en zich afgevraagd of hij haar zou bedriegen als hij er de kans toe kreeg en hoe zij zou reageren als het ooit zou gebeuren. Westerse vrouwen namen het vaak niet te nauw met de huwelijkstrouw, zelfs iemand als Hannelore kon wel eens een zwak moment hebben. Hakim was een goddelijke verschijning vergeleken met de commissaris. Aisha glimlachte om haar eigen fantasietjes. Het vertrouwde melodietje van Hakims mobieltje maakte een einde aan haar dagdroom.
'Hij heeft iemand met zijn blote handen vermoord', zei

de leider van het speciale interventieteam. 'Een oude man bij wie hij zich waarschijnlijk een tijdje heeft schuilgehouden.'

'Dat verandert de zaak', hoorde ze Hakim zeggen. 'We hoeven niet langer discreet te blijven tegenover het grote publiek, vanaf nu is Petrofski een ordinaire moordenaar en kunnen we hem als dusdanig behandelen.'

'Was hij dat nog niet?'

'Ja, maar dat hoefde de pers niet te weten.'

De directeur van de ESSE was een logebroeder van een goede vriend van Duffel. Het had wat voeten in de aarde gehad om hem ervan te overtuigen een onderhoud te regelen, maar het was uiteindelijk gelukt. De directeur van de ESSE had erin toegestemd Duffel te ontmoeten op een neutrale plek. Het was een tweesterrenrestaurant geworden op de hoogste verdieping van het MAS in Antwerpen.

'Je mag me hier afzetten, Georges.'

De chauffeur van Duffel knikte, parkeerde de Audi aan het Bonapartedok, stapte uit met de bedoeling het achterportier open te maken, maar zijn baas was hem voor. De tijd was gelukkig voorbij dat gezagdragers zich als verlichte despoten gedroegen en op hun wenken bediend wilden worden. Het was druk in de schaduw van de imposante museumtoren. Mensen flaneerden in groepjes over de kaaien van het dok, zochten verfrissing op de terrasjes. Een breedsprakige gids gaf tekst en uitleg bij het mooiste museum van Europa, jongeren speelden een partijtje voetbal op het plein voor de toren. Duffel kwam zelden in Antwerpen, hij had het MAS nog nooit van dichtbij gezien. Hij liep het gebouw binnen en vroeg aan de balie of er een lift was naar de bovenste verdieping. Een meisje in een keurig mantelpakje liep met hem de hoek om, waar een andere hostess aan een tafeltje zat te niksen.

'Ik heb een tafeltje geserveerd in het restaurant', zei Duffel.
'Mag ik uw naam?'
'Duffel.'
Ze stond op met een glimlach die op haar gezicht geplakt leek, liep om het tafeltje heen naar de liftdeur, drukte op de knop en nodigde hem met een gebaar uit om in te stappen, terwijl hij zich afvroeg of ze de hele dag betaald werd alleen maar om gasten de lift in te loodsen.
'Dank u wel.'
'Graag gedaan, meneer.'
De lift zoefde naar boven, waar hij begroet werd door een keurig geklede kelner die hem onmiddellijk met zijn naam aansprak en vervolgens naar een tafeltje begeleidde waar al iemand had plaatsgenomen. De directeur van de ESSE was vijfenvijftig, volslank, in een pak dat net iets te krap zat. Hij had mollige handen, korte vingers, een puist op zijn voorhoofd en dunne bloedeloze lippen.
'Aangenaam met u kennis te maken', zei Duffel formeel terwijl ze elkaar de hand drukten.
De kelner schoof een stoel naar achteren zodat de nieuwe gast kon gaan zitten, vroeg of hij iets te drinken wenste. De directeur had een glas rode wijn als aperitief besteld, Duffel volgde zijn voorbeeld. De kelner verdween discreet.
'Wat een uitzicht', zei Duffel om het ijs te breken.
Alle tafels stonden in een lange rij bij de rechthoekige ramen die uitkeken op de metropool, net alsof je in een vliegtuig zat, maar dan veel groter. Het interieur was strak, het licht helder en bijna alle andere tafels waren bezet door mannen, waarschijnlijk zakenmensen die net een lucratieve zaak hadden afgesloten of de kans op slagen probeerden te optimaliseren met een duur etentje. Nederlanders deden het met een broodje en een glas karnemelk, Vlamingen

verwenden hun klanten met de meest exquise gerechten bereid door de beste chefs ter wereld.
'Inderdaad', reageerde de directeur zuinig.
'Bent u hier al eerder geweest?'
'Ja.'
De directeur zou nooit toegeven dat de uitnodiging om in 't Zilte te gaan eten, hem overstag had doen gaan. Lekker tafelen was na zijn prostaatoperatie de laatste geneugte die hem nog gegund was. Hij was zijn vertrek bij de dienst in stilte aan het voorbereiden, niemand zou het hem kwalijk nemen dat hij uit de school klapte.

Arlon was een slaperig stadje waar weinig te beleven viel: een paar obligate kerken, een museum gewijd aan het werk van een plaatselijke kunstenaar en een kasteel. Petrofski parkeerde de Mini in een onopvallende zijstraat en ging op zoek naar een kapper. Nog geen twee uur later had hij een volledige metamorfose ondergaan. Hij had zijn haar laten afscheren, een goedkope bril, een deftig pak en een aktetas gekocht, waardoor hij er nu als een trendy zakenman uitzag. Zelfs zijn eigen moeder had hem waarschijnlijk niet herkend. Hij wandelde naar het station, kocht een ticket eerste klas naar Brussel en ging daarna een koffie drinken op een terras in de buurt omdat de eerstvolgende trein pas over veertig minuten vertrok. Tot nu toe had hij weinig problemen ondervonden. De rit was vlot verlopen. Behalve een politiewagen die hem was gekruist, had hij geen enkele hinder ondervonden omdat ze waarschijnlijk alleen naar een voetganger uitkeken en dus geen aandacht besteedden aan iemand in een blitse Mini. Nu lagen de zaken anders, het hete stel was er ondertussen waarschijnlijk achter gekomen dat iemand hun auto had gestolen en had de politie gebeld, tenzij ze nog altijd bezig waren uiteraard.

Petrofski grijnsde, de beelden van het vrijende paar bleven bijzonder levendig. Het was een schrale troost. Hij kon straks neuken zo vaak hij wilde, geen enkele uitspatting zou hem nog gemoedsrust geven. De aanslag bij de boshut had prangende vragen opgeroepen. Wie kon hij in godsnaam nog vertrouwen? Hadden ze een onvergeeflijke fout gemaakt of iemand bijzonder kwaad gemaakt? Hij pijnigde zijn hersenen, maar vond niets dat een dergelijke vergelding kon rechtvaardigen.

'Wat neemt u, commissaris?'
Duffel speelde op zeker, hij liet de directeur kiezen omdat hij het jargon van sterrenrestaurants niet gewend was, want wat was in godsnaam een dashibonbon of galanga?
'Dan neem ik de langoustines met bietjes, koffie en ponzuchiboust met verse kaas, graantjes en radijzen.'
'Dat lijkt me inderdaad heel smakelijk.'
De prijs van het voorgerecht deed Duffel duizelen, de vraag was of het krediet op zijn Visa-kaart toereikend was om ook de rest van de maaltijd te betalen. De moed zonk hem helemaal in de schoenen toen de directeur ook nog een fles wijn van driehonderdtwintig euro bestelde.
'Wat wilt u eigenlijk weten over Hakim?'
'Zo veel mogelijk.'
'U vertrouwt hem niet.'
Ik wel, wilde Duffel zeggen, maar als hij dat bekende kon hij niet anders dan vertellen dat een ondergeschikte hem had gestuurd en dat zou waarschijnlijk niet in goede aarde vallen. De directeur van de ESSE stond bekend als autoritair op het randje van hautain. De kans was groot dat hij het voorgerecht verorberde en wegliep.
'Toch wel. We vragen ons alleen af hoe een Syrische vluchteling bij uw dienst terecht is gekomen.'

'Zoals ik net zei. U vertrouwt hem niet.'
Duffel vond het stilaan welletjes. Hij besliste zijn kaarten op tafel te leggen. De directeur luisterde aandachtig, zijn gezicht verraadde geen enkele emotie.
'Ik kan me de frustratie van uw commissaris voorstellen', zei hij na afloop van Duffels monoloog. 'Maar neem van me aan dat Hakim boven alle verdenking staat. Hij werkt al langer voor ons dan iedereen denkt.'
Hakim had voor de Moeghabarat, de Syrische geheime dienst, gewerkt waar hij gestaag tot op het hoogste niveau was opgeklommen. Hij had zich echter niet kunnen verzoenen met de praktijken die werden aangewend om de oppositie van het regime onder de knoet te houden. Een harde ondervraging was één ding, maar een tegenstander wekenlang martelen kon hij niet langer in overeenstemming brengen met zijn principes. Hij had zelf contact opgenomen met de ESSE met het doel een einde te helpen maken aan de dictatuur van Assad.
'We hoefden Hakim niet te screenen, we kenden hem al een hele tijd en wisten wat hij waard was. Geloof me, hoofdcommissaris, Hakim is een prima kerel, een beetje paranoia zoals iedereen die bij een geheime dienst werkt, maar meer hoef je er niet achter te zoeken.'
'Waarom is hij dan zijn land ontvlucht?'
'Iemand heeft hem verraden, het scheelde niet veel of hij was zelf in de folterkamers van Assad beland.'
Duffel haalde opgelucht adem omdat hij over voldoende argumenten beschikte om Van In gerust te stellen. Die rust verdween echter op slag toen de directeur het hoofdgerecht bestelde: tarbot met tomatensmaken en verse amandelen, jus met verveine, gelakte varkensribbetjes, emulsie van misomosterd en salade van noordzeekrab. Prijs: 81 euro. Eén lichtpunt: het smaakte verrukkelijk.

Aisha lag in de tuin te zonnen met alleen een minuscuul slipje aan. Hakim zat binnen te bellen. Zijn telefoon had de afgelopen uren bijna niet stilgestaan.
'Wil je even mijn rug komen insmeren?' riep ze toen hij eindelijk had opgehangen.
'Natuurlijk, schat.'
Er lag een bezorgde trek om zijn mond, maar dat was ze ondertussen van hem gewend. Hakim was een van de meest plichtsgetrouwe mannen die ze ooit had gekend. Het sierde hem.
'Hebben ze hem nog altijd niet kunnen vatten?'
'Nee.'
Hakim duwde een toefje zonnecrème uit een tube op zijn hand, ging naast haar op zijn knieën zitten. De koele crème bezorgde haar eerst een koude rilling, daarna was het puur genieten van zijn krachtige vingers die iedere vierkante centimeter van haar rug kneedden tot ze begon te kreunen.
'Vertel', zei ze toen hij de massage even onderbrak om nieuwe crème uit de tube op zijn hand te spuiten.
'Moet het echt?'
Vroeger toen hij haar nog niet kende, sprak hij nooit met iemand over het werk. Met Aisha was alles veranderd, hij kon haar bovendien niets meer weigeren.
'De Rus heeft een auto gestolen, is ermee naar Arlon gereden. Uit het buurtonderzoek is gebleken dat hij zich kaal heeft laten scheren en nieuwe kleren heeft gekocht. Beelden van de bewakingscamera's aan het station tonen aan dat hij de trein naar Brussel heeft genomen.'
Een eenheid van de spoorwegpolitie had de bewuste trein bij aankomst in Brussel doorzocht, ze hadden hem er niet aangetroffen, wat deed vermoeden dat hij eerder was uitgestapt. Kortom: ze waren het spoor volledig bijster.
'Jammer, maar geen nood. Mijn dappere woestijnprins vindt hem wel.'

Ze draaide zich om, ging op haar rug liggen en keek hem diep in de ogen als een cobra die haar prooi hypnotiseert. Hakim trok haar slipje uit en besteeg haar als een volleerde ruiter.

Luik-Guillemins, het nieuwe futuristisch uitziende station, had een fortuin gekost maar de bewindvoerders van la Cité ardente maalden er niet om dat de bouw van het Waalse wereldwonder de nationale schuld met een halve procent had doen stijgen, ze hadden gekregen wat ze wilden en een overwinning op de flaminganten had geen prijs. Petrofski had geen logische verklaring voor het feit dat hij eerder was uitgestapt, behalve zijn buikgevoel dat hem al menige keer het leven had gered. Hij had de hele rit van Arlon naar Luik zitten nadenken over wat hem te doen stond en daarbij alle mogelijke oplossingen onder de loep genomen. Zonder resultaat. Hij voelde zich alleen op de wereld. Zijn geest was moe van het piekeren, zijn moraal stond op een laag pitje. Hij trok zijn jasje uit, stak de straat over, zocht een schaduwrijk terras en bestelde een glas water en een dubbele wodka om te bekomen van de commotie.

'Nog niet opendoen, Hakim.'
Aisha sprong op van het zonnebed, liep naakt over het gazon naar binnen. Hij keek haar na, nog genietend van de roes. Hij stond pas op toen er voor de tweede keer werd aangebeld en hij wist dat ze veilig binnen was.
'Commissaris Van In, hoofdinspecteur Versavel, waaraan heb ik die eer te danken?'
Je zult je straks niet meer vereerd voelen, dacht Van In bitter. Duffel had net verslag uitgebracht over zijn etentje met de directeur van de ESSE en toen had Van In bekend dat hij bepaalde informatie over de vermoorde wapenhande-

laar had achtergehouden omdat hij Hakim niet vertrouwde.
'Ik ben je een verklaring schuldig, Hakim.'
'Toch niets ernstigs mag ik hopen?'
'Dat bespreek ik liever niet aan de deur.'
Ze volgden hem door de gang en de woonkamer naar de tuin waar Aisha, die zich ondertussen had aangekleed, op hen zat te wachten.
'Omer voor de heren?'
Ze wachtte niet op een antwoord, sprong snel op en liep naar binnen. Van In had er een eed op durven doen dat ze geen ondergoed aanhad. Het bleef even stil.
'Ik weet niet goed hoe te beginnen', zei Van In. 'Maar...'
'Neem eerst een slokje', lachte Aisha, die ondertussen terug was met het bier.
Ze reikte hem een glas en een flesje aan. Het bier was perfect gekoeld, het glas origineel. Aisha was niet alleen razend knap, ze kende haar wereld.
'Ik heb dingen verzwegen omdat ik je niet vertrouwde, Hakim. Sorry daarvoor, maar hoe had jij in mijn plaats gereageerd?'
Ze gingen aan de tuintafel onder een parasol zitten. Hakim luisterde aandachtig naar de bekentenis van de commissaris, wuifde de excuses weg. De theorie van de kernfysicus kon wel eens kloppen. Als hij gelijk kreeg, was het hek van de dam. Een vuile bom was voldoende om West-Europa volledig te destabiliseren en de gemoederen zodanig te verhitten dat een burgeroorlog losbarstte tussen allochtonen en autochtonen. En wie kon voorspellen hoe de Arabische wereld zou reageren?
'U hoeft zich niet langer te verontschuldigen', zei hij. 'Om de eenvoudige reden dat ik jullie ook niet de volledige waarheid heb verteld.'

'Hoor ik het goed?'
Van In dronk uit pure frustratie zijn glas in één teug leeg.
Versavel trok zijn wenkbrauwen op.
'Toen Michiel Claes op het strand aanspoelde heb ik gezegd dat hij een notoire wapenhandelaar was, maar er is meer. Claes was al een tijdje niet meer actief in de branche, hij had zich bij manier van spreken omgeschoold en was zich op mensensmokkel beginnen toe te leggen. Ik had de leiding van het onderzoek en we stonden op het punt het hele netwerk op te rollen. Ik wilde koste wat het kost vermijden dat er een lek ontstond waardoor het hele onderzoek in duigen zou vallen.'
'Met andere woorden: je vertrouwde mij ook niet.'
'Sorry.'
'Dan zit er niets anders op dan samen de vredespijp te roken', zei Aisha. 'Ik haal een asbak en wie wil er nog een Omer?'

7

'Mosterd, mijn koninkrijk voor een boterham met kaas en mosterd.'
Hannelore deed alsof ze hem niet hoorde.
'Wat zegt papa nu weer?'
Simon keek verbaasd naar zijn moeder die bij het aanrecht stond. Sarah vertrok geen spier. De kleine Julien zat te lachen, hij vond papa best grappig.
'De mosterd staat in de koelkast', zei Sarah ernstig. 'Zal ik hem voor je halen?'
'Laat maar, kind. Papa weet best waar hij de mosterd moet halen.'
Een buitenstaander had de wenkbrauwen opgetrokken, Hannelore en de kinderen keken allang niet meer op van de onzin die hij uitkraamde. Het was een teken dat hij zich goed in zijn vel voelde, het kwajongetje in hem de kop opstak. Een goede nachtrust en een dijk van een ochtenderectie, wat kon een ouder wordende man zich nog meer wensen? Hij nam een stukje brood, smeerde er royaal boter op en nam een hap. Behalve Hannelore wist niemand waarom hij een boterham met kaas en mosterd met pijpen associeerde. Gelukkig maar.
'Wat staat er vandaag op het programma?'
'Overleg met de mensen van het OCAD.'
'In Brugge?'

Van In knikte. Hakim had alles geregeld, het opsporen van de vuile bom was een topprioriteit geworden. De herinnering aan de boterham met kaas en mosterd vervaagde om plaats te maken voor de rauwe werkelijkheid. Hij keek naar de kinderen. Wie kon hun veiligheid in de toekomst nog garanderen als de gekken aan de macht kwamen? Hij stond op, deed het schuifraam open en ging een sigaret roken in de tuin, waar de hitte nog gevangen zat tussen de zijgevel en de scheidingsmuur. Het gras was dor en platgetrapt, de rozen lieten hun kop hangen. Was de massale migratie te wijten aan burgeroorlogen of aan de klimaatsverandering? Hoe lang zou Zuid-Europa nog bewoonbaar blijven en wanneer werden in Noorwegen de eerste druiven geoogst? Van In probeerde de sombere gedachten te verdrijven, het lukte niet. Hij gooide zijn peuk in het gras, trapte hem uit alsof hij de kop van een slang verpletterde. Het was te laat voor een tweede boterham met kaas en mosterd, Hannelore stond op het punt de kinderen naar school te brengen en Versavel kon ieder ogenblik arriveren.

'Tot straks.'

Ze legde haar hand op zijn achterhoofd, drukte haar lippen vluchtig op zijn wang. De kinderen riepen gewoon: 'Dag papa!' en verdwenen achter hun moeder aan. Van In stak een nieuwe sigaret op en volgde de rook die opkringelde.

Petrofski keek om zich heen voor hij een dagbladwinkel binnenstapte. Er stonden twee klanten, een oud besje met een rollator en een meisje van een jaar of veertien. Geen probleem dus. Hij haalde het speelgoedpistool dat hij net in een supermarkt had gestolen uit zijn broekzak, richtte het op de vrouw achter de toonbank en riep: '*L'argent vite!*' Het besje met de rollator deinsde achteruit, het meisje keek hem aan alsof ze niet geloofde dat het een echte overval was, de vrouw achter de toonbank bleef kalm, het was niet de eerste keer dat ze op die manier beroofd werd. Ze haalde een stapeltje biljetten uit de lade van de kassa en gaf ze hem. Hij stopte het geld in zijn broekzak en verdween. De overval had amper een halve minuut geduurd. Petrofski haastte zich door de straten van Luik tot hij dacht dat hij veilig was, ging een bar binnen, bestelde koffie en telde de buit. Driehonderdtwintig euro was geen fortuin, het was een begin en voldoende om in Brussel een degelijk pistool op de zwarte markt te kopen. De koffie kikkerde hem op, hij bestelde er nog een en ging zich daarna opfrissen in het toilet, want hij stonk een beetje en de vermoeidheid begon hem parten te spelen. Hij had een bordje voor het raam zien hangen met: *chambres à louer*. In dergelijke etablissementen werden zelden vragen gesteld en het was bijna zesendertig uur geleden dat hij nog een bed had gezien. Hij dacht aan het meisje in het bos, het zou waarschijnlijk niet veel moeite kosten een callgirl te bellen en zich eerst nog eens flink te laten verwennen, maar hij was eerlijk gezegd te moe, zijn budget ontoereikend. Hij betaalde de kamer op voorhand, de eigenaar van de bar vroeg niet hoe hij heette, hij accepteerde het geld en liet het in zijn broekzak glijden. Petrofski verdween naar achteren, sukkelde de gammele trap op, gooide zich op het bed, viel binnen vijf minuten in slaap.

Hoofdcommissaris Duffel en Hakim waren al aanwezig in de vergaderzaal toen Van In en Versavel arriveerden.
'We zijn toch niet te laat?'
'Jullie niet.'
Duffel had een hekel aan mensen die systematisch te laat kwamen, hij schoot bovendien niet op met de kerels van het OCAD. De koffie stond klaar en er waren koekjes. Bokkenpootjes. Versavel kon niet wachten om zich te bedienen.

'Geen nieuws van de Rus?'

'Nee, maar we vinden hem wel', zei Hakim.

'Wie zal hem eerst vinden, wij of de tegenpartij?'

Van In nam een bokkenpootje, hoewel hij zelden of nooit koekjes at. Piekeren deed een mens blijkbaar naar zoetigheid grijpen. Hij was er nog steeds niet uit welke rol de Russen speelden, één ding was wel duidelijk: er waren mensen die hen dood wilden. Wisten zij te veel of hadden ze een zware fout begaan? Een speciaal team van de Gentse politie was een onderzoek begonnen naar het verleden en de connectie tussen Krilov en Petrofski, het zou de zaak zeker vooruithelpen mochten ze gauw met nieuwe informatie voor de dag komen. En ze tastten eveneens nog in het duister wat de moord op Claes betrof.

'Ik denk dat onze vrienden er zijn', zei Hakim.

Het duurde een paar seconden voor Van In voetstappen en geroezemoes hoorde. Was het de leeftijd of hoorde Hakim gewoon beter dan hij? Ze waren met zijn drieën: twee mannen en een vrouw. De eerste man mat zeker twee meter, de tweede had een volle baard. Van In noemde hen de Lange en de Kabouter. De vrouw kon alleen Xantippe heten, hoewel ze er heel mannelijk uitzag in een donkerblauw broekpak met lage schoenen en kortgeknipt haar. Hoofdcommissaris Duffel liep naar hen toe, begroette hen met een brede glimlach en stelde iedereen aan elkaar voor.

'Was er weer file?'

Duffel mocht een geboren diplomaat zijn, hij kon het niet laten de heren en de dame van het OCAD erop te wijzen dat ze te laat waren.

'Dat maakt voor ons niet uit', zei de Kabouter. 'Wij zijn gemachtigd om de pechstrook te gebruiken of een escorte aan te vragen.'

Van In kreeg oprispingen van het woord 'gemachtigd'.

Hij troostte zich met een bokkenpootje, want het beloofde een fijne vergadering te worden.

'Koffie voor iedereen?'

'Is er geen thee?' vroeg Xantippe

In haar ogen stond West-Vlaamse boeren te lezen. De toon was gezet. Van In bereidde zich in stilte voor op wat onvermijdelijk leek. Hij had zich nochtans voorgenomen beleefd te blijven.

'Darjeeling of earl grey?'

'Wat zegt u?'

'Geen probleem', sneerde Van In. 'We hebben ook Lipton.'

De Lange en de Kabouter gaven geen kik. Xantippe haalde verveeld haar schouders op. Wat kwamen ze hier eigenlijk doen? Het gerucht dat terroristen vuile bommen probeerden te maken deed al jaren de ronde en er waren al een paar aanslagen op het nippertje vermeden door de bevoegde diensten op basis van zorgvuldig geanalyseerde informatie, dat soort zaken liet je niet aan een gewone flik over.

'Ik hoop dat u evenveel van vuile bommen afweet als van thee', zei ze.

'Kent u professor doctor Stoops?'

'Moet ik die kennen?'

'Nee. Het is voldoende dat ik hem ken. Hij is trouwens allergisch voor gewone ambtenaren.'

Duffel kwam niet tussenbeide omdat hij wist dat het de zaak alleen zou verergeren. Hij probeerde de aandacht af te leiden met een powerpointpresentatie over de vuile bom. De mensen van het OCAD staarden de hele tijd voor zich uit terwijl ze zich bleven afvragen wat ze hier kwamen doen. Dachten die heikneuters nu werkelijk dat ze het warm water hadden uitgevonden? Duffel ging onverstoord verder.

De Legerbasis Kwartier Sergeant Baron Gillès de Pélichy was gelegen aan de Dorpsstraat in Sijsele en fungeerde destijds als kazerne van het 92ste Bataljon Logistiek van de Landmacht. Het grootste deel van de dienstplichtigen die er destijds hadden verbleven, keek met een zekere weemoed terug op het dolce far niente leventje dat ze er geleid hadden. Het lag immers niet voor de hand dat een gewone dienstplichtige er terechtkwam omdat een standplaats in Sijsele uitsluitend voor een handvol geprivilegieerde rijkeluiszoontjes, beloftevolle sporters en politieke beschermelingen was bestemd. Tegenwoordig verbleven er vijfhonderd vluchtelingen die asiel in België hadden aangevraagd en gekregen. De gebouwen waren ouderwets en niet onmiddellijk voorzien van modern comfort, maar het regende er niet binnen, de verwarming werkte behoorlijk en er werd gezonde Vlaamse kost geserveerd. De dorpsbewoners die de komst van de horde vreemdelingen met lede ogen hadden aangezien, hadden zich ondertussen met de nieuwkomers verzoend en de integratie in Sijsele verliep bijzonder vredig. Wie oorlog en onrecht ontvluchtte, verdiende geholpen te worden, maar iedere gemeenschap telde uiteraard ongure individuen die de anderen een slechte reputatie bezorgden en vaak de oorzaak van wrevel en irritatie waren. Zo luidde het cliché. Omar verbleef al zes maanden in de kazerne en werd door iedereen geprezen omdat hij zich onbaatzuchtig inzette voor de plaatselijke bevolking en steeds klaarstond om zijn eigen broeders bij te staan. Hij sprak ondertussen bijna vlekkeloos Nederlands en had onlangs een positieve reactie gekregen op zijn sollicitatie bij een plaatselijke supermarkt. Kortom, Omar werd als een modelmoslim beschouwd die zich niet voortdurend op de wil van Allah beriep en niet ging betogen omdat er geen moskee in de buurt was. Schijn kon echter bedriegen.

Omar gedroeg zich als de perfecte vluchteling, in werkelijkheid was hij een van de fanatieke strijders die net zoals honderden andere gelijkgezinden zich onder de legitieme asielzoekers had gemengd met maar één doel voor ogen: opgaan in de verdorven, goddeloze, corrupte maatschappij en pas toeslaan als hij boven iedere verdenking stond. Het was eveneens zijn taak zo veel mogelijk ongelovigen te bekeren en een soort van vijfde colonne te vormen en een opstand uit te lokken als de tijd er rijp voor was.
'Dag Omar. Hoe gaat het vandaag met jou?'
Een meisje dat zich vanaf het begin van de vluchtelingencrisis als vrijwilliger had gemeld, lachte hem vriendelijk toe. Hij wist dat ze verliefd op hem was en hem zonder scrupules bij haar zou laten binnendringen. Het was een verleidelijk vooruitzicht, maar als hij zoiets deed, zat hij met haar opgescheept, en dat was niet de bedoeling. Hij mocht zijn heilige missie op geen enkele manier in gevaar brengen. Of zou het niet zo'n vaart lopen? Hij kon haar daarna ook afdanken en als een stuk vuil weggooien.
'Dag Elke.'
Ze bleef staan. Haar kleine borsten puilden als rijpe vruchten door de dunne stof van haar T-shirt.
'Heb je iets te doen vandaag?'
'Niet echt.'
'Zin om samen een wandeling te maken?'
Testosteron haalde het meestal van gezond verstand. Omar bekeek haar alsof ze naakt was, bedacht wat hij met haar zou kunnen doen in het bos. De hoer verdiende niet beter. Hij glimlachte, liet zijn hagelwitte tanden schitteren in het zonlicht. Ongelovigen lieten zich graag neuken en hij had voorlopig toch niets te doen.
'Alleen maar een wandeling?'
'Dat zien we wel', zei ze met een zaadvragende blik.

De vergadering met de mensen van het OCAD leverde bitter weinig op, omdat het trio ervan overtuigd was dat er geen enkele reden was om het dreigingsniveau te verhogen. Hakim drong niet aan, hij had zijn plicht gedaan.

'Dat was het dan', zei hij. 'Jullie mogen eerstdaags mijn verslag verwachten en laten we hopen dat jullie het bij het rechte eind hebben.'

De ironie droop eraf als zeepsop van de vaat. Xantippe nam het initiatief. Ze stond op, trok het jasje van haar broekpak naar beneden, stak haar hand uit naar Duffel.

'We houden de zaak in de gaten', zei ze afgemeten. 'Jullie horen nog van ons.'

De Lange en de Kabouter staken hun hand op, volgden haar op de voet. Ze verdwenen als dieven in de nacht, de kans was zeer klein dat ze ooit nog zouden terugkeren, maar dat vond niemand van de achterblijvers erg. Het rapport van Hakim zou hen indekken, zo werkte de administratie nu eenmaal.

'Opgeruimd staat netjes', zuchtte Van In.

'Ik kan je geen ongelijk geven, maar we waren verplicht hen bij het gesprek te betrekken, anders schreeuwen ze later moord en brand.'

Hakim pakte zijn aktetas, klapte de flap open. Er zat een dunne map in met een dossier over Michiel Claes.

'Hij is en blijft voorlopig ons enige aanknopingspunt.'

Michiel Claes was geboren in 1973. Zijn vader was arts, zijn moeder huisvrouw. Hij was voorbestemd om zijn vader op te volgen, maar alles liep mis op zijn negentiende. Zijn moeder stierf aan huidkanker, zijn vader raakte aan de drank, hij bakte er niets van aan de universiteit en belandde in het Brusselse milieu.

Hakim liet Van In een paar foto's zien waarop Michiel Claes stond afgebeeld in het gezelschap van vier schaars

geklede dames. Op de achtergrond hing een bord met een opschrift in cyrillische karakters.
'Michiel was verslingerd op meisjes uit het vroegere Oostblok en kwam op die manier in contact met Russische wapenhandelaars die voornamelijk aan Syrische rebellen leverden.'
'Dan is mensensmokkel een kleine stap.'
'Inderdaad', zei Hakim. 'Mensensmokkel is bovendien heel lucratief en minder risicovol dan wapens verhandelen.'
'Dan zitten de Russen er toch voor iets tussen.'
'Wellicht wel, zeker als je weet dat het meeste radioactief afval afkomstig is uit de voormalige Sovjet-Unie.'
'Het plaatje klopt, alleen de bewijzen ontbreken.'
'Leeft de vader van Claes eigenlijk nog?'
'Ik denk het wel', zei Hakim.

Omar trok zijn broek op, wierp een verachtelijke blik op het naakte meisje dat nog met gespreide benen in het mos lag. Hij voelde zich smerig, was kwaad dat hij zich door zijn driften had laten leiden. Aan de andere kant had hij van de ruwe seks genoten. De teef had geen kik gegeven, hoewel hij zeker wist dat ze had afgezien. Zij de pijn, hij het genot.
'Kom je nog?'
Ze krabbelde moeizaam overeind, scharrelde haar ondergoed bijeen dat hij haar van het lijf had gescheurd. Haar schaamstreek leek in brand te staan alsof hij een bijtend zuur bij haar had ingespoten. Ze raapte haar spijkerbroek op, trok ze aan, propte haar onbruikbaar geworden ondergoed in haar broekzakken.
'Haast je toch.'
Ze knikte, durfde niet te reageren. Het was haar eigen schuld, zij had hem het hoofd op hol gebracht. Hem viel

niets te verwijten. Ze trok haar T-shirt aan, stapte in haar slippers. Het was hooguit tien minuten lopen naar het opvangkamp, een eindeloze tocht. Haar dijen waren aan de binnenkant geschaafd, schuurden bij iedere stap tegen de ruwe stof van haar jeans. Ze huilde in stilte terwijl ze hem probeerde bij te houden.

'Heb je ook vriendinnen?'

Hij maakte een obsceen teken. Ze schudde haar hoofd. Ik ben geen gebruiksvoorwerp, wilde ze zeggen, ze durfde niet.

'Ben jij dan de enige slet?'

De vernederingen bleven zich opstapelen tot ze bij de ingang van het vluchtelingenkamp arriveerden, toen verscheen er een glimlach op zijn gezicht en deed hij weer normaal tegen haar.

'Tot morgen?'

'Tot morgen', zei ze met neergeslagen ogen.

'Hei Omar.'

Een van de talrijke vrijwilligers, een spichtige student met een lidkaart van Groen op zak, kwam over het terrein aangelopen. Hij zwaaide als een gek.

'Ik heb goed nieuws', schreeuwde hij. 'We hebben een woning voor je gevonden en je kunt morgen al aan de slag in de supermarkt. Wat vind je ervan?'

'Ik dank God en zij die Zijn wil respecteren', zei Omar.

De belangrijkste stap was gezet. Hij had een onderkomen en werk. Niets of niemand zou hem nog tegenhouden het werk van de Allerhoogste uit te voeren.

De villa van dokter Claes was een beetje bouwvallig en slecht onderhouden, de tuin lag er verwilderd bij. Vroeger toen zijn vrouw nog leefde, had alles er piekfijn uitgezien. Het schrijnwerk werd om de vijf jaar opnieuw geverfd, het mos van de pannen verwijderd en ze hadden een tuinman in dienst, maar dat kon de oude Claes zich allang niet meer permitteren. Het geld was op, hij moest rond zien te komen van een karig pensioen. Hakim stapte als eerste uit, gevolgd door Versavel. Van In griste een plastic tasje van de achterbank voor hij hen achternaging. Claes had de Audi door het hek zien rijden, hij wist dat ze zouden langskomen want ze hadden op voorhand gebeld. De trotse, fijnbesnaarde arts van weleer was nog een schaduw van zichzelf. Zijn kleren hingen als vodden om zijn lichaam, hij was slordig geschoren en had een fletse schelvisblik in zijn ogen.

'Ik vrees dat ik u niet zal kunnen helpen', zei hij nog voor ze binnen waren.

'Dat hebt u ons al aan de telefoon verteld', zei Van In.

Hij drukte de verwaarloosde man de hand, probeerde hem met een glimlach op te monteren. Wie weet bracht het geheime wapen dat hij bij zich had soelaas in de trieste wereld van de gevallen arts. Het verhaal van zijn ondergang liet zich lezen in het verkleurde behang waar lichtere vlakken in de vorm van een lage kast en een staande klok stonden afgetekend. Ook in de zithoek herinnerden contouren op de muur aan meubels die Claes van de hand had gedaan om zijn drankverslaving te kunnen blijven betalen. Van In zette het plastic tasje op een ovale tafel, haalde er een fles whisky uit. De schelvisblik klaarde op.

'We willen u in de eerste plaats condoleren met het overlijden van uw zoon', zei Van In.

De oude huisarts prevelde een woord van dank terwijl zijn ogen op de fles bleven gericht. Het had geen zin zijn geduld langer op de proef te stellen.

'Neem gerust een glaasje', zei Van In. 'Dat praat gemakkelijker.'

'U hebt gelijk, commissaris.'

Claes stond op en liep flukser dan normaal naar de keuken, pakte een glas, ontkurkte de fles en schonk zich een stevige borrel in.
'Ik weet dat jullie niet mogen drinken tijdens de diensturen', grinnikte hij.
'Dat spreekt voor zich, dokter.'
De drank en het feit dat Van In hem met dokter aansprak werkten in hun voordeel. Het duurde niet lang voor hij zijn verhaal deed.
'Heeft hij nooit met u over zijn vrienden gesproken?'
'Vrienden? Vriendinnen zult u bedoelen. Michiel hield van alle mooie dingen die het leven kon bieden en dat had hij niet van zijn moeder als u begrijpt wat ik bedoel.'
Er verscheen een twinkeling in zijn schelvisogen alsof hij zich weer in zijn studententijd waande. Hij schonk zich snel een nieuwe borrel in alsof hij bang was dat iemand met de fles zou gaan lopen. Van In liet hem rustig begaan. Zelfs een oude dronkenlap met korsakov herinnerde zich meer dan nuchtere mensen voor mogelijk hielden.
'Had u nog regelmatig contact met hem?'
'Niet vaak. Hij kwam hier wel nog af en toe logeren als hij in de buurt was.'
'Alleen?'
'Wat denkt u, commissaris?'
De schelvisogen veranderden in karbonkels. Hij herinnerde zich nog levendig de laatste keer dat Michiel op bezoek was geweest, correctie: hij herinnerde zich nog levendig de vamp die hij 's ochtends alleen met een slipje aan naar de badkamer had zien lopen.
'Uw zoon woonde toch in Frankrijk.'
'Officieel ja, maar hij verbleef vaak in Brussel. Ik zou zelfs meer durven zeggen. Ik denk dat hij vaker in Brussel verbleef dan in Frankrijk.'

'Had hij een vaste vriendin?'
De oude schoot in de lach, dronk zijn glas leeg en schonk onmiddellijk bij. Het peil in de fles zakte sneller dan water in een leeglopend bad.
'Een vaste vriendin? Wie heeft een vaste vriendin nodig als hij iedere dag een andere kan krijgen?'
Het werd stilaan duidelijk dat Michiel Claes actief was geweest in het prostitutiemilieu en waarschijnlijk was dat ook een dekmantel voor andere activiteiten geweest. Het kon een nuttig spoor zijn. Alles hing van het geheugen van de oude dronkenlap af.
'Kent u toevallig haar naam nog?'
'Babette.'
Het vloog eruit.
'Weet u ook nog waar ze werkte?'
'Nee.'
Van In had op een positief antwoord gehoopt. De ontgoocheling viel van zijn gezicht af te lezen. Hakim krabde achter zijn oor. Versavel keek stoïcijns voor zich uit. Een tegenvaller betekende niet dat de zaak verloren was.
'Maar ik heb haar nummer nog.'
De oude snoeper mocht doorzopen en wellicht ook impotent zijn, hij was zijn streken niet verleerd. Niemand hoefde te weten dat hij Babette nog af en toe belde als hij dringend behoefte had aan contact met een naakte vrouwenhuid en zijn budget het toeliet.
Van In kon een glimlach amper onderdrukken.
'Ik luister, meneer Claes.'
De oude nam een slokje whisky voor hij met steun van de tafelrand opstond. De sterkedrank had zijn werk gedaan. Het duurde een poosje voor hij een stap zette. Ze zagen hem naar de andere kant van de kamer zwijmelen en het leek even of hij het niet zou halen. Versavel veerde

spontaan op van zijn stoel, nam hem bij de arm, maar Claes duwde hem van zich af, snauwde dat hij zichzelf kon redden. In een van de laden van een aftandse commode lag een beduimeld notitieboekje. Hij pakte het, sloeg het open en dicteerde het nummer, waggelde terug naar de tafel en schonk een nieuwe whisky in. Van In wierp een blik naar Hakim en Versavel. Het had geen zin nog langer te blijven. Ze namen afscheid van de eenzame oude man en bedankten hem voor de medewerking.

Callgirl rijmde niet op politie. Van In wist uit ervaring dat hij bot zou vangen als hij zich als commissaris Van In voorstelde en dat Hannelore het hem niet in dank zou afnemen dat hij haar in een of andere hotelkamer ontmoette. Babette bleek alleen bereid hem in Brugge te ontmoeten als hij haar voor een halve dag boekte en bereid was om daarvoor achthonderd euro te betalen. Ze spraken af op het terras van café Vlissinghe.

'Heb je achthonderd bij je?' vroeg Versavel toen het gesprek afgelopen was.

'Ben je gek?'

'Ik schiet het wel voor als het moet', zei Hakim.

'Laat maar, ik red me wel.'

Het was tien minuten rijden van de villa van dokter Claes naar café Vlissinghe. Van In had een marge van een halfuur genomen om er zeker van te zijn dat hij als eerste zou arriveren.

'Jullie kunnen aan een ander tafeltje plaatsnemen', zei hij tegen Versavel en Hakim. 'Liefst dicht bij me in de buurt zodat jullie kunnen meeluisteren.'

De weergoden klopten nog steeds overuren. Er kwam geen einde aan de hittegolf. Gelukkig stonden er voldoende parasols op het terras. Van In ging zitten, stak een sigaret op en bestelde een Omer. Versavel en Hakim namen het tafeltje naast dat van hem. Wachten op een vrouw was als vastzitten in de file, je wist nooit wanneer er een eind aan zou komen. Babette verscheen tot zijn grote verbazing vijf minuten te laat op de afspraak, geen enkele man die daarover een opmerking zou maken, want ze was het wachten dubbel en dik waard. Ze had donkere krullen, brede heupen, benen waarmee ze boven gewone stervelingen uittorende en een decolleté dat smeekte om bewonderd te worden. Van In stak zijn hand op, hij kreeg een glimlach terug terwijl ze hem keurde. Haar vaste klanten waren meestal ouder dan vijftig, hadden een buikje, een gezonde appetijt en een dikke portefeuille. Van In beantwoordde aan de eerste drie criteria en normaal was iemand die voor vier uur amusement achthonderd euro kon uitgeven niet onbemiddeld. Er waren ook minpunten. Haar onbekende klant droeg goedkope schoenen en zijn kapper zou nooit in de prijzen vallen, het leek haar veiliger zich vooraf te laten betalen.

'Hallo.'

Ze had een stralende glimlach en een duur gebit. Het decolleté werkte feilloos. Nu nog het geld.

'Wat drinkt u?'

'Cava, tenzij ze hier ook champagne serveren.'

Van In knikte. Waarom zou ik het spel niet meespelen, dacht hij. Ze hadden toch niet veel anders te doen.

'Geen probleem. Wenst u een glas of nemen we meteen een fles?'

'Een halfje dan', zei ze kordaat.

Had ze zich dan toch vergist? Ze probeerde een glimp van zijn horloge op te vangen omdat een horloge nooit loog. Iedere man met een beetje poen droeg een duur horloge. Het lukte niet omdat het onder de manchet van zijn hemd zat. Wie droeg bij dit weer een hemd met lange mouwen?

'Wat zijn uw plannen?'
Eerst stiekem een pilletje nemen, wachten tot het werkte en daarna zo snel mogelijk een vooraf geboekte hotelkamer proberen te bereiken. Ze hoefde het hem eigenlijk niet te vragen, het was altijd hetzelfde scenario.
'Wat doet u zo allemaal?'
'Dat hangt ervan af.'
De meeste mannen wilden gepijpt worden, een minderheid anale seks. Het kon allebei mits een bescheiden supplement. Plasseks en sm waren een pak duurder.
'Zeg me wat het kost.'
Een macho met een grote mond of een sukkel die net geërfd of de lotto had gewonnen.
'Pijpen is vijftig extra.'
'Dat valt nog mee.'
Het spelletje ging een poosje door tot ze argwanend werd en om een voorschot vroeg. Toen kon hij niet anders dan zich voorstellen.
'U hebt me dus voor de gek gehouden.'
Ze liet niet merken dat ze hem met plezier de schedel had ingeslagen. Met flikken moest je immers voorzichtig omgaan, want prostitutie was strafbaar, de goegemeente steeds intoleranter.
'Nee, ik wil een beroep op u doen. Het betreft Michiel Claes.'
'Ken ik niet.'
'Hij is onlangs vermoord teruggevonden op het strand van Zeebrugge.'
'Ik lees geen kranten.'
'U kent zijn vader nochtans, dokter Claes.'
Ze glimlachte onwillekeurig omdat de oude haar betaalde om doktertje te mogen spelen, het was al een hele tijd geleden dat ze nog iets van hem had gehoord. De kleine slurf zat waarschijnlijk weer op zwart zaad.

'Het spijt me, commissaris. Ik ken niemand die zo heet, het grootste deel van mijn klanten ken ik zelfs niet bij naam.'

Van In bleef aandringen, dreigde haar zelfs te arresteren, maar ze hield voet bij stuk. Babette bleef ontkennen dat ze Claes kende.

Er zat veel volk in de trein van Luik naar Brussel. Petrofski voelde zich allesbehalve op zijn gemak. Hij had een krant gekocht en achteraan in een hoekje plaatsgenomen met de opengeslagen krant als camouflage voor zijn gezicht. Hij voelde zich een opgejaagd beest hoewel hij er bijna zeker van was dat zijn metamorfose bij de kapper hem onherkenbaar had gemaakt. Treinen waren als fuiken, wie erin zat kon moeilijk nog ontsnappen. Het was een frustratie die hij had overgehouden uit zijn Russische periode toen de politie hem maandenlang op de hielen had gezeten. Treinen boezemden hem gewoon angst in. Het zweet brak hem uit, hij keek met steeds korter wordende tussenpozen schichtig om zich heen. Het was uitgerekend dat gedrag dat de aandacht van een politieman in burger trok die op weg was naar een vergadering over nieuwe forensische technieken in Brussel. De mensen van de ESSE hadden aan de hand van de beelden die in het station van Arlon waren gemaakt op grote schaal foto's laten verspreiden van een kale man met een zonnebril op en hem als vuurwapengevaarlijk omschreven. De politieman in kwestie had Petrofski herkend toen hij hem op weg naar het toilet was voorbijgelopen.

De aanwezigheid van tientallen tot de tanden gewapende agenten op het perron van het Noordstation was daarom een complete verrassing. Het gezicht van Petrofski trok wit weg omdat hij zich realiseerde dat hij geen enkele kans maakte tegen de goed getrainde interventie-eenheid. Een paniekaanval golfde door zijn lichaam, hij dacht koortsachtig na. Wat waren ze van plan? Iedereen laten uitstappen en wachten tot hij aan de beurt was? Dan moesten ze ervan uitgaan dat hij ongewapend was, anders zouden ze hem in de trein proberen te overmeesteren. De trein stond bijna stil, het was een kwestie van seconden voor de portieren opengingen. Zich verstoppen was uitstel van executie, zich laten meedrijven met de stroom passagiers wellicht de enige oplossing. Ze zouden nooit schieten als hij zich door de massa liet opslokken. Petrofski ging staan, keek door het raam naar buiten. Nooduitgang. Waarom had hij daar niet eerder aan gedacht? In ieder rijtuig hing een hamertje waarmee je het glas kon stukslaan. Waarom zou hij uitstappen aan de kant waar de flikken stonden? Hij wrong zich door de rij wachtenden zonder zich te bekommeren om het gemor en de scheldwoorden die hij naar zijn hoofd kreeg geslingerd, pakte het hamertje, sloeg met één tik het raam stuk waarop onderaan in vier talen 'nooduitgang' stond. Sommige passagiers schreeuwden, andere probeerden zo snel mogelijk weg te komen. Er ontstond chaos en het scheelde niet veel of Petrofski werd weggedrukt. Het geschreeuw en het glasgerinkel hadden ondertussen de aandacht van de mannen van de interventie-eenheid getrokken. Er werden bevelen geschreeuwd. Twee agenten wurmden zich tegen de stroom in door de massa. Petrofski liet zich blindelings door het raam zakken, belandde onzacht op het parallelle spoor.

'Attention!'

De kreet ging door merg en been. Petrofski krabbelde overeind, sprong over het spoor, een loeiende hoorn deed hem opzij kijken. Snerpende remmen. Hij trok zich op aan de hoge boordsteen, gooide zich met zijn bovenlichaam naar voren, trok zijn benen op net voor de binnenrijdende sneltrein hem raakte. Mensen die stonden te wachten keken hem verschrikt aan, weken achteruit toen hij in hun richting liep. Hij glimlachte, zijn instinct had hem niet in de steek gelaten en hij had weer eens ongelooflijk veel geluk gehad. Hij rende als een bezetene de trap af. Hoeveel voorsprong had hij nog? Verdomme. Twee agenten die in de tunnel onder de sporen patrouilleerden hadden hem in de gaten gekregen, het zou niet lang duren voor ze versterking van hun collega's kregen. Petrofski rende naar de andere kant, slalomde door de stroom haastige reizigers die hem onbewust dekking boden. Hij maakte nog een kans als hij erin slaagde de uitgang te bereiken. Hij keek over zijn schouder achterom en dat had hij beter niet gedaan. Een jonge kerel met oortjes kon hem niet meer ontwijken, ze botsten op elkaar. Petrofski viel, bezeerde zijn knie. Nog even. Hij beet op zijn tanden, negeerde de pijn, kwam weer overeind en probeerde door de grote hal te ontsnappen. Tegenslagen hadden hem taai gemaakt, de afstand tussen hem en zijn achtervolgers was iets kleiner geworden. Nog vijftig meter. Zijn hart ging wild tekeer, adrenaline verdoofde de pijn in zijn knie. Het zag ernaar uit dat hij het zou halen. De mensenmassa remde zijn achtervolgers af. Het vooruitzicht op de overwinning gaf hem vleugels. Buiten stonden taxi's, het was de enige manier om te ontkomen. Hij rukte het achterportier open van de eerste in de rij, sprong erin en snauwde: 'Roulez!'

8

Van In had de moeite niet gedaan zijn haar te föhnen vanwege de aanhoudende hitte. Saskia begroette hem met een schalkse blik. Hij had niet alleen de moeite niet gedaan zijn haar te föhnen, zijn hemd was verkeerd dichtgeknoopt en er zat nog een sliertje tandpasta op zijn bovenlip.
'Hallo, chef. Te laat opgestaan of was Hannelore al weg met de kinderen?'
Ze haalde een pakje Kleenex uit haar handtas, liep naar hem toe, veegde zijn bovenlip af, herkende de geur van een deodorant die eigenlijk voor vrouwen was bestemd.
'Je hemd moet je zelf in orde brengen.'
'Wat is er met mijn hemd?'
'De knoopjes passen niet bij de gaatjes, chef.'
Ze had een beetje medelijden met haar verfomfaaide baas en als Hannelore vroeger van huis was vertrokken, had hij waarschijnlijk ook nog geen koffie gedronken. Ze vroeg het hem. Hij knikte, pakte de krant die op zijn bureau lag, sloeg ze open. Het was iedere dag dezelfde rotzooi. Vandaag werd de voorpagina beheerst door de foto van een pluizige hond die zijn baasje wakker had geblaft toen er binnenshuis een brand was ontstaan en op die manier een mensenleven had gered. De foto van Petrofski had de derde pagina gehaald onder de kop: 'Russische moordenaar loopt nog steeds vrij rond'. Een bloedige aanslag in Irak had zes regels toebedeeld gekregen.

'Komt Versavel niet?'
Saskia stond in de deuropening met een thermoskan koffie en twee kopjes. Het strijklicht dat door het raam naar binnenviel, toverde een aureool om haar hoofd. Nog twee vleugels op haar rug en ze was een engel.
'Nee, Sas. Guido heeft een afspraak in het ziekenhuis.'
'Alweer?'
Ze hoefde niets meer te zeggen, dat ene woord drukte al haar bezorgdheid uit. Versavel zag er al een tijdje vermoeid uit, de afwezige blik in zijn ogen deed vermoeden dat hij zich over iets zorgen maakte.
Van In klapte de krant dicht, schoof ze opzij. Hij was er net als Saskia niet gerust op omdat hij Versavel nog nooit ziek had gekend en het een slecht voorteken was als mensen die normaal nooit ziek waren toch gezondheidsproblemen kregen.
'Ik weet er ook niet veel over.'
'Vreemd. Jullie vertellen toch alles aan elkaar?'
Ze zette de kopjes op het bureau, draaide de dop van de thermoskan, schonk in. De geur van vers gezette koffie neutraliseerde de walm van het 'verkeerde' deodorant dat zich ondertussen in de kamer had verspreid. Van In nam een slokje, de cafeïne stimuleerde onmiddellijk de drang naar een sigaret.
'Vind je het erg als ik een sigaret rook?'
Het nieuwe Politiehuis was in principe rookvrij, maar iedereen wist dat Van In stiekem in zijn kantoor rookte. De naaste medewerkers vonden het niet erg en hij was tenslotte de baas, maar een mens kon beter hoffelijk blijven. Hij vroeg hun telkens om toestemming en uitsluitend als hij het roken echt niet meer kon uitstellen. Saskia haalde haar schouders op. Het kon niet erger stinken dan het al deed.
'Wat ik niet begrijp is dat jij ook nooit ziek bent', zei ze.

'Je rookt als een schoorsteen, drinkt halve emmers bier en beweegt alleen als het niet anders kan. Als iemand zich zou moeten laten onderzoeken ben jij het.'

Van In had het zichzelf al menige keer afgevraagd, het enige antwoord dat hij had kunnen bedenken was dat het leven nu eenmaal niet rechtvaardig was. Waarom crepeerden mensen van de honger? Omdat ze op de verkeerde plek geboren waren. Waarom was zijn grootvader bijna honderd geworden hoewel hij een aantal keer op het nippertje aan de dood was ontsnapt? Waarom was een eenvoudige Oostenrijkse huisschilder erin geslaagd een volk te begeesteren en naar de rand van de afgrond te leiden? Omdat het leven geen wiskundige vergelijking was, niet in algoritmen te vatten. Hij nam een trek, blies de rook uit. Het was nog te vroeg om te filosoferen, hij keek naar het ranke silhouet van Saskia zonder maar een seconde aan seks te denken. Het was een puur esthetisch genot.

'Laten we over iets anders praten, Sas.'

'Mij goed.'

Ze had zijn blik op haar lichaam gevoeld, het was een beetje een gênant gevoel, maar ze nam het hem niet kwalijk. Integendeel. Hoe noemden ze zoiets tegenwoordig? Een guilty pleasure?

De telefoon ging over toen Hakim met een zoen afscheid nam van Aisha. Hij verbrak de omarming, haalde zijn mobieltje uit zijn broekzak en kreeg een collega aan de lijn die hem vertelde dat ze het spoor van Petrofski nog steeds bijster waren.

'Zet iedere man op de zaak', hoorde Aisha hem zeggen. 'Hij mag ons nu niet meer ontsnappen.'

Hakim was een lieve man, wellicht de liefste man die ze ooit had ontmoet, maar hij was te goed voor de wereld.

Besefte hij dan niet dat er een hoger doel bestond dan ordinaire misdadigers vatten? Ze drukte zich weer tegen hem aan, haalde haar vingers door zijn haar. Hij kreunde zachtjes.

'Wat ga jij doen, schat?'

De gloed van haar lichaam maakte hem dronken van lust, hij kon zich gerust permitteren nog even bij haar te blijven, maar dat zou niet fair zijn tegenover zijn collega's. En ze zou er ook nog zijn als hij straks weer thuiskwam.

'Sorry, maar ik moet gaan. Ik bel je straks.'

Ze maakte zich met tegenzin van hem los, draaide zich om en liep als een verongelijkte puber naar de keuken terwijl ze aan haar jongere broer dacht die bij een Amerikaans bombardement was omgekomen. Collateral dammage, noemden ze zoiets alsof het geen mensen betrof.

'Tot straks', riep Hakim haar na.

Ze stak haar hand op zonder zich om te draaien, liet zich in de keuken op een stoel neerploffen en wachtte tot ze de voordeur hoorde dichtslaan.

Petrofski hield niet van moslims en nog minder van hun idiote godsdienst, maar er bleef geen andere optie over dan zich tot hen te wenden omdat hij dringend een onderduikadres nodig had. Hij liet zich afzetten in de buurt van de Grote Markt, nam een andere taxi. De chauffeur, een vadsige Turk, besteedde geen aandacht aan zijn passagier. De schijnbare onverschilligheid bood echter geen garantie dat hij zich straks niet meer zou herinneren waarheen hij Petrofski had gereden. Mohamed Chouchou was na de bloedige aanslagen in Parijs van Molenbeek naar Schaarbeek verhuisd, het was zeer onwaarschijnlijk dat de veiligheidsdiensten daarvan niet op de hoogte waren, maar hij kon beter toch geen risico nemen.

'*Vous pouvez vous arrêter là.*'

Ze bevonden zich in een rustige straat waar alleen allochtonen woonden, op vijf minuten lopen van het adres waar Mohamed woonde. De vadsige Turk parkeerde de taxi op de plek die Petrofski had aangewezen.

'*Ça fait neuf euro quarante.*'

Hij draaide zich half om. Een ervaren moordenaar kon iemand met de meest eenvoudige middelen doden. Een stalen draad met aan weerskanten twee houten handgrepen bijvoorbeeld. De taxichauffeur kreeg niet de kans om te schreeuwen, Petrofski gebruikte het wapen dat hij de dag ervoor in zijn hotelkamer had vervaardigd als een lasso, hij snoerde de keel van het argeloze slachtoffer af, sneed door het vlees. De man probeerde zich los te rukken, zijn benen gingen spastisch op en neer. Iemand wurgen was een lastige, tijdrovende bezigheid die veel kracht vergde. Met de stalen draad ging het iets sneller. Na anderhalve minuut staakte het slachtoffer de tegenstand, zijn ogen puilden uit, dreigden als pingpongballen uit hun kassen te springen. Petrofski keek snel om zich heen. Iemand op klaarlichte dag vermoorden op de openbare weg hield een groot risico in, maar hij was er redelijk gerust op dat een voorbijganger die hem betrapte niet onmiddellijk de politie zou bellen. Hij bleef de stalen draad dichtsnoeren tot hij zeker wist dat de man dood was, borg het moordwapen daarna op, pakte de portefeuille van het slachtoffer, haalde het geld eruit. Honderdvijfentwintig euro was niet veel, maar beter dan niets. Petrofski sloeg het portier open, gleed als een lenig roofdier uit de wagen en vervolgde zijn weg alsof er geen vuiltje aan de lucht was.

Het huis waar Mohamed en waarschijnlijk ook een aantal van zijn kompanen hun intrek hadden genomen, verschilde niet van de rest. Een afbrokkelende gevel, rottend schrijnwerk en stoffige ramen. Hij belde aan terwijl hij dacht: straks komt er een geit opendoen. Het huis op zich was best stijlvol, het dateerde waarschijnlijk uit het begin van de vorige eeuw toen de bewoners van dergelijke huizen nog welgestelde mensen waren. De man die uiteindelijk kwam opendoen leek, hoe komisch het mocht klinken, verrassend veel op een geit. Dat kwam door zijn spitse, rafelige grijze baard, een vooruitstekende bovenlip en een afhangende pluk wit haar op zijn schedel. Petrofski sprak hem aan in het Frans, stelde zich voor, vroeg of hij Mohamed Chouchou kon spreken. De Arabier trok zijn wenkbrauwen op, liet zijn hand langs zijn geitenbaard glijden en zei dat hij Mohamed Chouchou was. De informatie op het papiertje dat ze in de portefeuille van Michiel Claes hadden aangetroffen klopte. Hij was benieuwd of de rest ook klopte.

'Mag ik binnenkomen?'

'Natuurlijk.'

Petrofski schrok van het spontane antwoord. Hij had eigenlijk een weigering verwacht of toch ten minste een flinke portie argwaan. Mohamed droeg een traditionele djellaba en linnen sloffen. Ze liepen door de gang naar een kamer waar alleen vloerkleden en kussens lagen. Er stond ook een waterpijp op een houten bankje.

'Mag ik u een kopje thee aanbieden?'

Petrofski haatte thee, maar hij wilde niet onbeleefd overkomen. Arabieren voelden zich immers gauw beledigd, hij mocht het nu niet verbrodden. Een paar dagen rust zou hem de tijd geven alles op een rijtje te zetten en een oplossing te zoeken voor de netelige situatie waarin hij verzeild was geraakt. Wie had hem en Krilov in godsnaam willen vermoorden en hoe had de sluipschutter hen gevonden? Die vragen spookten al twee dagen onophoudelijk door zijn hoofd.

'Graag', zei hij met een gemaakte glimlach. Mohamed maakte een lichte buiging, gebaarde dat hij mocht gaan zitten en verdween. De kamer rook naar schimmel, maar het was er relatief netjes. Petrofski liet zich op het vloerkleed neerzakken. De tegels eronder voelden vochtig aan, de kussens stonken naar dode muizen. Hij probeerde helder na te denken. De ellende was begonnen met de opdracht om de bewoners van het appartementsgebouw in Blankenberge te vermoorden. Krilov had hem nooit verteld wie die opdracht had gegeven, alleen dat ze er elk vijfentwintigduizend euro voor zouden vangen. Hij had evenmin verteld wanneer ze het geld zouden krijgen, maar dat hoefde niet. Krilov was een man van zijn woord, hij kwam zijn afspraken altijd na, behalve de laatste, maar daar kon hij niets aan doen. Waar bleef die kerel met zijn thee verdomme? Moest hij het warm water nog uitvinden of kookte hij nog op een kampvuur? Petrofski begreep nog steeds niet waarom Krilov met die woestijnratten in zee was gegaan. Hij krabbelde overeind, liep naar de deur, trok ze open, stak zijn hoofd naar buiten. Hij hoorde een gedempte stem in het Arabisch. Was Mohamed aan het bellen of was er nog een bewoner? Hij bleef luisteren hoewel hij er niets van begreep. Wat was die woestijnrat aan het bedisselen en met wie? Hij was in ieder geval geen thee aan het zetten. Petrofski wist niet goed wat te doen. Zijn aangeboren argwaan gebood hem zijn toevlucht ergens anders te zoeken, zijn verstand zei dat het beter was te blijven. Eindelijk. Het gesprek stopte abrupt. Petrofski trok zich terug, duwde voorzichtig de deur dicht en ging weer op het vloerkleed zitten.

De Europese inlichtingendienst ESSE was vijf jaar geleden opgericht onder impuls van een handvol visionaire politiemensen met de steun van twee toonaangevende politici. De jonge organisatie genoot nog weinig aanzien omdat ze nog niet veel tastbare resultaten had kunnen voorleggen, maar dat betekende niet dat ze niets hadden gepresteerd. De grootste verwezenlijkingen tot nu toe waren de creatie van een uitgebreide databank met gegevens over iedereen die een potentiële bedreiging vormde voor de veiligheid van het oude continent en de opleiding van een keurkorps analisten, tolken, forensische specialisten en hackers die dag en nacht in de weer waren informatie te filteren, verbanden te leggen, patronen te herkennen en bewijzen te verzamelen. De traditionele nationale veiligheidsdiensten beschouwden hen als paria's omdat ze bang waren dat de ESSE het pleit uiteindelijk zou winnen en gezond verstand het zou halen bij politiek gekonkelfoes, anders had de directeur die belast was met de strijd tegen het terrorisme Hakim nooit opgevist en een belangrijke functie binnen de dienst toevertrouwd. Hakim glimlachte toen hij terugdacht aan hun eerste gesprek in een bescheiden Libanees restaurant in Brussel. Twee jonge inspecteurs die op het punt stonden in hun wagen te stappen haalden hem uit zijn gemijmer toen ze hun hand naar hem opstaken. Zoiets deed deugd, meer dan de twee jonge inspecteurs konden vermoeden. Hij liep naar de hoofdingang, meldde zich bij de receptie aan en nam de trap naar de tweede verdieping, waar Van In op hem wachtte.

'Dag Hakim.'

Saskia drukte hem de hand terwijl ze hem vrolijk aankeek. De doordringende blik van de Syriër deed het dons op haar armen overeind komen.

'Ook dag. Zit de chef in zijn kantoor?'

'Hij is even naar het toilet, maar loop gerust binnen. Ik kom straks ook. Wil je graag koffie?'

'Nee, liever thee.'
Hij sprak het uit als *liberté*, wat Saskia deed denken aan een conference van Toon Hermans over de spraakverwarring tussen Duitsers en Fransen. De manier waarop Hakim het zei klonk alleen meer sexy.
Ze liep langs hem naar de keuken terwijl ze aan dingen dacht die niet pasten bij een keurig getrouwde vrouw.
'In hogere sferen?'
Van In liep haar voorbij. Ze kreeg de tijd niet om te antwoorden. Hij stapte zijn kantoor binnen en begroette Hakim eveneens met een stevige handdruk.
'Is er nieuws?'
'Zeer zeker', zei Hakim. 'Petrofski werd opnieuw gesignaleerd in de trein van Luik naar Brussel.'
'En?'
'Hij wist te ontsnappen in het Noordstation. De politie is met man en macht naar hem op zoek.'
'Dat is tenminste al iets.'
Van In deed zijn best opgewekt te klinken, hoewel hij moeilijk kon verteren dat de Brusselse collega's contact met Hakim hadden opgenomen en niet met hem. Samenwerken met een buitenstaander was één ding, ze mochten echter niet vergeten dat hij de leiding had van het onderzoek.
'Ik hoop dat ze het niet verknallen. Onze Brusselse collega's staan niet echt bekend om hun efficiëntie.'
'Dat mag je wel zeggen', knikte Van In.
Hij ging zitten, wilde nog iets zeggen toen Saskia binnenkwam met koffie en thee. Ze werd gewaar dat Van In haar in de gaten hield. Ze beet op haar onderlip en voelde zich als een schoolmeisje dat op spieken wordt betrapt.
'Ik heb de mensen van het OCAD nog eens gebeld', zei Hakim. 'Ze blijven bij hun standpunt. Volgens hen is er geen enkele aanwijzing dat terroristen een aanslag met een vuile bom aan het voorbereiden zijn.'

'Wat denk jij?'
Hakim liet zich door Saskia bedienen als een prins. Ze kreeg een minzaam glimlachje terug toen ze hem een kopje aanreikte.
'We beschikken over gegevens van iedere moslimfundamentalist in België, analisten hebben hun telefoon- en e-mailverkeer de afgelopen dagen intensief gevolgd, en ik moet de mensen van het OCAD gelijk geven. Niets wijst op een dreigende aanslag.'
Saskia vroeg of ze haar nog nodig hadden, ze verdween discreet toen Van In zijn hoofd schudde.
'Tenzij ze op een andere manier met elkaar communiceren. Wegwerptelefoons? Het darknet? Telegram app?'
'Of postduiven?' lachte Hakim. 'Nee, ik lach je niet uit, beste collega. Ik wil alleen zeggen dat we weinig kunnen ondernemen als we geen aanknopingspunt hebben.'
Het is je geraden, dacht Van In. Hij mocht dan weinig ervaring hebben met terrorisme en moslimfundamentalisten, hij had in zijn lange carrière geleerd dat een zaak werd opgelost als je bleef zoeken naar een oplossing, al moest je daarvoor de geëffende paden verlaten. Ze wisten een aantal dingen zeker: Michiel Claes was om een of andere duistere reden met een bijna niet op te sporen kruid vergiftigd en hij werd kort voor zijn dood blootgesteld aan een hoge dosis radioactieve straling. Daarna hadden twee Russen, kleine garnalen in het criminele milieu, niet alleen de man vermoord die het lijk van Claes op het strand had aangetroffen, maar eveneens zijn vrouw en nog twee andere bewoners van het appartementsgebouw.
'Er moet een andere verklaring zijn.'
'Men heeft me gezegd dat je het niet snel opgeeft.'
Hakim bracht het kopje naar zijn mond, dronk met voorzichtige slokjes van de hete thee, die tot zijn grote verbazing uitmuntend was.

Petrofski zag door het raam een auto voor de deur stoppen. Drie mannen stapten uit. Woestijnratten. Hij wierp een blik naar Mohamed, merkte de schuldige glans in zijn ogen. Verdomme. Hij veerde op van het vloerkleed, haalde met zijn voet uit naar zijn gastheer. De trap kwam hard aan, bloed sijpelde uit Mohameds mond, hij wankelde en viel achterover op het stinkende vloerkleed terwijl hij naar zijn gehavende mond greep. Petrofski trok de deur van de zitkamer open, keek wild om zich heen. De voordeur was geen optie, hij rende de trap op. Het verloederde herenhuis telde twee verdiepingen en een zolder. Boven zou hij als een rat in de val zitten, maar hij had geen keus. Hij hoorde de voordeur openslaan, de krijsende stem van Mohamed. Ze kwamen hem echter niet onmiddellijk achterna. Petrofski vroeg zich niet af waarom. Zijn vege lijf redden was het enige dat hem dreef. De zolder lag vol met oude rommel: een smerige matras, verroest keukengerei, een gebarsten lampetkan, een opgerold vloerkleed, een fietsstuur, een krakkemikkige stoel, een blikken bus en hopen oud papier. Aan één kant van het dak zat een venster met een spindel. Petrofski pakte de stoel, zette hem onder het raam en ging erop staan. Rijtjeshuizen hadden meestal een gemeenschappelijke goot en met een beetje geluk zat er ook een venster in het andere dak. Gestommel op de trap. Petrofski aarzelde geen ogenblik en klom van de stoel. Hij greep naar de bus, draaide de stop los en rook eraan. De geur van petroleum sneed hem bijna de adem af. Had hij voldoende tijd om zijn plan uit te voeren voor ze boven waren? Hij pakte een krant van de hoop, liep met de open bus petroleum naar de deur, goot ze leeg over de houten trap. Daarna pakte hij zijn aansteker, stak de oude krant in brand, gooide de fakkel naar beneden, sloeg de deur dicht en sprong op de stoel onder het raam. Een lange gele vlam likte aan het droge hout van

de trap toen de eerste achtervolger, een jonge Marokkaan, de tweede verdieping bereikte. Hij hield een pistool in zijn vuist geklemd net als zijn kompanen.
'Qu'est-ce qu'on fait?'
Ze hadden het vuur nu nog kunnen trotseren en naar boven lopen, maar wat daarna? De brand verspreidde zich razendsnel. Zouden ze nog voldoende tijd hebben om ongedeerd terug te keren? Van blussen was in ieder geval geen sprake.
'Le cochon. Vite. Il doit être à côté.'
Ze stommelden naar beneden, schreeuwden dat de boel in de fik stond. Mohamed stak bezwerend zijn armen op, jammerde dat het de wil van Allah was en belde daarna de brandweer.

'Excuseer.'
Hakim haalde zijn mobieltje uit zijn broekzak, nam op en liep de kamer uit. Van In stak uit pure frustratie een sigaret op, belde Saskia en vroeg of ze een asbak wilde brengen. Het geheimzinnig gedoe van de Syriër begon hem flink op de zenuwen te werken.
'Is er nog koffie?'
'Ja, chef.'
Saskia zette de asbak die ze in een aparte kast bewaarde op het bureau, repte zich naar de keuken om koffie te halen. Feministen hadden zich gestoord aan haar onderdanige gedrag, maar zij wist wel beter. Van In was een fijne, warme, vrouwvriendelijke man, maar je kon beter niet tegenpruttelen als hij het op zijn heupen kreeg.
'Zo goed, chef?'
'Dank je, Sas.'
Hakim bleef zeker tien minuten weg. Van In had net zijn tweede sigaret opgestoken toen hij weer binnenkwam. Er lag een bezorgde trek om zijn mond.

'Ik denk dat we een kijkje moeten gaan nemen in Schaarbeek', zei hij. 'We zitten met een dode taxichauffeur en het huis van Mohamed staat in lichterlaaie.'
'De profeet?'
'Nee, Mohamed Chouchou, een Marokkaan die ervan verdacht wordt banden te hebben met IS.'
'Oké. Nemen we jouw wagen of de mijne?'
'Heb je een chauffeur?'
Guido, wilde Van In spontaan zeggen. Het deed hem eraan denken dat zijn vriend nog niets van zich had laten horen. Was dat goed nieuws of slecht?
'Saskia is een prima chauffeur.'
'Een vrouw?'
'Is dat een probleem?'
'Natuurlijk niet.'
Van In onthield zich van commentaar omdat hij de sfeer niet wilde verzieken door een discussie op gang te brengen over de gelijkberechtiging van mannen en vrouwen. Hij vond het wel vreemd dat Hakim zich daar nu plotseling vragen bij stelde, maar hij stoorde zich nog meer aan de manier waarop de Syriër zich met het onderzoek bemoeide en deed alsof hij de touwtjes in handen had.
'Vooruit dan maar', zei hij mat.
Ze liepen naar beneden, staken het binnenplein over. De anonieme Audi stond gelukkig in de parkeergarage, waar het minstens tien graden koeler was dan buiten, de krachtige airco deed de rest.
Saskia was zonder meer een prima chauffeur, ze laveerde de wagen handig door het verkeer zodat ze de autosnelweg in een mum van tijd bereikten.
'We hebben ondertussen ook een verslag binnengekregen van de Franse autoriteiten over Michiel Claes', zei Hakim bijna terloops.

'En?'
'Veel nieuws valt er niet te melden, behalve dat hij ervan verdacht wordt wapens te hebben verkocht in het Midden-Oosten, onder andere ook aan Syrische rebellen.'
'Via een legale omweg?'
'Uiteraard.'
Gewapende conflicten waren onvermijdelijk, zeker in gebieden waar geen politieke stabiliteit was en verscheidene partijen elkaar bekampten om de macht te veroveren en eigenlijk was er maar één manier om een einde te maken aan al dat zinloos geweld: de wapentoevoer afsnijden. Daarom hadden beschaafde landen wetten bedacht die de levering van wapens aan bepaalde strijdende partijen verboden of toch op zijn minst bemoeilijkten. Zo was iedere bonafide wapenhandelaar verplicht de naam van de eindgebruiker te vermelden op alle documenten die bij een dergelijke transactie noodzakelijk waren, en daar wrong precies de schoen. Papier was gewillig, sommige ambtenaren knepen een oogje dicht in ruil voor een flinke bonus en smokkelaars stelden zich geen vragen zolang ze maar betaald werden. België had een slechte reputatie op dat gebied. Je trof de producten van onze nationale wapenfabriek overal aan waar revoluties en andere gewelddadige conflicten werden uitgevochten. Niemand had er enig idee van hoeveel onschuldigen al waren gedood met illegaal wapentuig made in Belgium.
'Wie waren zijn contactpersonen?'
'Daar zijn we nog mee bezig.'
'Hoezo, mee bezig?'
'De kerels die hem vermoord hebben, zijn bijzonder grondig te werk gegaan. Er werd daags voor de feiten bij Claes thuis in Frankrijk ingebroken, computers en mogelijk bezwarende documenten zijn spoorloos.'

'Het was dus op voorhand gepland.'
'Zo lijkt het.'
De Audi gleed over het asfalt als een hovercraft over water. Saskia was duidelijk in haar nopjes. Ze duwde het gaspedaal dieper in tot de snelheidsmeter honderdvijftig aangaf. Het was een heerlijk gevoel omdat ze wist dat ze niet bekeurd kon worden. Haar huid tintelde, ze voelde zich als een meisje dat voor een keer haar zin mocht doen. Heerlijk was dat.

'Waarom ben je eigenlijk zo geïnteresseerd in de moord op een taxichauffeur?'

Van In had gewacht om die vraag te stellen omdat hij het antwoord zelf had willen vinden, het was hem niet gelukt.

'Goede vraag.'

'Wil je die dan alsjeblieft beantwoorden?'

Hakim glimlachte. Hij vond Van In best een toffe collega, maar hij wist ook dat hij niet erg opgetogen was over de aanwezigheid en de bemoeizucht van een buitenlandse pottenkijker. Hij kon het hem niet kwalijk nemen omdat hij in die omstandigheden op dezelfde manier had gereageerd.

'De taxichauffeur werd vermoord met een stalen wurgkoord, een methode die vooral in het Russische criminele milieu gebruikt wordt en Mohamed Chouchou woont een paar straten verderop. Is dat toeval of wilde iemand zijn sporen uitwissen?'

'Petrofski?'

'Dat zullen we nog moeten bewijzen, maar het zou best kunnen.'

'Waarom heb ik daar zelf niet aan gedacht?'

'Omdat er in Brugge waarschijnlijk niet veel mensen met een stalen wurgkoord worden vermoord', lachte Hakim.

Petrofski dwaalde door de stad als een zombie. Hij had dringend een nieuw onderkomen nodig en verzorging want hij had zich gesneden aan het glas van het dakraam toen hij via de gemeenschappelijke goot het belendende huis was binnengedrongen. Hij had natuurlijk een apotheek kunnen binnengaan en het nodige kopen om de snijwond te verzorgen, maar dat had argwaan gewekt. Hij beet op zijn tanden, stopte zijn gewonde hand in zijn zak, ging een café binnen en bestelde koffie. Er zaten twee sjofel geklede mannen aan de bar, hij sprak hen aan, vroeg of ze hem een dienst wilden bewijzen. Een briefje van vijftig euro deed de rest. Een van de mannen liep naar de dichtstbijzijnde apotheek, kocht een flesje betadine, een paar rolletjes gaasverband en pleisters.

'Merci.'

Petrofski trok zich terug op het toilet, verbond de wond zo goed en zo kwaad als het ging. Het luchtte op, maar hij voelde zich allesbehalve veilig. Waarom wilden die smeerlappen hem in godsnaam ook vermoorden? Hij en Krilov hadden hun werk gedaan zoals het hoorde, er viel hun toch niets te verwijten? Hij bestelde een tweede kop koffie en belde daarna een bevriende landgenoot.

'Hallo.'

Hij voerde het gesprek in het Russisch, het duurde een poosje voor ze tot een akkoord kwamen. De bevriende landgenoot was bereid hem een blaffer te verkopen tegen de normale prijs op voorwaarde dat hij onmiddellijk betaalde en dat was een probleem. Petrofski kwam vierhonderd euro te kort. Hij besloot het gesprek met '*dasvidanya*', betaalde de rekening in het café, kocht een keukenmes in een naburige supermarkt en vatte daarna post bij een geldautomaat.

De straat was nog afgezet, hoewel de brandweer het vuur ondertussen onder controle had gekregen en er stonden twee politiewagens. Hakim liet een van de agenten zijn legitimatie zien, het haalde niet veel uit.

'C'est quoi ESSE?'

De flik zag er niet erg snugger uit, het had niet veel zin hem uit te leggen wat de ESSE was, hij zou wellicht niet geloven dat zo'n dienst bestond, dus liet Van In hem zijn politiekaart zien. Het maakte ook weinig indruk, maar toch meer dan de legitimatie van Hakim. De flik nam contact op met de officier met wachtdienst, die op zijn beurt de hoofdcommissaris belde. Het duurde een tijdje, maar ze kregen uiteindelijk toestemming om de plaats delict te betreden. Mohamed Chouchou stond een eindje verderop te praten met een jonge Marokkaan. Het gesprek viel stil toen ze merkten dat Van In, Hakim en Saskia in hun richting kwamen.

'Bent u de bewoner van het pand?' vroeg Hakim in bijna accentloos Frans.

Van In benijdde hem. Nederlands en Frans leren in anderhalf jaar was een prestatie van formaat. Mohamed knikte, terwijl zijn jonge gesprekspartner discreet verdween.

'Woont u hier alleen?'

Knikje. Het was duidelijk dat Chouchou niet van plan was een ronkende verklaring af te leggen, maar Hakim gaf het niet op. Hij bleef vragen stellen.

'U bevond zich dus op de begane grond toen de brand uitbrak en u was alleen thuis?'

Knikje. De nietszeggende blik in de ogen van Chouchou was gespeeld. Hij maakte zich zorgen om de Syriër omdat hij wist dat zijn aanwezigheid niets met de brand te maken had.

'Wat is de oorzaak dan volgens u? De zon?'

Chouchou haalde zijn schouders op, hoewel hij ook wist dat de waarheid uiteindelijk aan het licht zou komen als een expert zou vaststellen dat het vuur aangestoken was.

'Denk maar niet dat u dit keer de dans kunt ontspringen, meneer Chouchou. We vinden wel een reden om u voor een tijdje gratis kost en inwoning te verschaffen.'

Hakim draaide zich om, hij wilde niet dat de vijand merkte dat hij zich aan het opwinden was. Van In, die ondertussen met een van de brandweermannen had gesproken, was erachter gekomen dat het vuur ontstaan was op de trap die naar de zolder leidde en de dwaze flik was hem komen melden dat het glas in het dakraam van de buurman stuk was geslagen en er bloedsporen waren aangetroffen op de zolder.

'Ik denk dat je gelijk hebt, Hakim. Petrofski is bij Chouchou op bezoek geweest en om een of andere reden naar de zolder gevlucht.'

'Dat denk ik ook, maar we zullen het pas zeker weten als we het DNA van Petrofski vergelijken met dat van het bloedspoor.'

'Tja', zei Van In. 'Als het overeenstemt zijn we misschien een stap verder.'

De kinderen sliepen al meer dan een uur toen er aan de voordeur werd gebeld. Hannelore had net een fles wijn ontkurkt, Van In zat rustig een sigaret te roken.

'Verwacht jij nog iemand?'

'Nee.'

Hij stond op, liep naar de voordeur en loerde door het spionnetje dat hij onlangs had laten aanbrengen om Hannelore gerust te stellen.

'Guido. Nog zo laat op pad?'

'Mag ik binnenkomen?'

'Natuurlijk.'
Van In voelde meteen aan dat er iets ernstigs mis was met zijn vriend, hij probeerde niet aan het ergste scenario te denken.
'Toch weer geen ruzie met Ben?'
'Nee.'
De blik van Hannelore was veelzeggend. Ze keek even bezorgd als Van In toen Guido er aan tafel bij kwam zitten, maar ook zij liet niets merken.
'Je hebt toch al gegeten?'
Het klonk heel stom, maar het was beter dan te vragen: 'Hoe gaat het met je?' want ze hadden het net nog over zijn gezondheidstoestand gehad. Versavel glimlachte triest, het deed hem goed dat ze allebei over hem inzaten. Vrienden waren een onbetaalbare luxe, zeker als er een storm woedde en het schip dreigde te vergaan. Hij vouwde zijn handen in zijn schoot, liet zich gewillig een glas wijn inschenken. Het leek of ze aanvoelden dat het hem allemaal niet meer kon schelen.
'Ik wilde je nog bellen', zei Van In.
Het klonk even onnozel als Hannelore die net had gevraagd of hij al had gegeten. Van In deed zijn sigaret uit, ging tegenover zijn vriend zitten en keek hem recht in de ogen.
'Vertel me alsjeblieft wat er aan de hand is, Guido.'
Geen tromgeroffel of aftikkende klok had het nog spannender kunnen maken en het had eveneens geen zin er nog langer omheen te draaien, de waarheid te verdoezelen of er de scherpe kantjes af te halen.
'Ik heb een tumor in mijn hoofd, vrienden. De dokters geven me nog een jaar, misschien iets langer, maar ik ben aan het doodgaan.'

9

De zon maakte mensen gelukkig, ze gaf hun energie en leven. Van In was het stralend zomerse beeld van de gele schijf op een azuurblauwe achtergrond ondertussen gewend, de hitte ook. Hij stond in de tuin een sigaret te roken, maar hij voelde zich allesbehalve gelukkig. Het verpletterende nieuws dat zijn beste vriend ten dode was opgeschreven, had alle energie uit zijn lijf weggezogen. Hij en Hannelore hadden in bed liggen huilen, niets zou nog zijn wat het was zonder Guido.

'Kom je?'

Hannelore stond in de deuropening met roodomrande ogen en ongekamd haar. Ze leek vijf jaar ouder dan de dag ervoor.

'Momentje.'

Hij drukte zijn sigaret uit in een aarden schaaltje op een roestig bistrotafeltje, keek met een boze blik naar de hemel, vloekte binnensmonds terwijl hij aan zijn overleden ouders dacht en liep naar binnen, waar Hannelore aan tafel op hem zat te wachten. Ze keken elkaar amper aan. De stilte woog als die in een lege kathedraal.

'Wat ga je vandaag doen?'

'Geen idee', zei Van In.

'We kunnen beter zo normaal mogelijk doen.'

Ze hadden Versavel plechtig beloofd er met niemand over

te spreken tot hij er klaar voor was om het zelf aan anderen te vertellen. Bezorgdheid laten blijken zou vragen kunnen oproepen bij de collega's en dat moesten ze vermijden.
'Wat is normaal, Hanne?'
Zijn stem brak, de prop in zijn keel begon weer vervelend te prikken. Hij nam een slok koffie en slaagde erin zijn tranen te bedwingen. Iedereen ging vroeg of laat dood, en net die gedachte bood troost omdat je niet wist of het vroeg of laat zou zijn. Toch was er een verschil. Guido stond in de rij en hij wist hoe lang hij daar ongeveer zou staan voor ze hem kwamen halen.
'Zeg er niets meer over tegen hem zolang hij er zelf niets over zegt.'
'Oké.'
'Dan ga ik eerst douchen voor de kinderen naar beneden komen.'
'Oké.'
Van In dronk zijn kopje leeg, schonk weer bij, nam een slokje en ging een sigaret roken in de tuin. Hij was te onrustig om stil te blijven zitten.

Tegenwoordig moesten criminelen met veel meer rekening houden, wilden ze niet binnen de kortste keren gestrikt worden. Communiceren op het internet liet sporen achter, telefoongesprekken waren gemakkelijk te traceren, bewakingscamera's alomtegenwoordig. Hakim bekeek op zijn mobieltje aandachtig de beelden van Petrofski die een oude vrouw bij een geldautomaat met een mes bedreigde. Aisha keek mee over zijn schouder.
'Ken je die kerel?'
'Kennen is veel gezegd. Hij is een van die twee Russen die het echtpaar Dumoulin en hun buren hebben doodgeschoten en Van In hebben ontvoerd.'

'Hebben ze hem eindelijk opgepakt?'
'Nog niet, maar ik vermoed dat het niet lang meer zal duren.'
'Je gaat toch iets tegen hem ondernemen?'
'Ik niet, dit is een klus voor de politie van Brussel.'
Hij schakelde over op de belmodus. De beelden vormden in ieder geval het bewijs dat Petrofski nog in Brussel was en versterkten de thesis dat hij de taxichauffeur had gewurgd en vermoedelijk het huis van Mohamed Chouchou in brand had gestoken. Petrofski vinden en arresteren was van het allergrootste belang. Hij kreeg zijn chef aan de lijn en die belde op zijn beurt de hoofdcommissaris van de Brusselse politie. Het zou geen tien minuten duren voor iedere flik naar de Rus uitkeek.
'Nog een kopje thee, schat?'
'Nee, dank je. Ik moet ervandoor.'
Hij trok haar tegen zich aan, liet zijn hand over haar gespierde rug glijden, kneep in haar bips voor hij haar een zoen gaf.
'Tot vanavond, schat.'
'Tot vanavond.'
Hakim trok de deur achter zich dicht, stapte in zijn auto die op de oprit stond en reed voorzichtig achteruit. Aisha zwaaide hem uit achter het raam.

Het Politiehuis baadde in het licht, merels floten, het meisje aan de receptie droeg een sexy topje. In normale omstandigheden had Van In haar met een dubbelzinnige kwinkslag doen blozen, zij keek verbaasd op toen hij haar onverschillig voorbijliep en ook nog eens een collega die hem vriendelijk met 'dag commissaris' begroette straal negeerde.
'Dag chef. Slecht geslapen?'

Saskia kende hem beter dan de meeste collega's, ze zag onmiddellijk dat er iets ernstigs mis met hem was.
'Dat ook, Sas', zei hij zonder goed te beseffen dat hij zich bloot had gegeven.
'Wat nog?'
'Niets. Ik heb gewoon slecht geslapen.'
Saskia geloofde hem niet echt, maar ze drong niet verder aan. Hij zou zelf wel vertellen wat er aan de hand was als hij er behoefte aan had. Ze ging spontaan de asbak halen, zette hem op zijn bureau en schonk een kop koffie voor hem in.
'Je weet toch dat het bij wet verboden is iemand tot roken aan te zetten, juffrouw?'
'Is dat zo?'
Van In ging hoofdschuddend zitten, stak een sigaret op en dronk van de koffie. Vermoedde ze iets of wilde ze hem gewoon een plezier doen?
'Is Achilles er?'
'Ik denk het wel.'
'Wil je vragen of hij even bij me langskomt?'
Saskia haatte mensen die e-mails stuurden naar mensen die op dezelfde verdieping werkten, ze liep door de gang, klopte aan bij Achilles en vroeg of hij met haar mee wilde komen. 'De chef heeft je nodig' waren magische woorden. De jonge inspecteur veerde als een door Duracell-batterijen aangedreven robot op van zijn stoel en liep haar achterna.
'Ga zitten, jongen. Kopje koffie?'
Van In had een boontje voor de kerel die zijn eigen leven op het spel had gezet om dat van Hannelore te redden.
'Graag.'
'Fijn. Ik wilde je eigenlijk vragen of je een paar dagen mijn assistent zou willen zijn. Guido voelt zich de laatste tijd een beetje slapjes, hij blijft voorlopig thuis.'
Achilles knikte terwijl een onzichtbaar filharmonisch

orkest het Halleluja uit *De Schepping* van Haydn speelde. Hij ging automatisch rechtop zitten, zijn slapen gonsden van genot.

Een busje haalde Omar op zodat hij al zijn spullen in één keer kon meenemen naar zijn nieuwe woning. De chauffeur, een gepensioneerde onderwijzer die zich als vrijwilliger had gemeld, reed hem ernaartoe.

'Dat is snel gegaan', zei de man met een brede glimlach.
'Belgen zeer snel. Ik ook heb werk. Morgen beginnen in supermarkt.'
'Hoe lang ben je hier al?'
'Vier maand.'
En zo goed spreek Nederlands. De gepensioneerde onderwijzer wist zichzelf op het laatste nippertje te corrigeren.
'Ik bedoelde dat je in ieder geval al heel goed Nederlands spreekt... meneer...'
'Zeg maar Omar.'
'En het rijmt zowaar', glunderende de gepensioneerde onderwijzer, die in zijn vrije tijd sonnetten schreef.

De rit duurde amper vijf minuten. Het huisje dat Omar toegewezen had gekregen, was vrijgekomen doordat de bewoonster onlangs overleden was en de erfgenamen unaniem hadden beslist het voor een bescheiden huurprijs aan vluchtelingen ter beschikking te stellen. De waarheid was dat ze het in de huidige staat aan de straatstenen niet kwijt konden omdat het binnenregende in een van de twee slaapkamers en het sanitair niet in orde was. Om die redenen hadden de mensen van Fedasil het aan een alleenstaande toegewezen. Omar had zich echter geen betere locatie kunnen dromen. Het huis lag in een rustige straat en in de tuin stond een schuurtje waar hij ongestoord zou kunnen werken. Het busje stopte voor de deur, de gepensioneerde

onderwijzer hielp hem met het uitladen van zijn spullen: een donsdeken, twee paar schoenen, een tweedehandse flatscreentelevisie en een bescheiden gereedschapskist. De erfgenamen van de overleden vrouw hadden immers in hun onmetelijke gulheid het huisraad laten staan om de buitenlandse gast in staat te stellen zijn eigen potje te koken.
'Zo', zei de gepensioneerde onderwijzer. 'Kan ik verder nog iets voor je doen?'
'Nee, bedankt. Ik me wel red.'
Omar nam de sleutel aan die hij overhandigd kreeg, stak hem in het slot. De voordeur sleepte een beetje, maar ook dit kleine euvel zou hem worst wezen. Hij stak zijn hand op naar de gepensioneerde onderwijzer, die ondertussen weer achter het stuur zat, en droeg daarna zijn spullen naar binnen. Het rook een beetje muf in de zitkamer annex keuken en er dwarrelde stof in het alles onthullende zonlicht dat door het raam binnenviel. Omar nam een glas uit de keukenkast, vulde het met water en dronk het gulzig leeg. In zijn gereedschapskist zat behalve een hamer, tangen, dopsleutels en schroevendraaiers ook een doosje met prepaid telefoonkaarten die hij bij zijn aankomst in België van een contactpersoon had gekregen. Hij installeerde een van de simkaarten in zijn mobieltje en belde een nummer dat hij uit het hoofd had geleerd.
'Spreek ik met meneer Verburgh?'
'Nee. Ik vrees dat u verkeerd verbonden bent.'
'Sorry. Mijn fout.'
'Geen probleem. Nog een goede dag verder.'
Omar hing op, haalde de kaart uit het toestel en stak ze weer in het doosje. Zijn contactpersoon wist nu dat hij een eigen huis had, de kust veilig was en de goederen geleverd konden worden. Allahu akbar. Hij trok de achterdeur open, pakte een stoel uit de keuken en ging onder een afdak in de

tuin zitten. De zinderende hitte deed de lucht trillen, een slechtvalk hing roerloos in de lucht. Binnen korte tijd zou niemand hier nog wonen, binnen korte tijd was iedereen dood. Omar glimlachte terwijl hij aan het meisje dacht dat hij ruw had genomen in het bos. Had ze er nog zin in? Hij in ieder geval wel.

Petrofski had pech, net als bij de vorige overval op de oude vrouw bij de bankautomaat die amper tweehonderd euro had opgeleverd. Hij kreeg een dreun voor zijn kop van een potige kerel die plotseling uit het niets was komen opdagen en raakte het pistool kwijt dat hij net had gekocht, maar hij slaagde erin te ontkomen. De juwelier die hij had willen beroven sloeg onmiddellijk alarm en de potige kerel kwam hem achterna. Mensen weken verschrikt uiteen toen ze hem dichterbij zagen komen, auto's toeterden toen hij roekeloos een drukke laan overstak. Een fietser die geen aanstalten maakte om af te remmen bekocht zijn onbeschofte gedrag met een vuistslag die hem ten val bracht. Petrofski gaf hem nog een schop tussen de ribben, pakte de fiets, sprong erop en trapte zich moeizaam op gang, hij had gelukkig voldoende voorsprong op de potige bewaker, anders had die hem zeker ingehaald. Oef. Het was meer dan twintig jaar geleden dat Petrofski nog gefietst had, maar het lukte aardig. Hij vond het zelfs fijn, tot hij plotseling sirenes in de verte hoorde. Twee politiewagens kwamen met hoge snelheid aangereden. Er was geen ogenblik te verliezen, Petrofski gooide de fiets aan de kant, liep een smalle zijstraat in. Het gejank van de sirenes zwol onheilspellend aan. Het was een kwestie van seconden voor ze hem inhaalden. Hij moest iets doen. Alles was beter dan het vooruitzicht op een jarenlange gevangenisstraf. Aan de overkant van de straat was een slagerij, hij spurtte naar binnen, greep een hakbijl van het hakblok, bedreigde er een van de klanten mee, een tengere oude vrouw met opgestoken haar.

'Sluit de deur. Snel of...'

Hij sloeg zijn arm om de hals van de oude vrouw, nam haar in een houdgreep terwijl hij vervaarlijk met de hakbijl zwaaide. De verbouwereerde slager reageerde alert. Hij liep naar de deur, schoof de grendels dicht terwijl een politiewagen voorbijscheurde. Het gejank van de sirenes stierf weg. De overige klanten, een meisje van een jaar of zestien en een vrouw van middelbare leeftijd, stonden als versteend te wachten op wat komen zou.

'Wil je geld?' vroeg de slager.

'Straks', snauwde Petrofski. 'Breng ons naar achter.'

Achter de winkel was een keuken en een werkplaats. De slager knikte. Het was de derde keer in vijf jaar dat hij het slachtoffer werd van een overval, hij had verwacht dat de overvaller met het geld uit de kassa aan de haal zou gaan en hen verder met rust zou laten. Hij vond het geen goed idee om naar achteren te gaan, maar had ook geleerd dat het veiliger was geen tegenstand te bieden. De kerel met de hakbijl verkeerde in een staat van razernij. Een gek of een drugsverslaafde.

'Heb je tape?'

'Ja.'

'Waar?'

De slager wees naar een kast in de hoek van de werkplaats waarin behalve tape ook een voorraad rollen inpakpapier en plastic schaaltjes lag.

'Breng ze.'

Het tengere oude vrouwtje hing slap in de houdgreep met een glazige blik in haar wijd opengesperde ogen.

'Handen op de rug.'

Het meisje en de vrouw van middelbare leeftijd gehoor-

zaamden lijdzaam. Ze waren allebei doodsbang. Het meisje dacht aan haar liefje, de vrouw van middelbare leeftijd aan haar kleindochter. De slager bleef opmerkelijk kalm omdat hij besefte dat de wildeman niet van plan was hen te vermoorden. Hij veronderstelde dat de politie hem op de hielen zat en wilde zo veel mogelijk tijd winnen.
'Tape handen vast.'
De slager knikte opnieuw, deed wat Petrofski hem had opgedragen. Daarna moesten het meisje en de vrouw gaan liggen en kwamen hun voeten aan de beurt.
'Maak de deur van de koelcel open en ga erin.'
Petrofski maakte een dreigend gebaar met de hakbijl. De slager protesteerde niet. Zijn vrouw was in de buurt boodschappen aan het doen, ze zou onmiddellijk alarm slaan als ze merkte dat de voordeur aan de binnenkant vergrendeld was. Petrofski sleepte de tengere oude vrouw met zich mee, klapte de deur van de koelcel dicht, loste de greep om haar hals. Haar hoofd gleed levenloos langs zijn borst.

'De resultaten van het DNA-onderzoek zijn binnen.'
Saskia zwaaide met het verslag dat ze net had afgedrukt. Het bevestigde het vermoeden dat het bloedspoor op de zolder in Brussel afkomstig was van Petrofski, maar het loste in wezen niet veel op. Integendeel. De rol van de Rus werd steeds onduidelijker.
'Komt Hakim nog?'
'Ik denkt het wel.'
De resultaten van het DNA-onderzoek leken Van In niet echt te interesseren. Hij ging aan zijn bureau zitten.
'Als je van de duivel spreekt.'
Saskia draaide zich om, ze herkende onmiddellijk het silhouet van de Arabische prins door het matte glas van de verbindingsdeur. Hij droeg een crèmekleurig pak, licht-

bruine schoenen van soepel kalfsleer en was zoals gewoonlijk perfect geschoren. Ze haastte zich naar de keuken, zette een stevige pot thee voor het geval hij erom zou vragen.
'En? Is er al nieuws?'
'Ik heb zojuist een rechercheur van de Brusselse politie aan de lijn gehad', zei Hakim. 'Petrofski heeft geprobeerd een juwelier te overvallen, maar hij is kunnen ontkomen. De politie heeft onmiddellijk een klopjacht ingezet, maar die heeft tot nu toe niets opgeleverd.'
'Een Rus met negen levens', zuchtte Van In.
Hij liet Hakim de resultaten van het DNA-onderzoek zien. De Syriër fronste zijn wenkbrauwen omdat hij net als Van In nog steeds niet begreep welke rol de Rus speelde. Mohamed Chouchou werd ervan verdacht in contact te staan met Belgische jihadisten, hij was na de aanslagen in Parijs en de lockdown van Brussel opgepakt en ondervraagd, maar ze hadden hem vrij moeten laten bij gebrek aan bewijs. Toch wist Hakim zo goed als zeker dat de man boter op zijn hoofd had.
'Ze voeren iets in hun schild, maar wat?'
'Een Rus en een jihadist?'
Van In dacht aan het radioactieve lijk van Michiel Claes en de hypothese van professor Stoops. Stel dat Stoops gelijk had en dat een of andere terroristische groep een aanslag met een vuile bom aan het voorbereiden was en Claes het radioactief afval daarvoor bij de Russen had gekocht. Hij deelde zijn bezorgdheid met Hakim. De Syriër lachte hem niet uit, integendeel.
'Ik vind dat we de mensen van het OCAD op de hoogte moeten brengen van de nieuwe evolutie', zei hij.
'En ik zou graag een kijkje gaan nemen bij Mohamed Chouchou.'
'Ik denk niet dat hij zo onverstandig is bezwarend materiaal te laten rondslingeren.'

'Er is maar één manier om erachter te komen', bleef Van In koppig volhouden. 'Kun jij voor een huiszoekingsbevel zorgen?'
'Ik denk het wel.'
'Fijn. Kopje thee?'
Saskia was net binnengekomen met een dienblad. Ze glunderde. Van In had een flauwe grap kunnen maken over naïeve vrouwen maar hij zweeg. De toestand was te ernstig.

'Wat heb je toch, Elke?'
De vrouw maakte zich zorgen om haar dochter, die geen woord meer zei en de hele tijd naar buiten zat te staren. Ze had de vraag al minstens tien keer gesteld, zonder dat er enige reactie op was gekomen. Elke was nochtans een levenslustig meisje, ze had een groot hart, haar vrienden droegen haar op handen. Wat was er in godsnaam gebeurd waardoor ze zich plotseling zo vreemd gedroeg?
'Er is toch niets verkeerd gegaan in het vluchtelingenkamp?'

De vraag brandde al een tijdje op haar lippen, ze had ze niet durven stellen omdat Elke bijzonder gevoelig was op dat vlak. Ze kon geen kwaad woord horen over de asielzoekers die in Europa een nieuw leven probeerden op te bouwen en ze haatte iedereen die hen profiteurs noemde of kritiek gaf op het beleid van de regering. Daarom had ze zich zonder aarzelen als vrijwilliger opgegeven toen bekend werd dat de voormalige kazerne als kamp voor Syrische vluchtelingen zou worden ingericht.

'Je mag het mij gerust vertellen, kind.'
Ze ging naast haar dochter zitten, drukte zich stevig tegen haar aan. Het tengere lichaam trilde.
'Je bent toch niet ziek?'
Ze had besloten niet meer op te geven voor ze wist wat

er aan de hand was en bleef vragen afvuren, tot Elke zich losrukte en schreeuwde dat ze geen kind meer was. Toen begon ze te huilen en gooide er alles uit. Haar moeder luisterde aandachtig, alsof het verhaal haar niet raakte. Het tegendeel was waar, ze probeerde te vermijden dat haar dochter volledig dichtklapte.

'Hij heeft je dus pijn gedaan.'

Elke knikte, schortte haar rokje op en liet de blauwe plekken op haar dijen zien. Ze zweeg over de pijn binnen in haar lichaam.

'We kunnen het hier niet bij laten', zei de moeder.

'Niet doen, mama.'

'Toch wel.'

De moeder pakte haar mobieltje, belde de huisarts, die beloofde zo snel mogelijk langs te komen.

Het was de eerste keer dat Achilles de Audi mocht besturen, hij was behalve in het Zuidstation nog nooit eerder in Brussel geweest, maar dat was op zich geen probleem. De gps leidde hem feilloos naar zijn bestemming. De voordeur van het huis in Schaarbeek was verzegeld en het huis onbewoond. Mohamed Chouchou had voorlopig zijn intrek genomen bij vrienden in Molenbeek.

'Wat denk je hier eigenlijk te vinden, Van In?'

'Geen idee, maar we kunnen evengoed eerst een kijkje nemen voor we onze vriend aan de tand voelen.'

De huiszoeking leek misschien nutteloos en Hakim had waarschijnlijk gelijk als hij beweerde dat Mohamed Chouchou geen dwaas was en hij zijn huis nooit had verlaten zonder alle eventuele sporen uit te wissen. Toch bleef Van In ervan overtuigd dat een plaats delict soms informatie prijsgaf die je alleen de visu kon opdoen. Hij betrad de gang, keek aandachtig om zich heen. De doordringende brandgeur zou nog maanden blijven hangen en de inboedel had veel waterschade opgelopen. Hij liep over de nog kletsnatte vloerkleden, verifieerde de inhoud van de kasten. In de keuken vond hij twee blikken met thee, een zak rijst, een potje kersenjam, beschimmeld brood, drie flessen mineraalwater, chocolade en dadels. Het servies bestond uit een allegaartje van borden en koppen, waarvan de meeste gebarsten waren. Het bestek was afkomstig van Ikea, net als de glazen en de pannen. De muren waren kaal, de verlichting primitief: een peertje aan een vettig snoer. Er lag ook een exemplaar van de Koran waarvan de pagina's aaneengekoekt waren door het bluswater. In de hoek van de keuken was een deur die naar de kelder leidde. Van In knipte de zaklantaarn aan die hij had meegenomen uit de Audi en liep voorzichtig de steile trap af. Het was een kale ruimte van ongeveer drie bij twee meter. De stank was er bijna niet te harden, net een open beerput.

'Wat een rotzooi', zei Hakim, die hem achterna was gekomen.

'Dat kun je wel zeggen, ik vraag me af wie hier ooit heeft willen slapen.'

Van In richtte de straal van de zaklamp op een matras die dwars in de breedte van de kelder lag. Waarom zou iemand in de kelder willen slapen van een huis dat drie verdiepingen telt?

'Slapen', herhaalde Hakim. 'De matras bewijst niet dat iemand hier heeft geslapen.'

'Waarom ligt die er dan?'

'Omdat moslims zelden iets weggooien. Verspilling is een exclusief voorrecht van westerlingen.'

'Haha.'

Ze liepen de trap weer op, doorzochten de eerste en de tweede verdieping. Drie van de vier kamers waren niet ge-

meubileerd. In de vierde stond een bed en een scheefgezakte kleerkast.
'Waarom woont een alleenstaande man in een huis met vier slaapkamers?'
'Goede vraag.'
Ze kenden allebei het antwoord. Chouchou mocht dan niet actief zijn als bommenlegger, de kans was zeer groot dat hij terroristen die voor justitie op de vlucht waren tijdelijk onderdak bood. Van In liep de kamer uit, bekeek de zwartgeblakerde trap die naar de zolder leidde. Je hoefde geen branddeskundige te zijn om vast te stellen dat de brand daar was ontstaan. Wat was Petrofski hier komen doen en waarom was hij naar boven gevlucht? Wellicht omdat zijn leven in gevaar was. Krilov was doodgeschoten in het zuiden van het land, Petrofski had zijn toevlucht gezocht bij een notoire jihadist.
Er klopte iets niet.
'Heb jij de bevoegdheid om Chouchou te arresteren?'
'In principe niet, maar...'
'...het kan geregeld worden.'
De wet op de voorhechtenis was ondertussen aangepast, onderzoekrechters schreven vlotter een arrestatiebevel uit als het een vermeende terrorist betrof en de overheid kneep meestal een oogje dicht als de directeur van de ESSE een ongewoon verzoek had. Hakim belde zijn rechtstreekse overste, legde hem uit waarmee ze bezig waren.

Elke had spijt dat ze haar moeder alles verteld had toen de huisarts haar vroeg of ze zich wilde uitkleden zodat hij kon vaststellen wat er gebeurd was, maar hij stelde haar onmiddellijk gerust.
'Je mag je ondergoed aanhouden, Elke. De rest van het onderzoek gebeurt in het ziekenhuis.'

Een gynaecologisch onderzoek was geen pretje, zeker niet na een verkrachting, maar het was de enige manier om bewijsmateriaal te verzamelen tegen de dader, als het tenminste nog niet te laat was. Elke keek wanhopig naar haar moeder, die zelf niet meer goed wist of ze goed of slecht had gehandeld.

'Wil je dat ik even wegga?'

'Nee.'

Het klonk als een noodkreet. De huisarts legde zijn hand op haar schouder, probeerde haar gerust te stellen. Hij wist eigenlijk ook niet goed wat te doen omdat hij weinig ervaring had met dat soort situaties.

'Hebben jullie de politie al ingelicht?'

'De politie?'

Een gynaecologisch onderzoek was één ding, een wildvreemde politieman in vertrouwen nemen een nachtmerrie. Eén verkeerde vraag was immers voldoende om het slachtoffer van haar laatste waardigheid te beroven, een meewarige glimlach kon steken als een mes. En het werd alleen nog erger als de dader voor de rechter moest verschijnen en de advocaat van de verdediging het slachtoffer de schuld in de schoenen probeerde te schuiven of botweg beweerde dat ze er zelf om had gevraagd. Gelukkig was er de laatste jaren een en ander veranderd, maar het bleef een vervelende procedure.

'Maak je maar niet te veel zorgen', zei de huisarts. 'De politie beschikt tegenwoordig over gespecialiseerde mensen op dat gebied. En vergeet niet dat daders die niet vervolgd worden nieuwe slachtoffers kunnen maken. Geen aangifte doen geeft die kerels een vrijgeleide.'

De huisarts merkte de twijfel in de ogen van het meisje en haar moeder. Het was misschien veiliger haar eerst naar een ziekenhuis door te verwijzen. Hij bleef rustig op haar inpraten tot ze uiteindelijk haar rokje uittrok en hem de blauwe plekken liet zien. Het was erger dan hij had verwacht, de smeerlap die Elke dit had aangedaan moest gestraft worden. Toen ze hem ook vertelde wie haar zo had toegetakeld ging zijn bloed koken. Het nieuws dat een van de vluchtelingen een hulpverlener op brutale wijze had verkracht, zou een schok van verontwaardiging veroorzaken in het vredige dorp Sijsele.

'Ik bel nu het ziekenhuis en breng jullie erheen', zei hij vastberaden.

De huisarts had zelf drie kleindochters, van wie een even oud was als Elke. Hij moest er niet aan denken dat zijn oogappel zoiets zou overkomen. Hij belde het ziekenhuis en daarna zijn vrouw met de vraag of ze de patiënten die hij nog moest bezoeken wilde laten weten dat hij wat later zou zijn.

Een karavaan van vier politiewagens sloeg de straat in waar Chouchou een tijdelijk onderkomen had gevonden. Het machtsvertoon lokte onmiddellijk reacties uit van de omwonenden. Ze kwamen op straat en keken grimmig toe, vastbesloten in te grijpen als aan een van hun broeders werd geraakt.

'Ik hoop dat we voldoende mensen hebben meegebracht', zei Hakim.

Een politionele actie in Molenbeek was ongeveer hetzelfde als in een put met cobra's springen. Het was een van de redenen waarom de overheid radicale moslims jarenlang had laten betijen. Die aanpak had twee voordelen opgeleverd: de politie hoefde geen onnodige risico's te nemen en als tegenprestatie hield de meerderheid van de allochtone bevolking de socialistische burgemeester in het zadel. Het gedwongen kordate optreden van de veiligheidsdiensten

na de lockdown had de gemoederen enigszins bedaard, het betekende niet dat de stropers boswachters waren geworden.
'Beschikken we over reservetroepen?'
'In theorie wel', zei Hakim flegmatisch. Acht agenten sloten een gedeelte van de straat af. Vier anderen vergezelden Van In en Hakim naar de voordeur. Het was niet te voorspellen wat er zou gebeuren. De bel deed het uiteraard niet, Hakim nam het initiatief, bonkte met zijn vuist op de deur en riep: 'Politie, openmaken!' De straatbewoners kwamen langzaam in beweging. Een groepje jongeren, de oudste was amper veertien, begon te schreeuwen en te schelden. Hoe lang zou het duren voor ze chargeerden? Hakim wierp een blik over zijn schouder, ze zouden hem vanwege zijn huidskleur het hardst aanpakken als het op een vechtpartij uitdraaide.

'Haal de stormram uit de wagen', snauwde hij een van de agenten toe terwijl hij op de voordeur bleef bonken.

De eerste steen verbrijzelde de achterruit van een van de politiewagens. De groep jongeren zwol zienderogen aan. Een confrontatie leek onvermijdelijk.

'Zal ik de hulptroepen mobiliseren?'

Van In trok zijn pistool hoewel dat niet de verstandigste reactie was, een wapen werkte immers als een rode lap op een stier, maar het kon hem niet schelen.

'Je kunt het proberen.'

Twee agenten namen een korte aanloop voor ze met de stormram op de deur inbeukten. Het hout kraakte, de deur gaf een beetje mee. Het protest van de buurtbewoners nam toe, ze kwamen steeds dichterbij.

'We hebben dringend assistentie van de oproerpolitie nodig', schreeuwde Van In tegen de man die de telefoon opnam.

'Qu'est ce que vous dites?'
'Verdomme.'
Van In herhaalde zijn verzoek in het Frans, het maakte eigenlijk niet uit. De man aan de andere kant van de lijn leek het niet te begrijpen of hij wilde het niet begrijpen. Er ontspon zich een absurde discussie over de aard van de dreiging en de noodzaak van de operatie.

Het kostte de agenten met de stormram drie pogingen voor de deur het begaf. De opgehitste meute begon te scanderen: cochons, cochons... en er werden allerlei projectielen gelanceerd.

'Iedereen naar binnen!' schreeuwde Hakim.

De agenten reageerden onmiddellijk. Van In kon nog net een steen ontwijken voor hij zichzelf in veiligheid wist te brengen.

'Deur dicht en barricaderen.'

Twee agenten gingen met hun rug tegen de voordeur staan voor het geval de heethoofden probeerden binnen te dringen. Achilles wist niet wat hem overkwam. Het leken wel Amerikaanse toestanden die hij alleen op de televisie had gezien.

'Kom mee.'

Van In pakte hem bij de arm, sleurde hem mee door de gang. In de woonkamer zaten twee vrouwen met een hoofddoek om en drie kinderen angstig af te wachten. Ze deinsden achteruit toen Van In en Achilles binnenstormden. De jongste vrouw slaakte een doordringende gil, gooide zich op een van de kinderen alsof het leven van haar kroost in gevaar was. Waarom reageerden Arabische vrouwen altijd zo hysterisch? Hakim probeerde hen te kalmeren, vroeg waar de andere bewoners waren. De vrouw zweeg abrupt.

'Jullie blijven beneden.' Van In duidde willekeurig vier agenten aan. 'Wij doorzoeken het huis.'

Ze slopen behoedzaam de trap op terwijl buiten de hel losbarstte. Opgezweepte jongeren reageerden hun agressie af op de geparkeerde politiewagens, de ouderen keken zwijgzaam, bijna goedkeurend toe.
'Volgens mij is de vogel gevlogen', zei Van In.
'Of toevallig niet thuis.'
Hakim duwde een deur open op de eerste verdieping. De slaapkamer was kitscherig ingericht met veel kussens op het bed, koperen schalen, lage bijzettafeltjes, poefs en de obligate vloerkleden. In de kleerkast hingen uitsluitend vrouwenkleren. De tweede kamer was veel soberder ingericht: een gewoon bed, twee nachtkastjes en een ladekast. De badkamer was rudimentair maar netjes.
'Sst.'
Van In wees naar boven. Oude huizen kraakten omdat ze versleten waren, maar Van In dacht iets anders gehoord te hebben. Hij gaf Hakim een teken.
'Ik denk dat er iemand op de tweede verdieping zit.'
Ze liepen terug, beklommen de trap naar de tweede verdieping. Sceptici die beweerden dat schutsengelen niet bestonden, kregen ongelijk. De kogel die voor Van In bedoeld was boorde zich in het plafond, doordat de schutter om een onverklaarbare reden het evenwicht verloor. Hakim duwde zijn collega opzij, vuurde blindelings. De schutter, een man van een jaar of veertig, greep naar zijn borst en viel zieltogend op de grond. De knallen deden de volkswoede overkoken. Jonge relschoppers probeerden de voordeur open te duwen, het kostte de agenten die er met hun rug tegenaan stonden ongelooflijk veel moeite de aanval te pareren.
'Ga hen helpen!' schreeuwde Van In.
Hij maakte een reuzensprong, belandde naast de bloedende schutter, trok het pistool uit zijn hand. Hakim duwde koortsachtig, met zijn wapen in de aanslag deuren

open en trof Mohamed Chouchou op het toilet. Hij was gelukkig niet gewapend.
'We hebben een ambulance nodig', zei Van In. 'En versterking.'
Het was zeer de vraag of de schutter nog te redden viel, maar beschaafde mensen hadden geen keus. Ze konden hem toch niet dood laten bloeden? De aanval op de voordeur ging ondertussen onverminderd voort.
'Ik denk niet dat we hier nog levend wegkomen.'
Het was een kwestie van minuten voor de voordeur het begaf. Van In wierp een blik door het raam en zag tot zijn ontsteltenis dat de jongeren zich met bijlen en ijzeren staven hadden bewapend, een tafereel dat in bepaalde landen geen uitzondering was, maar in Brussel...

10

'Iedereen naar boven.'
Van In stond boven aan de trap met zijn pistool te zwaaien. Hij was vastbesloten zijn huid duur te verkopen, hoewel het moeilijk te geloven viel dat dit echt aan het gebeuren was. Was Brussel dan toch een soort niemandsland waar alleen het recht van de sterkste gold? De agenten die beneden de voordeur probeerden te barricaderen, aarzelden in ieder geval geen seconde. Ze lieten hun stelling in de steek, renden de trap op.
'Open het vuur alleen op mijn bevel.'
Hakim was zijn chef aan het bellen. Waar bleef de versterking verdomme? Hadden ze het weer verkeerd begrepen of stonden ze in de file? In Brussel was alles mogelijk. Chouchou zat nog op de toiletpot, het leek hem allemaal niet veel te deren, hij vertrok geen spier, zelfs niet toen het rumoer beneden crescendo ging. De straatvechters waren binnengedrongen, ze stonden aan de voet van de trap, maakten zich klaar om de aanval in te zetten. Van In besefte dat onderhandelen weinig zou opleveren. Hij loste een schot in de lucht, wachtte hoe ze zouden reageren. De relschoppers deinsden even achteruit terwijl ze 'Allahu akbar!' bleven schreeuwen, maar niets of niemand kon de opgehitste meute nog tot staan brengen.
'Kies een doelwit, mik op de benen.'

Het zou menens worden, hun leven was in gevaar, ze verkeerden allemaal in een positie van wettige zelfverdediging.
'Allahu akbar!'
De dappersten stormden naar boven. Zes schoten. De eerste twee aanvallers tuimelden armwiekend achterover, namen nog twee kompanen mee in hun val. Sterke armen grepen de gewonden vast en evacueerden hen naar buiten, waar de mensenzee voortdurend aanzwol. De aanval werd even gestaakt, maar ze kwamen terug met geïmproviseerde schilden en molotovcocktails.
'Heb je al nieuws?' schreeuwde Van In naar Hakim.
'Er is een helikopter onderweg.'
'Wat kunnen we in godsnaam met een klote helikopter aanvangen?'
Een van de aanvallers die een deur van een koelkast als schild gebruikte, gooide de eerste molotovcocktail naar boven.
'Iedereen achteruit.'
De fles viel stuk op de trap, de brandende benzine verspreidde zich razendsnel. Een tweede belandde op de overloop, dreef hen terug naar de plek waar de kerel lag die Hakim had neergeschoten. Hij was er erg aan toe en zou zeer zeker aan zijn verwondingen bezwijken als er niet gauw een dokter kwam opdagen.
'Haal Chouchou uit het toilet en breng hem naar de slaapkamer aan de voorkant.'
De eerste molotovcocktail richtte betrekkelijk weinig schade aan omdat de trap van arduin was, de tweede zette de houten vloer in brand.
'Hoe lang houden we dit nog vol?' vroeg Hakim toen iedereen zich in de slaapkamer had verschanst.
'Geen idee.'
Van In had geen reservelader bij zich, zijn collega's waar-

schijnlijk ook niet, waardoor hun vuurkracht uiterst beperkt was.
'De helikopter komt er aan.'
Het geronk van de motor kwam steeds dichterbij, maar het was zeer de vraag of de helikopter de heethoofden zou afschrikken. Ze waren door het dolle heen en wie weet ook bereid hun eigen leven op te offeren. De volgende aanval zou cruciaal zijn.

Petrofski had geluk dat de slager een van zijn leveranciers verwachtte en daarom extra geld in huis had gehaald. In de kassa trof hij niet alleen de dagontvangsten aan, maar ook een envelop met daarin tweeduizend achthonderd euro. Hij kocht een hotdog aan een stalletje, hield een taxi aan en liet zich naar het Zuidstation rijden. Petrofski was het vluchten spuugzat en hij wist dat ze hem een keer te pakken zouden krijgen. De beste manier om zijn achtervolgers af te schudden was terugkeren naar de plek waar het allemaal begonnen was. Hij kocht een ticket naar Brugge, liep naar het perron, stelde zich verdekt op tot de trein het station binnenreed. Twee agenten van de spoorwegpolitie zagen hem instappen, ze deden de moeite niet zijn identiteit te controleren. Een van hen was net vader geworden, de collega's hadden een babyborrel georganiseerd en ze waren al te laat op de afspraak. Petrofski zocht een rustig rijtuig, nestelde zich in een hoekje en deed zijn ogen dicht.

Dit keer gooiden ze geen molotovcocktails, ze stormden de trap op met haastig bijeengesprokkelde vuurwapens. Het regende kogels. Riposteren was zo goed als onmogelijk, het risico om neergeschoten te worden was te groot.
'Dit was het dan', zei Van In moedeloos.
Ze hadden de deur van de slaapkamer gebarricadeerd met

een vermolmde kleerkast, een symbolisch obstakel dat de drieste bende niet lang zou tegenhouden, maar het was beter dan niets.

De gezichten waren grimmig, de sfeer was gelaten. Het kon toch niet dat politiemensen genadeloos werden afgemaakt in de hoofdstad van Europa. Drie knallen en rinkelend glas. Een van de agenten greep naar zijn schouder en viel kreunend op de grond.

'Iedereen liggen', schreeuwde Hakim. 'Ze schieten door de ramen.'

Een vierde, veel hardere knal blies de slaapkamerdeur weg. Stukken hout vlogen in het rond, gelukkig raakte niemand gewond. Hoe lang nog? Het was hooguit een kwestie van seconden voor de ultieme confrontatie zou plaatsvinden. Niemand in de kamer was nog van plan om op de benen te schieten, ze wachtten bang af, zegden een gebedje, dachten aan hun geliefden en aan de dood.

'Luister.'

Loeiende sirenes maakten een einde aan de belegering, de heethoofden stoven als kippen uiteen, verdwenen als schaduwen voor het licht. De ouderen en zij die niet aan het vuurgevecht hadden deelgenomen bleven koppig staan, klaar om de ordehandhavers op boegeroep te onthalen.

'Hoe gaat het met...'

'Ik vrees dat hij dood is', zei Hakim.

De beschermengel van Chouchou lag op zijn rug met een vredige blik in zijn ogen alsof hij net de maagden had gezien die hem beloofd waren. Van In haalde zijn schouders op. Het was niet hun schuld dat de man dood was, maar wie zou hen geloven? Een bepaalde pers zou het verhaal breed uitsmeren, de publieke opinie en de politici onder druk proberen te zetten met koppen als: 'Onverantwoord politiegeweld', 'Amerikaanse toestanden in Molenbeek', 'Protest moslims hardhandig de kop ingedrukt'.

Het kon hem eigenlijk geen barst meer schelen. Hij keek door het raam of de kust veilig was. De hulptroepen waren ondertussen gearriveerd. Zes overvalwagens, een gepantserde truck, vier gewone politiewagens en een ambulance. Zwaargewapende agenten maanden de schreeuwende massa aan zich te verspreiden en naar huis terug te keren. Twee cameraploegen registreerden het gebeuren, geflankeerd door een tiental journalisten van de schrijvende pers.
'We hebben dringend vervoer nodig', zei Van In.
De politiewagens waarmee ze gekomen waren, waren compleet vernield, de ramen stuk geslagen, de banden doorboord.
'Ze sturen een auto', zei Hakim.
'Hebben ze ook gezegd wanneer?'
Van In vond het veiliger boven te wachten tot de wagen er was. Het duurde gelukkig niet lang. Nog geen twee minuten later werd de gewonde agent afgevoerd, de beloofde wagen volgde een poosje daarna.
'U mag met ons meekomen, meneer Chouchou.'
Hakim sloeg de vermeende jihadist voor alle zekerheid in de boeien, ze liepen samen de trap af gevolgd door Van In en Achilles, die een klein beetje wit zag rond zijn neus. Hij had zich nochtans taai gehouden voor de buitenwereld, niemand vermoedde dat hij de hele tijd had zitten bidden.
'En avant la musique.'
Ze liepen tussen een haag federale agenten naar de klaarstaande auto. Iemand van de omstanders gooide nog een steen, het projectiel landde in de goot. Achilles ging achter het stuur zitten, stelde de gps in terwijl de anderen instapten. Chouchou nam plaats op de achterbank tussen Van In en Hakim. Hij zag er heel tevreden uit.

Elke keek wezenloos voor zich uit. Ze had het gynaecologisch onderzoek ondergaan als een zombie en netjes alle vragen beantwoord, maar na afloop voelde ze zich leeg en ellendig. Haar moeder stond een eindje verderop in de gang te praten met de huisarts. Was het mijn schuld of zijn schuld? dacht Elke.

Zij had hem verleid, hij was op haar voorstel ingegaan en ze had ooit gelezen dat bepaalde mannen naar ruwe seks verlangden. Eigenlijk had hij haar niet verkracht, ze had erom gevraagd, behalve de laatste keer toen hij haar anaal had genomen. Als ze een klacht indiende zouden ze hem waarschijnlijk naar zijn land terugsturen, waar hem een zekere dood wachtte. Zou ze daarmee kunnen leven? Haar pijn zou helen en ze had haar lesje geleerd.

'Mama.'
'Ja, kind.'
'Ik wil naar huis.'
'Geen probleem', zei de huisarts. 'Ik breng jullie terug.'
'Wat denk je, dokter?'
'Het zal een tijdje duren voor ze er weer bovenop is, maar ze haalt het wel. Probeer haar af te leiden. Het is enorm belangrijk dat ze de draad weer oppakt.'
'In het asielcentrum?'
'Tja, dat is inderdaad een probleem.'

Ze liepen samen door de gang van het ziekenhuis, namen de lift. De huisarts vroeg hun even in de hal te wachten, reed de auto voor. De rit van Brugge naar Sijsele had veel weg van een stille optocht. Niemand zei een woord.

Het was niet gebruikelijk dat een inwoner van Brussel in een andere stad verhoord werd, maar de tijd was voorbij dat 'gebruikelijk' de norm was. Speciale tijden vroegen om speciale maatregelen. Bovendien konden ze de veiligheid van Chouchou beter in Brugge dan in Brussel garanderen. Achilles kweet zich weer eens voortreffelijk van zijn taak. Hij bracht hen op een comfortabele en vlotte manier naar hun bestemming.

'Wilt u eerst iets eten, meneer Chouchou?'

De vermeende jihadist antwoordde niet, zelfs niet toen Van In de vraag herhaalde. Het was een eeuwig terugkerend probleem. Terroristen hulden zich in stilzwijgen, hen verhoren bracht niets op. Ze hadden Chouchou waarschijnlijk op de meest gruwelijke manier mogen folteren, hij zou zijn mond houden. Dat besefte zowel Van In als Hakim, maar ze moesten het blijven proberen.

'Iets drinken dan?'

'Wat doen we? Hem een paar uur in een cel opsluiten?'

'Waarom niet', zei Van In. 'Baat het niet, het schaadt niet.'

'Heb jij geen honger?'

'Eigenlijk wel. Een boterham met kaas en mosterd zou me nu uitstekend smaken.'

'Kunnen we die ergens halen?'

Ja, in het kantoor van mijn vrouw, wilde Van In zeggen. Hij zweeg omdat hij geen zin had Hakim uit te leggen wat Hannelore verstond onder een boterham met kaas en mosterd.

'In café Vlissinghe serveren ze lekkere boterhammen met kaas', zei hij dan maar. 'Ga je ook met ons mee, Achilles?'

De trein was voor een keer op tijd. De portieren schoven sissend open. Tientallen toeristen haastten zich naar buiten alsof Brugge over een paar uur in rook zou opgaan. Petrofski wachtte geduldig af tot iedereen was uitgestapt voor hij de trein verliet. Tijdens de rit had hij zitten nadenken over wat hij het best kon doen. In België blijven was in ieder geval geen optie. Hij slenterde over het perron, nam de trap naar beneden, kwam in een snelstromende mensenzee van ongeduldige toeristen terecht. Zou hij het aandurven zich een paar dagen in zijn woning te verschansen? En dan? Hij kon er niet eeuwig blijven. Bovendien was de kans redelijk groot dat de buren merkten dat het huis weer bewoond was en ze de flikken belden. Naar het buitenland vluchten had evenmin zin, hij zou bij de eerste de beste controle door de mand vallen omdat hij geen papieren had. Die had hij noodgedwongen moeten achterlaten in de hut. Het schaakbord bood niet veel mogelijkheden meer, hij hield zelfs geen pionnen meer over. Zijn hersenen knarsten als verroeste tandwielen. Hij ging op een terras aan de zijkant van het stationsplein zitten, bestelde een halve liter bier. Hij was het beu opgejaagd te worden als een dier. De mensen rondom hem zagen er gelukkig en onbezorgd uit, ze dronken, kletsten, maakten plannen. Een meisje met kort blond haar nam afscheid van haar vriend, een oudere heer las de krant, twee vriendinnen roddelden over hun man. Petrofski luisterde mee omdat hij toch niets anders had te doen.

'Jan is niet meer de Jan van vroeger', zei de ene vrouw.

'Hoezo? Toch niet...'

De andere vrouw schoot in een luide lach. Haar borsten gingen op en neer.

'Toch wel.'

'Pietje plooi?'

'Hoe kan ik dat weten als hij niet meer met me wil vrijen?'

'Maar je weet het niet zeker?'

'Nee.'

'Hij heeft misschien een minnares.'

'Dat heb ik ook al gedacht.'

'Zou je het erg vinden?'

'Eigenlijk niet.'

'Dat meen je niet.'

De andere vrouw lachte niet langer. Ze keek haar vriendin argwanend aan. Wie had ooit kunnen denken dat uitgerekend zij...
'Je hebt ook iemand', zei ze gretig.
'Wat zou jij doen? Voor wat hoort wat. Niet?'
Petrofski stak zijn hand op, bestelde een nieuw glas bier. Het banale gesprek tussen de twee vrouwen bracht hem op ideeën. Vooral de laatste zin.

Hakim vergeleek het schaduwrijke terras van café Vlissinghe met een oase, vertelde ongeremd over zijn jeugdjaren die hij in een klein Syrisch dorp had doorgebracht.
'Mijn vader liet me studeren omdat hij wilde dat ik het beter zou hebben dan hij, maar uiteindelijk was ik liever in mijn dorp gebleven. De wereld is veel te complex geworden, een jungle waar je voortdurend op je hoede moet zijn. Weet je, Pieter,' het was de eerste keer dat hij Van In bij zijn voornaam noemde, 'dat mensen nooit gelukkig zullen worden zolang het kwaad niet met wortel en tak is uitgeroeid.'
'Ik spreek je niet tegen, hoewel ik het niet helemaal met je eens ben. Ik ben ervan overtuigd dat vrije mensen hun eigen universum kunnen creëren.'
'Een gezin?'
'Een gezin, familie, vrienden, het maakt niet uit.'
'Je denkt dus dat je de boze wereld buiten kunt sluiten?'
'Een beetje wel, ja.'
'Jij lijkt een puber.'
'Wie weet ben ik dat nog.'
'Is dat niet een beetje naïef?'
Hakim keek Van In bijna hoofdschuddend aan. Culturen konden verschillen, maar mensen bleven mensen. Hij begreep niet goed dat een volwassen man, een politieman dan nog, er zulke kinderlijke ideeën op na hield.

'Laten we nog een Omer drinken, vriend', zei Van In ontwijkend. 'En vertel nog iets over jezelf. Je hebt me nieuwsgierig gemaakt.'
'Wat wil je weten?'
'Alles wat je kwijt wilt.'
Van In dacht aan Versavel en aan de eindeloze gesprekken die ze hadden gevoerd. Zou hij ooit nog een vriend vinden die hem kon evenaren? Moest hij zich straks tevredenstellen met dierbare herinneringen? Het werd hem even te machtig.
'Momentje, ik moet naar het toilet.'
Er was gelukkig niemand zodat hij zijn tranen de vrije loop kon laten. Wat moest hij doen om zijn vriend te redden? Zich bekeren en God om hulp smeken? Een been afstaan? Zijn huis verkopen en met de opbrengst een dure behandeling in Amerika betalen? Van In ging op het toilet zitten met zijn hoofd in zijn handen. Hij was in zijn leven zelden bij de dood blijven stilstaan, zelfs niet toen zijn moeder was gestorven. Wat zou er met Hannelore gebeuren als hem iets overkwam? Hij was tenslotte bijna tien jaar ouder dan zij, de kans was groter dat zij hem zou overleven. Angst maakte zich van hem meester, zijn hart begon wild te kloppen, de druk op zijn slapen nam toe. Wat was er in godsnaam met hem aan de hand?

Saskia riep automatisch 'binnen' toen er werd aangeklopt. Een jonge agent duwde voorzichtig de deur open. Hij was buiten adem.
'Er is een probleem', hijgde hij. 'De moslim is van zijn stokje gevallen.'
'Ik kom.'
Saskia volgde de jonge agent. Ze namen de trap omdat de lift bezet was. Een andere agent stond hen beneden op

te wachten bij de openstaande deur van de cel waar Chouchou zat opgesloten. De man lag op de grond in een soort van coma.
'Heb je een ambulance gebeld?'
'Nog niet.'
'Doe het dan nu.'
Saskia ging op haar hurken naast hem zitten. Chouchou ademde regelmatig, hij zag een beetje bleekjes, maar niets wees op een hartinfarct of een hersenbloeding. Ze wist het bijna zeker omdat ze een doorgedreven cursus EHBO had gevolgd, maar het zou van overmoed getuigen onnodige risico's te nemen. Aan de andere kant moest ze op haar hoede blijven, wie weet was het allemaal geveinsd.
'Kan iemand me vertellen wat er gebeurd is?'
Beide agenten keken beteuterd. De cellen in het Politiehuis werden meestal gebruikt om zatlappen de kans te geven hun roes uit te slapen of voetbalhooligans een poosje te laten afkoelen. Zij die voor de bewaking instonden waren het gewend dat er kabaal werd gemaakt, ze reageerden dan ook niet als een van de gasten die het op zijn heupen kreeg op de deur stond te bonzen.
'Hij schreeuwde de hele tijd dat hij ziek was en medicatie nodig had.'
'En?'
'Het is een gebruikelijke smoes.'
'Oké.'
Saskia deed geen moeite om hen terecht te wijzen, het kwaad was geschied. Ze hoopte alleen dat Chouchou...
'Waar blijft de ambulance?'
Ze wierp een blik op haar horloge. Het was spitsuur, het verkeer op de ringweg zat waarschijnlijk weer muurvast. Iedere minuut die verstreek kon het verschil uitmaken tussen leven en dood.

'Heeft Pieters dienst?'
'Ik denk het wel', zei de agent die haar was komen halen.
'Bel hem en vraag of hij onmiddellijk naar beneden wil komen.'
Pieters had diabetes, hij had zijn prikkertje altijd bij zich. Het was een berekende gok. Chouchou was behoorlijk zwaar, van middelbare leeftijd en at waarschijnlijk ongezond.
'Hij komt.'
Pieters arriveerde twee minuten later, de ambulance was nog steeds niet aangekomen. Hij keek Saskia met vragende ogen aan. Waarom had ze zijn prikkertje nodig?
'Ik denk dat hij diabetes heeft.'
Ze hoefde niet meer te zeggen. Pieters haalde het apparaatje uit het etui, prikte Chouchou aan, bracht wat bloed aan op het teststrookje en wachtte op het resultaat. Het was zwaar positief.
'Insuline?'
'Geen probleem.'
Pieters haalde een ander etui uit zijn broekzak, stelde de dosis insuline af op het resultaat van de bloedanalyse en spoot het medicijn in de vlezige buik van Chouchou. Het duurde een paar minuten voor de Marokkaan weer een teken van leven gaf en nog eens tien minuten voor de ambulance er was. Saskia haalde opgelucht adem toen ze van de dokter vernam dat de patiënt het weer goed maakte.

Petrofski kocht briefpapier, een paar enveloppen en een balpen in de supermarkt naast het station, ging weer op het terras zitten, bestelde nog een halve liter bier. Hij had een beslissing genomen en was vastbesloten zijn plan uit te voeren. Nederlands spreken viel behoorlijk mee, schrijven zou meer moeite kosten. Hij maakte een kladversie die hij eerst grondig herlas en corrigeerde voor hij de boodschap netjes overschreef en in een envelop stak. Daarna dronk hij rustig zijn glas leeg, betaalde de rekening, volgde de nietaflatende stroom toeristen naar het centrum. In de hoofdstraat flaneerden jonge meisjes in korte topjes, zelfs oudere vrouwen met gerimpelde knieën droegen belachelijk korte rokjes. Niemand geneerde zich voor de zon, bij mooi weer was alles toegestaan. Tijdens zijn wandeling van het station naar de Burg zag Petrofski meer halfblote borsten dan hij in zijn hele leven had gezien. De levenswijze van het decadente Westen stak schril af tegen de strenge regels van de Sharia, hij mocht er niet aan denken wat er zou gebeuren als fanatieke moslims het roer binnen afzienbare tijd overnamen. Alle terrassen zaten bomvol, de sfeer was uitgelaten. Er werd gedronken, gegeten en gelachen alsof er geen vuiltje aan de lucht was, maar Petrofski wist beter. Het was twee voor twaalf, armageddon bijna een feit. Hij stak de Markt over, liep de Breidelstraat in, waar het nog drukker was dan in de winkelstraat. Veel volk was een voordeel. Niemand zou erop letten dat hij de envelop in de brievenbus van het stadhuis deponeerde en voor zover hij kon vaststellen waren er ook geen camera's. Hij zette zijn zonnebril op, baande zich met een brede glimlach een weg tussen de groepen gapende toeristen en werd een met de achtergrond.

'Nog eentje?'
Van In stak zijn hand op zonder op het antwoord van Hakim te wachten. Ze waren ondertussen allebei aangeschoten, maar waarom zouden ze zich schamen? Bier verzachtte de zeden net als muziek, en het verdreef hun zorgen, voorlopig tenminste.
'Waar is je assistent eigenlijk gebleven?'
De vraag katapulteerde Van In weer ruw naar de realiteit.

Hij had beloofd zijn mond te houden en dat deed hij meestal, maar soms was een geheim te zwaar voor twee schouders en dan was praten een manier om de last te verlichten. Hakim had geen contact met de mensen die Versavel kenden, het kon geen kwaad hem in vertrouwen te nemen.
'Hij is ziek, ernstig ziek.'
'Oei. Dat wist ik niet.'
'Volgens de dokters heeft hij niet lang meer te leven.'
Van In stak zenuwachtig een sigaret op. Hij had de afgelopen dagen meer bij de dood stilgestaan en zich eveneens afgevraagd waarom hij gezond bleef. Hij dronk te veel, rookte overmatig, bewoog amper. Mocht hij een min of meer zorgeloos bestaan blijven leiden of sluimerden de kiemen van de ziekte die hem zou vellen al in zijn lichaam? Had zijn leven enige betekenis gehad?
'Dat is niet fijn om te horen.'
'Nee', zei Van In. 'Ik had het me ook anders voorgesteld.'
Versavel keek al jaren uit naar zijn pensioen, hij had plannen gemaakt om te gaan reizen en was voor de zoveelste keer een boek beginnen te schrijven omdat hij straks tijd zou hebben het af te maken. De man met de zeis dreigde al zijn voornemens in de war te sturen.
'Geloven jullie in God?'
'Zwijg me van God en van het eeuwig leven.'
'Het kan een troostende gedachte zijn', zei Hakim zacht.
'Misschien, maar wij katholieken krijgen alleen rijstpap in de hemel, jullie maagden.'
'Alsof je vriend dat leuk zou vinden.'
De absurde repliek van Hakim deed Van In glimlachen. Hij bekeek de mysterieuze Omerdrinkende Syriër, probeerde hem te doorgronden. Was hij echt of had hij zich noodgedwongen aangepast aan de westerse cultuur omdat hij hier een thuis had gevonden? In hoever was hij betrouwbaar

als het tij keerde? In welke mate was een mens betrouwbaar? Hij keek om zich heen, naar de mensen die op het terras zaten. Waren ze echt ontspannen of deden ze maar alsof? Een meisje van een jaar of twintig met kleine, stevige borsten keek hem boos aan omdat ze waarschijnlijk dacht dat hij haar met zijn ogen aan het uitkleden was. Twee van gezondheid blakende grijsaards waren in een geanimeerd gesprek gewikkeld. Een betweterige stadsgids deed zijn best een zuur kijkend gezelschap met stomme grapjes op te vrolijken.
'Geloof jij in die paradijselijke maagden?'
'Ik heb Aisha.'
'Juist.'

Saskia bedacht zich toen ze op het punt stond Van In te bellen. Waarom bellen als ze wist waar ze hem kon vinden? Ze klokte uit, pakte haar fiets, reed over de ringvaart, volgde de Langerei tot aan de Carmersbrug. Ze vond dat ze na haar koelbloedige optreden ook een drankje had verdiend, hoewel het nog redelijk vroeg was, en ze had ook geen zin de rest van de middag met Achilles in één kamer door te brengen, niet dat ze hem niet mocht, ze kenden elkaar gewoon niet lang genoeg om vrijuit te spreken of oude herinneringen op te halen. Ze stalde haar fiets tegen de gevel van het café, liep naar binnen, stak haar hand op naar Grietje achter de tapkast en daalde af naar het terras.
'Hoi.'
Van In reageerde opgetogen. Saskia was een toetje dat een zware maaltijd verteerbaar kon maken, haar onverwachte verschijning krikte zijn humeur op, verdreef de sombere gedachten die hem bleven plagen.
'Kom erbij zitten. Wat wil je drinken?'
'Is cava te duur?'

'Voor jou is niets te duur.'
Van In kreeg een zoen, Hakim een hand. Ze ging zitten, sloeg haar benen over elkaar, trakteerde beide mannen op een voldane glimlach omdat ze trots op zichzelf was. Ze kon niet wachten om hen te vertellen hoe ze de situatie met Chouchou had aangepakt.

'Diabetes', zei Van In verbaasd. 'Kan iemand me dan zeggen waarom hij confituur en koekjes in huis had?'

'Voor een neefje dat af en toe op bezoek kwam?' gokte Saskia.

'Wie weet.'

Van In wilde bestellen, het gerinkel van zijn mobieltje hield hem tegen. Het was Hannelore met de vraag of hij zo snel mogelijk naar haar kantoor kon komen in verband met Chouchou.

'Pech?'

'Ik vrees dat je alleen zult moeten drinken, Sas. De plicht roept.'

'Geen probleem. Komen jullie nog terug?'

'Dat weet ik niet', zei Van In.

Hij betaalde de rekening, gaf haar een zoen en verdween samen met Hakim.

Onderzoeksrechters kregen vierentwintig uur de tijd om te beslissen of ze een verdachte vrijlieten of doorstuurden naar de raadkamer. Er gingen al lang stemmen op om die termijn te verlengen en na de aanslagen in Parijs had het parlement werk gemaakt van een voorstel waar bijna iedereen het over eens was, maar waarvan niemand wist wanneer het kracht van wet zou krijgen. België was immers een complex land, de weg van het woord naar de daad was meestal erg lang en met wolfijzers en schietgeweren bezaaid.

Hakim parkeerde de wagen in de schaduw en trok ondanks

de hitte zijn jasje aan omdat hij er netjes wilde uitzien. Van In deed de moeite niet zijn hemd in zijn broek te steken.

Er stonden niet veel auto's op het parkeerterrein en in het gerechtsgebouw was het rustig omdat de zittingen voor de middag plaatsvonden en iedereen zich daarna terugtrok in zijn eigen enclave.

'Mooi gebouw', zei Hakim.

'Vind je?'

Ze liepen de trap op, bleven staan voor de deur waar een bordje met de naam van Hannelore hing. Van In klopte aan en duwde bijna terzelfdertijd de deur open.

'Dat is snel.'

'Had je dat niet gevraagd?'

'Jou iets vragen betekent niet noodzakelijk dat ik mijn zin krijg', zei ze. 'Ga zitten. Iets drinken of zal ik aannemen dat het al gebeurd is?'

Iemand die niet gedronken had, rook alcohol op een meter afstand. Ze ging er niet verder op in omdat ze geen gekibbel wilde en niet dominant wilde overkomen tegenover Hakim. De ogen van de Arabische prins volgden haar bewegingen nauwgezet alsof hij de tred van een volbloed aan het keuren was.

'Chouchou heeft een advocaat in de arm genomen, en niet zomaar een advocaat. Je kent meester Parmentier?'

'En of ik hem ken.'

Parmentier was een van de beste en meest gevreesde strafpleiters van het land maar veruit ook de duurste. Hij rekende zijn cliënten naar verluidt zeshonderd euro per uur aan en een veelvoud daarvan als hij moest pleiten. Hij was bovendien een graag geziene gast op televisie, een bepaald publiek droeg hem op handen. Iedere magistraat draaide twee keer met zijn tong voor hij hem van repliek diende.

'Ik verwacht hem over tien minuten', zei ze. 'Ik ben benieuwd hoe jij de zaak zult verdedigen.'

'Ik heb het aanhoudingsbevel tegen Chouchou niet uitgeschreven.'
'Nee, maar wat maakt het uit? Jij hebt erop aangedrongen.'
'Omdat ik...'
'Spaar je argumenten voor meester Parmentier, Pieter.'

Wie destijds moeilijk een baan kon krijgen bij gebrek aan een diploma maar over de nodige politieke connecties en een goede partijkaart beschikte, werd geruisloos toegevoegd aan het nooit afnemende leger van stadsambtenaren dat zorgzaam in stand werd gehouden door onwetende belastingbetalers. Bode was een functie op de laagste trap van de hiërarchie, maar daarom niet de oninteressantste omdat het werk van een bode redelijk gevarieerd was. Post bedelen was een van hun kerntaken, maar wie bijvoorbeeld over een rijbewijs beschikte mocht ook chauffeur spelen voor het college van Burgemeester en Schepenen, tickets verkopen voor een bezoek aan de gotische zaal of klusjes opknappen voor de mandarijnen van de administratie. Jules oefende die functie al vijftien jaar uit tot grote tevredenheid van zijn chefs, want Jules was een uiterst plichtsgetrouwe, betrouwbare en efficiënte medewerker die zich in alle omstandigheden uitstekend van zijn taak wist te kwijten. Meer nog, hij deed meer dan van hem verwacht werd. Zo lichtte hij de brievenbus van het stadhuis drie keer per dag in plaats van de opgelegde twee keer. Hij keek op zijn horloge, zag dat het tijd was voor de laatste lichting, schreed waardig naar de brievenbus, griste de post bijeen en liep ermee terug naar de balie, waar hij de diverse stukken zou sorteren.

'Goedemiddag, mevrouw, heren.'
Parmentier zag eruit als een topadvocaat: modieus pak, zijden das, glanzende Italiaanse schoenen en een tas van bruin, soepel kalfsleer.

'Gaat u zitten, meester.'
'Nee, dank u mevrouw de onderzoeksrechter. Zoveel tijd heb ik niet.'
Hij maakte hun onmiddellijk duidelijk wie de baas was, verwachtte geen noemenswaardige tegenstand. Het was dan ook een uitgemaakte zaak. Meneer Chouchou was onrechtmatig aangehouden omdat er geen enkel bewijs was dat hij criminele feiten had gepleegd. De beschuldiging dat hij onder één hoedje speelde met een vermeende Russische moordenaar hield geen steek.
'Mijn cliënt lijdt bovendien aan zware diabetes en heeft dringend medische verzorging nodig.'
'Die heeft hij volgens mij gekregen', repliceerde Van In.
'En als ik het goed heb is een moordenaar onderdak verlenen nog altijd strafbaar.'
'Een vermeende moordenaar, commissaris.'
'We beschikken over beelden die het tegenovergestelde bewijzen.'
'Dat kon mijn cliënt niet weten, tenzij iemand het geheim van het onderzoek heeft geschonden.'
Parmentier was een pletwals die zonder scrupules over zijn tegenstanders reed, Hannelore wist dat ze hem gelijk zou moeten geven wilde ze zich niet belachelijk maken tegenover haar collega's, maar Van In gaf zich niet gewonnen.
'Wat er ook van zij, ik heb in ieder geval nog...' Hij wierp een blik op zijn horloge. '...twintig uur de tijd om hem te verhoren.'
Parmentier slikte bijna onmerkbaar. De flik had een slechte reputatie, hij legde bevelen van hogerhand naast zich neer, bleef koppig in zijn eigen gelijk geloven en had absoluut geen respect voor autoriteit. Hij begreep er niets van waarom Duffel hem de hand boven het hoofd hield.

'Dan mag u een fikse schadeclaim en een blaam verwachten, commissaris Van In, maar daar bent u natuurlijk niet van onder de indruk.'
'Ik moet u voor één keer gelijk geven, meester. U doet uw werk, ik dat van mij.'
'Tenzij de onderzoeksrechter er anders over beslist.' Hij keek Hannelore aan, ze vertikte het haar ogen neer te slaan. Had zij een keuze, ze was verdomme met Van In getrouwd.

Er zat maar één brief tussen de post, de rest waren reclamefolders. Jules pakte de witte envelop, las wat erop stond: DRINGEND GEVEN AAN DE POLITIE. De brief kon afkomstig zijn van een flauwegrappenmaker, maar Jules zou Jules niet zijn als hij enig risico zou nemen. Hij pakte de hoorn van de binnenhuistelefoon op, toetste een nummer in en vroeg of zijn chef aan de lijn kon komen.

11

Het gerinkel van de telefoon deed Hannelore opschrikken. Parmentier keek verstoord, hij vond het niet prettig onderbroken te worden. Van In, die op het punt stond te vertrekken, bleef nog even zitten.
'Hallo, met onderzoeksrechter Martens.'
Haar lichaamstaal veranderde naarmate het gesprek vorderde. Ze wierp afwisselend een blik naar Parmentier en Van In, pakte ondertussen een balpen en krabbelde een paar woorden op de achterkant van een kartonnen mapje. De mannen konden niet opmaken waarover het ging, want ze zei alleen ja en nee en besloot met: 'Ik ben er over tien minuten.' Van In vroeg haar niet om uitleg omdat hij niet wilde dat de arrogante zak van een Parmentier dingen te horen zou krijgen die niet voor zijn oren bestemd waren. Het was even heel stil.
'Wilt u mij verontschuldigen', zei ze ten slotte. 'Ik moet er dringend vandoor.'
Parmentier knikte tegen zijn zin, stond op en liep langzaam naar de deur. Een andere onderzoeksrechter was waarschijnlijk op zijn verzoek om Mohamed Chouchou vrij te laten ingegaan, maar dat betekende niet dat hij zich gewonnen gaf. De positie van Hannelore mocht onaantastbaar lijken, hij kende voldoende invloedrijke magistraten die haar op andere gedachten konden brengen.

'We zien elkaar binnenkort terug', zei hij afgemeten.
'Tot ziens dan, meester Parmentier.'
Van In was een van de weinige mensen die wist hoe koppig ze kon zijn, Parmentier hoefde zich geen illusies te maken, ze zou niet toegeven. Aan de andere kant was ze verplicht om de procedure te volgen. Als Chouchou bleef zwijgen, had ze geen enkel argument om hem vast te houden.
'Petrofski heeft van zich laten horen', zei ze toen de gecapitonneerde deur was dichtgevallen. 'Hij heeft een brief geschreven.'
'Een brief', herhaalde Van In verbaasd. 'Wat staat erin?'
'Daar komen we binnen tien minuten achter. De burgemeester vindt de inhoud ervan in ieder geval verontrustend.'
'Heeft hij je net gebeld?'
'Ja. The man himself.'
Er deden nogal wat grapjes de ronde over het ego van de nieuwe burgemeester en hij had meer dan één bijnaam. 'The man himself' was de meest onschuldige. Van In grinnikte, zij kon evenmin een glimlach onderdrukken ondanks de ernst van de situatie.
'We kunnen beter samen gaan, Pieter.'
'Mag ik met je mee?'
'Onnozelaar.'
Ze stond op, haalde haar vingers door haar korte haar, trok haar rokje naar beneden, hing haar handtas over haar schouder. Van In had de indruk dat ze een beetje was afgevallen.
'Je draagt toch geen corrigerend ondergoed?'
Hij kreeg een vernietigende blik hoewel ze wist dat hij het goed bedoelde. Het was zijn manier om haar een complimentje te geven.
'We zijn weg, Van In.'

Hakim haalde de schouders op. Hij begreep er niets van.
'En ik moet er dringend vandoor.'
Ze liepen het kantoor uit, trotseerden de hitte tot de airco in de auto weer verkoeling bracht. Niemand deed nog luchtig over de opwarming van de aarde nu de hittegolf in het land al twee weken aanhield, zelfs Van In begon zich zorgen te maken over de toekomst van zijn kinderen. Hij zette de airco af, liet het raampje zakken, alsof die poging om het CO_2-gehalte terug te dringen enig verschil uitmaakte.
'Ik ben benieuwd.'
'Ik ook', zei Hannelore.
Er was gelukkig niet veel verkeer, mensen die niet naar buiten moesten bleven binnen, zelfs de meest fervente zonnekloppers begonnen in te zien dat te veel UV-straling niet gezond was. Hannelore reed over de Markt naar de Burg en parkeerde de wagen voor het stadhuis.
'Wil je ervoor zorgen dat ze mijn wagen niet wegslepen?' vroeg ze de man aan de receptie.
De bode knikte, niet omdat zij het vroeg maar omdat Van In commissaris was en hij wist dat ze verwacht werden. Een medewerker van The man himself kwam hen tegemoet. Hij drukte Hannelore en Van In de hand, verzocht hun hem te volgen.
De medewerker klopte aan voor hij de deur opendeed. The man himself begroette hen met een bedrukt gezicht, wat op zich geen aanwijzing was voor de ernst van de situatie, hij keek altijd een beetje bezorgd, zelfs als hij een jubilerend echtpaar ging feliciteren met hun vijftigste huwelijksverjaardag.
'Komt u binnen.'
Het stadhuis van Brugge had niet alleen een mooie gevel, het kantoor van de burgemeester dat uitzag op een perfect onderhouden tuin en de Reie mocht er ook zijn.

Ze waren niet alleen. De gouverneur en korpschef Duffel waren eveneens aanwezig.

De zandstrook langs de vloedlijn was ontegenzeggelijk de koelste plek van het land, het was er knap druk. Petrofski trok zijn schoenen uit, mengde zich onder de menigte. Redders hadden de handen vol om de duizenden baders in de veilige zone te houden. Eén worden met de achtergrond was de klassieke truc om onopgemerkt te blijven. Petrofski kon moeilijk inschatten hoe intensief de ordediensten hem probeerden op te sporen, hij wist alleen dat een massa mensen hem de beste bescherming bood. Hij had ook een petje en shorts gekocht, zijn hemd uitgetrokken en een andere zonnebril opgezet. Het was nu afwachten hoe de autoriteiten op zijn voorstel zouden reageren. België was een merkwaardig land, alles was mogelijk, zeker na de recente terreuraanslagen. Hij liep mee met de stroom wandelaars die van Blankenberge naar Wenduine slenterden, keerde om toen de meesten omkeerden en legde het traject opnieuw in de tegenovergestelde richting af. Het gaf hem tijd om na te denken over zijn beslissing, terwijl de ruisende golven rust brachten na dagen van spanning. Andere mensen interesseerden hem eigenlijk niet, het kon hem niet schelen dat onschuldigen werden vermoord, het leven was voor hem ook niet mild geweest, toch knaagde er iets in zijn binnenste. Hij vroeg zich af wat hij zou doen als ze niet op zijn voorstel ingingen. België mocht dan een merkwaardig land zijn, de mensen hadden hem destijds vriendelijk ontvangen, niemand had hem ooit een strobreed in de weg gelegd. Hij volgde twee jongetjes die onvermoeibaar in en uit het water liepen, keek naar het goddelijke figuur van een meisje in een minuscule bikini. Was er voor hem nog een toekomst weggelegd? Bestond er zoiets als een goede moordenaar? Petrofski was niet gelovig, hij had nooit de

Bijbel of de Koran gelezen, maar hij kende wel het verhaal van de goede en de slechte moordenaar die aan weerskanten van Christus aan een kruis hingen. Hij had de mensen die hem kwaad hadden berokkend nooit vergiffenis geschonken. Integendeel. Een aantal was niet ontsnapt aan zijn wraak en hij had onschuldigen vermoord voor een handvol zilverlingen. Hij wierp een blik op zijn horloge terwijl hij zich afvroeg hoe de autoriteiten zouden reageren op zijn brief en of er eindelijk een einde zou komen aan een periode in zijn leven die hem alleen ongeluk had gebracht.

'Ik stel voor dat jullie eerst de brief lezen', zei The man himself. Hij griste een witte envelop van zijn bureau, gaf ze aan Hannelore. De brief was met de hand geschreven. In gebrekkig Nederlands, maar heel leesbaar en duidelijk. Hannelore liet haar ogen met stijgende verbazing over de regels glijden. Het leek op het eerste gezicht het werk van een gestoorde grappenmaker, de namen maakten het verschil. Een gestoorde grappenmaker kon immers niet weten wie Petrofski, Krilov en Chouchou waren? Ze keek afwachtend naar Van In, gaf hem de brief door. Hij trok dezelfde conclusie als zij.

'Ik denk dat we een probleem hebben, heren.'

Er komt een aanslag binnenkort. Heel zware aanslag. Ik kan helpen te verijdelen maar dan ik geen straf krijgen voor moord. Ik niemand vermoord, Krilov heeft het gedaan. Ik onschuldig. Wil met jullie praten als minister brief schrijft ik niet naar gevangenis moet. Chouchou op de hoogte. Hij in contact met de leider van netwerk. Als jullie zijn akkoord: binnen drie uur witte vlag op grote toren Markt, rode vlag als minister brief schrijft. Ik wacht vierentwintig uur. Jullie mij niet zoeken, anders ik niets meer zeggen.

Petrofski

The man himself trok zijn wenkbrauwen op. Hij had de gouverneur en Duffel op zijn kabinet ontboden omdat hij niet in zijn eentje verantwoordelijk gesteld wilde worden voor een eventuele beslissing, niet omdat hij de brief van Petrofski serieus had genomen. Hij vond de eis van de Rus bovendien compleet van de pot gerukt, het was ondenkbaar dat een minister iemand die van moord verdacht werd buiten vervolging zou stellen, zelfs niet als hij daarmee een terroristische aanslag kon voorkomen.
'Wat stelt u voor, commissaris?'
'Ik denk dat we het best het college van procureurs-generaal en de minister van Justitie op de hoogte brengen', zei Van In rustig. 'Tenzij dat we onze vriend Petrofski kunnen wijsmaken dat een pardon van een commissaris rechtsgeldig is.'
'Dat meent u toch niet', kwam de gouverneur tussenbeide.
'Toch wel, meneer de gouverneur. Wat denkt u, mevrouw de onderzoeksrechter?'
Hannelore keek hem nijdig aan omdat het al de tweede keer was dat hij haar voor schut zette. Maar ze kon hem geen ongelijk geven. De dreiging van een vernietigende aanslag was immanent en er bestond een aantoonbare band tussen Petrofski en Chouchou.
'Ik vind dat we de mensen van ESSE en OCAD moeten raadplegen voor we een definitieve beslissing nemen', zei ze.
'Dan hebben we nog anderhalf uur', zei Van In.
'Tenzij jullie erin slagen Petrofski op te pakken.'
'Dat lijkt me erg onwaarschijnlijk', zei Duffel. 'En nutteloos. De brief is duidelijk. Hij zal niet praten als we niet op zijn eis ingaan.'
Van In knikte dankbaar naar zijn chef. Iemand moest die pennenlikkers duidelijk maken dat dit geen politiek spel-

letje was. Of dachten ze werkelijk dat de Amerikanen zich aan de wet hielden als ze de kans kregen een gevaarlijke terrorist op te pakken? Speciale omstandigheden vroegen om speciale maatregelen, anders zou de democratie wel eens sneller kunnen afsmelten dan de ijskap aan de Noordpool.
'Wat stelt u dan voor?' vroeg The man himself kregelig.
'Een witte vlag uithangen op het belfort geeft ons voldoende speelruimte om de zaak ten gronde te evalueren.'
'Wat zullen de mensen denken?'
'Dat de conciërge zijn lakens gewassen heeft, meneer de burgemeester.'
Van In had beter zijn mond gehouden, het antwoord werd hem niet in dank afgenomen. The man himself moest zichtbaar moeite doen om zijn woede onder controle te houden, de gouverneur trok een gezicht dat te vergelijken viel met dat van een hypocriete pilaarbijter die betrapt werd in een bordeel. Gelukkig was Duffel er nog.
'De commissaris bedoelt dat we mensen die daarover vragen stellen iets kunnen wijsmaken', zei hij met gespeelde ernst. 'We kunnen hun bijvoorbeeld vertellen dat het een manier is om fijn stof op te sporen.'
'Dat lijkt me geen slecht idee.'
De reactie van de gouverneur bewees dat je niet verstandig hoefde te zijn om aan het hoofd van een provincie te staan. Zijn gedachtegang was vrij simpel en hij kende het jargon. Fijn stof was volgens insiders een hot issue op meetings waar tools werden aangereikt om tot aanvaardbare solutions te komen.
'Hebben wij zo'n vlag?' vroeg The man himself zich af.
'Dat lossen wij wel op', suste Duffel met een scheve blik naar Van In.
De korte vergadering was afgelopen. Van In, Hannelore en Duffel liepen samen het stadhuis uit, wrongen zich door

de obligate menigte toeristen en gingen daarna ieder hun eigen weg.

Twee agenten begeleidden Chouchou van zijn cel naar de verhoorkamer. De oude moslim maakte een zeer rustige indruk. Hij glimlachte zelfs toen een van de agenten hem vroeg of hij iets te drinken wilde.

'Gaat u zitten, meneer Chouchou.'

Van In en Hakim zaten aan een langwerpige tafel. De microfoon stond aan, de camera's draaiden. Ze wisten allebei dat de oude moslim niets zou loslaten, maar soms was een verspreking belangrijker dan een bekentenis. Ze begonnen met de zachte aanpak.

'Hoe gaat het met u, meneer Chouchou?'

De doortastende reactie van Saskia had de arts die Chouchou had onderzocht doen besluiten dat een opname in het ziekenhuis niet nodig was en het vooral belangrijk was dat hij op geregelde tijdstippen insuline kreeg toegediend.

'Het gaat, Allah zij geloofd.'

'U had ons kunnen zeggen dat u diabetespatiënt was, dan hadden we de gepaste maatregelen kunnen nemen.'

'Hebt u mijn advocaat gebeld?'

'Uiteraard', zuchtte Van In. 'Hij is op weg naar hier.'

Volgens de Salduz-wet had iedere verdachte recht op de bijstand van een advocaat. Het gevolg was dat de verdachte in kwestie de raad kreeg de lippen op elkaar te houden tot de onderzoeksrechter niet anders kon dan hem of haar vrij te laten.

'Laten we dan wachten.'

'Geen probleem, meneer Chouchou. We wachten wel.'

Het viel Van In moeilijk beleefd te blijven, maar hij gaf het niet op, want hij had nog even de tijd voor Parmentier er was.

'Ik neem aan dat u een strikt dieet volgt of is insuline voldoende om een normaal leven te leiden?'

Hij wist uit ervaring dat weinig mensen afwijzend reageerden als hun gezondheid ter sprake kwam. Chouchou was geen uitzondering. Hij aarzelde de vraag te beantwoorden omdat Parmentier hem op het hart had gedrukt te zwijgen, maar deed het toch.

'Insuline is niet voldoende, commissaris. Ik ben zwaar diabeet, moet u weten.'

'Daar twijfel ik niet aan, meneer Chouchou, net zoals ik er niet aan twijfel dat u uw dieet nauwgezet volgt.'

'In elk geval. Sommigen bij wie de ziekte nog niet zo ver is gevorderd kunnen zich af en toe een zoete zonde permitteren als ze insuline bij spuiten, maar ik niet.'

'U mag dus geen confituur eten?'

Een verdachte destabiliseren door hem met zijn eigen leugens te confronteren was een beproefde verhoortechniek. Chouchou sloeg zenuwachtig zijn ogen op, keek de andere kant uit.

'Of woonde u daar niet alleen?'

'Ik zeg niets meer tot meester Parmentier er is.'

'Een logé in de kelder?'

Chouchou vouwde zijn handen in zijn schoot. Brahim was de sleutel van het succes. Als de politie hem op het spoor kwam, dreigde de hele operatie te mislukken. Het ergste was dat hij niemand kon waarschuwen, maar wat er ook gebeurde, het was de wil van God.

'U hoeft eigenlijk niets te zeggen, meneer Chouchou. We hebben straks een gesprek met uw Russische vriend. Hij zal ons vertellen wat er aan de hand is.'

'Waar is meester Parmentier?'

Zijn stem trilde, een bewijs dat Van In het bij het rechte eind had. Hakim keek met een zekere bewondering naar zijn westerse collega. In zijn land bereikte een ondervrager pas hetzelfde resultaat na een dagje folteren. Het begon hem stilaan duidelijk te worden dat de reputatie van Van In stevig geworteld was.

'Hij komt, meneer Chouchou. Hij komt.'

Zijn woorden waren nog niet koud of een agent leidde de slinkse advocaat binnen. Ze drukten elkaar de hand uit beleefdheid. Van In glimlachte fijntjes, het was zijn beurt om zijn frustratie op Parmentier af te reageren

'Fijn dat u er bent, meester', zei hij. 'Maar ik moet u spijtig genoeg meedelen dat het verhoor niet doorgaat omdat we sinds een paar minuten over nieuwe informatie beschikken. Gelieve me te verontschuldigen voor de overlast.'

Parmentier veranderde sneller van kleur dan een kameleon. Zijn gezicht trok wit weg, hij balde een vuist in zijn broekzak. Niemand beledigt me ongestraft, het stond op zijn voorhoofd geschreven, maar wat kon hij doen? Hij kon de flierefluiter geen enkele beroepsfout aanwrijven en er waren geen procedurefouten gemaakt.

'Het kan iedereen overkomen, commissaris. We zien elkaar later nog.'

Het klonk een beetje als een dreigement, Van In trok zich er geen zier van aan. Topadvocaten verdienden voldoende om de pijn van een nederlaag te verzachten met een lijntje coke of het gezelschap van een jonge deerne. Hij voelde zich in ieder geval uitstekend.

'U weet zeker dat u een klacht wilt indienen tegen de genaamde Omar?'

Elke knikte, ze had uiteindelijk toch naar haar moeder en de arts van het ziekenhuis geluisterd, die haar met klem hadden aangeraden een klacht in te dienen bij de politie om zo te vermijden dat de man nog meer slachtoffers maakte.

Waarom vroeg die flik nu of ze het meende? Geloofde hij haar niet misschien?

'Ja. Hij heeft me als een stuk vuil behandeld.'

'Maar u bent vrijwillig met hem meegegaan naar het bos?'

'En dan? Heeft Omar het recht mij te verkrachten omdat ik met hem ben gaan wandelen?'

'Natuurlijk niet, meisje, maar...'

'Ik ben geen meisje.'

De inspecteur die met de zaak was belast mocht weinig ervaring hebben met verkrachtingen, hij had toch geleerd op zijn hoede te blijven. Zopas was er nog een klacht ingediend wegens zulke feiten. Twee weken geleden had hij een moeder met haar dochter over de vloer gekregen die hetzelfde verhaal hadden gedaan, met dat verschil dat de verdachte toen niet Omar maar Hassan heette, en heel gauw was gebleken dat het meisje Hassan tot seks had gedwongen en niet omgekeerd. Er woonden meer dan vijfhonderd vluchtelingen in het kamp, één vonk was voldoende om de boel te laten ontploffen en dat konden ze beter vermijden. Het was bovendien niet alleen zijn mening, de burgemeester en de commissaris dachten precies hetzelfde als hij.

'Oké. Maar u begrijpt ook dat we de zaak moeten onderzoeken. Ik zal de jongen vandaag nog verhoren.'

En een rondvraag doen in het kamp, wilde hij er nog aan toevoegen, maar dat leek hem niet opportuun gezien de omstandigheden.

'Ga nu maar rustig naar huis. Ik neem zo snel mogelijk contact op met uw moeder.'

De vader van Elke had het gezin een paar jaar geleden in de steek gelaten en de moeder had hem proberen te beschuldigen van incest met zijn dochter omdat hij voor een jongere vrouw had gekozen. De inspecteur besefte dat het een delicate zaak betrof en dat hij uiterst behoedzaam te werk moest gaan. Het was ook beter voor alle partijen dat de zaak niet te veel ruchtbaarheid kreeg.

De inspecteur begeleidde Elke tot aan de deur van zijn kantoor, gaf haar een vaderlijke tik op de schouder, een gebaar dat niet in dank werd afgenomen. Haar ogen schoten vuur.

De airco zoemde zachtjes en de luchtvochtigheid was perfect geregeld, waardoor de kamerplanten het bijzonder goed deden. De vensterbank achter het bureau van Xantippe leek een ondoordringbaar oerwoud van groene bladeren. Bij het OCAD werken was zoiets als brandweerman zijn, je hoefde alleen in actie te komen als er iets gebeurde. Daarom kon Xantippe het zich permitteren lange uren aan het onderhoud van haar kantoortuin te besteden. Ze was net bezig een verdorde tak weg te snijden toen de Lange en de Kabouter binnenkwamen.

'We hebben iets binnengekregen van onze commissaris in Brugge. Wil je even met ons meekijken?'

Xantippe legde de snoeischaar met tegenzin neer, trok haar latex handschoenen uit. Ze hield niet van West-Vlamingen vanwege hun onverstaanbaar gewauwel en zeker niet van commissaris Van In, een onbekwame zatlap die er heilig van overtuigd was dat hij het warm water had uitgevonden.

'Hij vraagt ons om advies in verband met een brief van Petrofski.'

De Lange reikte haar een afdruk van de brief aan. Ze zette een leesbril op, ging aan haar bureau zitten. Politici en invloedrijke mensen die af en toe onverstandige uitspraken deden, kregen om de haverklap dreigbrieven toegestuurd. Ze waren in de meeste gevallen afkomstig van flauwegrappenmakers, maar het was hun taak om ze te beoordelen en advies uit te brengen. Professionele terroristen daarentegen hielden zich niet bezig met dat soort boodschappen, ze sloegen toe, verdwenen en eisten de aanslag later op. Alleen daarom al leek de brief haar bijzonder ongeloofwaardig.

'Ze vragen ook of we contact willen opnemen met de minister van Justitie en de nationale veiligheidsraad.'

'Gebruikt die Van In buiten alcohol nog andere drugs misschien?'

'Ik denk het niet', zei de Kabouter. 'Volgens mij loopt hij alleen naast zijn schoenen omdat hij in het verleden nu en dan een succesje heeft geboekt. Je kent die West-Vlamingen toch.'

De Kabouter had het net als Xantippe niet op de bewoners van West-Vlaanderen, hij beschouwde de provincie als het buitenland en had het waarschijnlijk nooit in zijn hoofd gehaald ernaartoe te gaan, ware het niet dat die idioten het monopolie van Belgische stranden in handen hadden.

'Ik kan je geen ongelijk geven', zei de Lange. 'Maar wat doen we ermee? In de prullenmand?'

'Tja, maar we moeten voorzichtig blijven. Vergeet niet dat onze geloofwaardigheid een flinke deuk heeft gekregen.'

Xantippe refereerde aan het debacle van Brussel, toen ze de regering geadviseerd hadden het dreigingsniveau gedurende een week op vier te handhaven zonder echt te weten wat er gaande was, waar de terroristen zich bevonden en wanneer de aanslag was gepland, met als gevolg dat België de risee van de wereld was geworden.

'Zal ik een rapport opstellen?' vroeg de Kabouter.

'Ja, doe dat. Laten we afwachten hoe de onderhandelingen met Petrofski aflopen.'

'Als die er komen. Ik kan me echt niet voorstellen dat het Openbaar Ministerie de Rus ongemoeid laat in ruil voor informatie over een immanente aanslag.'

'Dat is dan hun probleem.'
Xantippe schoof het A4'tje opzij, stond op, pakte haar snoeischaar en concentreerde zich weer op haar kantoortuin.

Zijn broeders noemden hem steevast The Ghost omdat de meesten zijn naam niet kenden en hij als een geest kon opduiken, zijn werk doen en daarna weer spoorloos verdwijnen. Mensen die niet wisten wat hij deed, vonden hem over het algemeen een minzame, attente man. Slechts een handvol medestanders wist wie hij echt was: een toegewijde moslim die gezworen had iedereen te vernietigen die zich niet aan de wil van God wilde onderwerpen. Zijn codenaam was Brahim, zijn missie heilig. Hij dacht terug aan een gesprek dat hij onlangs met Mohamed Chouchou had en waarin de oude man zijn bezorgdheid had geuit in verband met de rol van Petrofski. Hij zag het zo weer voor zich, herinnerde zich nog ieder woord dat ze met elkaar hadden gewisseld. Ze zaten in een witgeverfde kamer met nieuwe vloerkleden op de grond. Het zonlicht dat door het raam naar binnen viel streek langs het grijze haar van zijn leermeester, gaf het een heiligenglans.

'Hoe lang duurt het nog?'
'Het gebeurt binnenkort, als God het wil.'
'Alle problemen zijn dus opgelost?'
'Ik denk het wel.'
'De Rus?'
'De Rus krijgt zijn verdiende loon. De politie zit hem op de hielen, het is een kwestie van tijd voor ze hem vinden.'
'Ik maak me toch ongerust.'
'Waarom?'
'Hij weet te veel.'
'Wat is te veel?'

'Hij kan de missie in gevaar brengen.'
Zijn leermeester had gelijk gekregen. De Rus was nog steeds op vrije voeten en de autoriteiten waren erachter gekomen welk soort aanslag ze hadden voorbereid, ze wisten alleen niet waar en wanneer het zou gebeuren. Nog niet. Hij maakte zich echter geen zorgen om Chouchou omdat hij wist dat ze niets van hem te weten zouden komen en hem uiteindelijk zouden moeten laten gaan, maar wat moest hij ondertussen doen? Afwachten? Brahim ging op zijn knieën zitten, boog voorover tot zijn neus het vloerkleed raakte en begon te bidden. Het bracht rust omdat hij ervan overtuigd was dat het welslagen van de missie volledig in de handen van God lag.

De agent die de verklaring van Elke had afgenomen, zette zijn fiets tegen de gevel en belde aan bij Omar. Hij mocht dan geen linkse rakker zijn die iedere kritiek op de massale instroom van vluchtelingen een uiting van racisme vond, hij was de mening toegedaan dat iedere mens correct behandeld moest worden. Vier mensen in het asielcentrum die hij eerder had verhoord, hadden unaniem verklaard dat Elke al een tijdje achter Omar aan zat, volgens een vriendin had ze zelfs beweerd dat ze vastbesloten was hem te verleiden, maar het bleef een delicate zaak. Elke was een van hen, Omar een vreemdeling die hun gastvrijheid genoot.
'Hallo.'
'Goedemiddag. Ik ben inspecteur Vandenbroucke. Mag ik binnenkomen?'
'Natuurlijk.'
Omar lachte twee rijen witte tanden bloot. Hij leek ontspannen, maar zijn maag was verkrampt van de zenuwen. Wat kwam die politie in godsnaam bij hem zoeken? Hadden ze de man geschaduwd die de goederen had geleverd?

Nee, als iemand een vermoeden zou hebben van wat er in de schuur lag, dan hadden ze een elite-eenheid op hem afgestuurd.
'Hoe maakt u het?'
'Goed.'
Ze liepen door de smalle gang naar de woonkamer, waar het best gezellig was. Een ruiker veldbloemen in een aarden kruik op tafel, kleurige posters aan de muur en er klonk meeslepende Arabische muziek uit de luidsprekers. Alles was aan kant, wat vrij zeldzaam was bij een jonge kerel die alleen woonde.
'Kan ik u iets aanbieden? Water? Thee?'
'Nee, dank u.'
Vandenbroucke ging zitten, sloeg zijn benen over elkaar. Het bleef even stil omdat hij niet wist hoe te beginnen.
'Bent u de wijkagent?'
Het schoot Omar plotseling te binnen. Ze hadden hem verteld dat hij niet hoefde te schrikken als hij na zijn verhuizing bezoek van de wijkagent kreeg om te verifiëren of hij daadwerkelijk op het opgegeven adres woonde.
'Nee, ik kom in verband met een andere zaak.'
'Een andere zaak?'
'Een meisje heeft een klacht tegen u ingediend. Ze beweert dat u haar verkracht hebt.'
'Wat betekent "verkracht"?'
De vraag bracht Vandenbroucke in verwarring. Omar sprak meer dan behoorlijk Nederlands en 'verkrachten' was nu niet bepaald een zeldzaam woord.
'U weet toch wat seks betekent.'
'Ja, dat weet ik', lachte Omar. 'Seks is lekker, vooral met een mooie meid.'
'Zoals met Elke.'
'Inderdaad, zoals met Elke.'

'U geeft dus toe dat u met haar...'
'Gepoept hebt', vulde hij in het West-Vlaams aan.
'Ja, dat bedoel ik, maar zij beweert dat u haar gedwongen hebt.'
Omar bleef lachen terwijl hij razendsnel nadacht. De politieman leek hem een geschikte kerel die alleen zijn werk deed en hij kon zich er wellicht uit praten, maar wat als het hem niet lukte en hij gearresteerd werd? Hij mocht de operatie die maanden aan voorbereiding had gekost in geen geval in gevaar brengen.
'En u gelooft haar?'
'Het maakt niet uit of ik haar geloof of niet', zei Vandenbroucke ernstig. 'Ik ben hier om uw verklaring te noteren.'
'Mag ik vragen wat er met die verklaring gebeurt?'
'Die wordt overgemaakt aan het parket. Zij beslissen of er al dan niet een rechtszaak van komt.'
Omar knikte. Een Syrische vluchteling die ervan verdacht werd een autochtoon meisje te hebben verkracht, hoefde op niet veel sympathie te rekenen. Hij las een of twee kranten per dag om zijn Nederlands bij te schaven, de talrijke lezersbrieven van verbolgen Vlamingen spraken voor zich. Een vage zweem van schuld was voldoende om hem het land uit te zetten.
'Dan kan ik alleen verklaren dat ik Elke niet heb gedwongen om met mij te poepen. Zij heeft me zelf gevraagd om met haar een wandeling te maken in het bos en zeg me nu eens eerlijk, inspecteur: wat zou u doen als een mooie vrouw haar hand op uw kruis legt?'
'Heeft ze dat echt gedaan?'
Vandenbroucke was geneigd hem te geloven. De verklaring van Omar lag in de lijn van de andere getuigenissen die hij had verzameld.
'Dat zweer ik op het hoofd van mijn moeder.'

'Tja', zei Vandenbroucke. 'Ik zeg niet dat u liegt, maar volgens de arts die haar heeft onderzocht hebt u haar behoorlijk ruw aangepakt.'
'Kan ik het helpen dat ik vurig ben? Elke was zo...'
Omar kon niet op het woord komen, dat hoefde niet. Vandenbroucke begreep perfect wat hij bedoelde. De zaak was redelijk duidelijk en als het van hem afhing had hij geen verdere stappen meer ondernomen, maar hij was niet gemachtigd een dergelijke beslissing te nemen. De moeder van Elke zou zich er niet bij neerleggen en hogerop haar grieven gaan spuien en dan was hij de pineut.
'Tja', zei hij weer.
Omar detecteerde de onzekerheid in de stem van de politieman, hij moest een beslissing nemen.
'Wilt u me even excuseren, inspecteur. Ik ben onmiddellijk terug.'
'Geen probleem.'
Omar liep door de achterdeur de tuin in naar het schuurtje waar de kist met de springstof stond en voldoende radioactief afval om een vuile bom te maken. Hij trok de deur open, liep naar een gammele kast waar hij zijn gereedschap bewaarde. Het pistool en de geluiddemper die met de zending was meegekomen lagen onder een groezelige poetslap. Omar wist wat hem te doen stond, hoewel hij een beetje medelijden had met de goedhartige inspecteur. Hij pakte het wapen, controleerde of het geladen was, schroefde de geluiddemper op de loop en liep terug naar de woning. Vandenbroucke was zich van geen kwaad bewust, hij besefte pas wat er aan de hand was toen Omar het pistool van onder de groezelige poetslap haalde en op hem richtte.
'Het spijt me, inspecteur.'
Drie plofjes, drie kogels. Vandenbroucke greep naar zijn borst, zakte ineen, viel met een doffe plof op de pas geboen-

de vloer, stierf met wijd opengesperde ogen. Omar legde het wapen op de tafel, sloot de voor- en achterdeur af, trok de gordijnen dicht en belde een nummer dat hij alleen mocht gebruiken als hij echt in nood verkeerde. Er werd bijna onmiddellijk opgenomen. Een stem vroeg in het Arabisch wat hij voor Omar kon doen.
'Mijn koelkast is stuk, ik heb dringend een nieuwe nodig.'
'Thuis?'
'Ja.'
'Prima. Blijf waar je bent, we brengen zo snel mogelijk een nieuwe.'
'Bedankt.'
Omar haalde de simkaart uit het toestel, liep ermee naar het toilet, spoelde het ding door, stak een sigaret op en ging in de tuin onder een parasol zitten.

12

Het was een korte nacht geweest, maar een gezellige, eentje met een boterham met kaas en mosterd. Van In verkeerde in een opperbeste stemming, hij neuriede een populair wijsje onder de douche, trok een nieuwe linnen broek aan en liep in zijn bloot bovenlijf naar beneden. Hannelore had de tafel gedekt in de tuin en ook zij zag er stralend uit.

'Zoentje.'

Hij bukte voorover, zoende haar in de nek. De korte nacht leek alle negatieve energie te hebben opgeslorpt. Er zweefde een ragfijne nevel van verliefdheid in de lucht waar ze allebei van genoten omdat momenten van zorgeloos geluk zeldzaam en kort waren.

'Merci, kabouter Plop.'

Ze wierp een ondeugende blik op zijn ingesnoerde buik, de nieuwe linnen broek knelde nogal, maar volgens Koen Wauters zat schoonheid vanbinnen, hij had het liedje net onder de douche geneuried.

'Ik vraag me af of Parmentier vannacht ook een boterham met kaas en mosterd heeft gekregen.'

'Dat merk je straks wel', zei Hannelore.

Ze reikte hem een stuk beboterde toast aan omdat hij alleen ontbeet als het hem werd voorgeschoteld.

'Ik maak me geen illusies. De meeste mannen die zijn vrouw gezien hebben, zijn homo geworden.'

'Niet overdrijven, Van In. Heb je à propos nog iets van Guido gehoord?'
'Nee, maar goed dat je het zegt. Ik beloof dat ik hem straks bel.'
'Je kunt ook nu bellen.'
'Zou hij al wakker zijn?'
'Geen excuus, Van In. Of ben je al vergeten dat hij je beste vriend is?'
'Je hebt gelijk.'
Van In nam een hap van de toast, spoelde alles door met een slok koffie. Guido was geen moment uit zijn gedachten geweest, maar wat moest hij zeggen? Hoe gaat het? Kunnen we iets voor je doen? Veel sterkte. Welke woorden waren nog relevant voor iemand die wist dat hij aan het sterven was? Maar Hannelore had inderdaad gelijk. Hij pakte zijn mobieltje, toetste contacten aan.
'Hallo, Guido?'
'Hallo Pieter. Hoe gaat het met je?'
'Goed. En met...?'
'Prima.'
'Ik moet je de groeten van Hannelore doen. En van de kinderen.'
Het klonk allemaal heel gekunsteld omdat hij niet goed wist wat te zeggen. Het leek Versavel niet te deren. Hij klonk opgewekt alsof er niets aan de hand was.
'Hoe zit het me de zaak?'
'We boeken vooruitgang.'
Van In schetste kort de stand van zaken en beantwoordde de vragen die Versavel hem stelde. Het leek even alsof de toestand weer normaal was, tot hij besefte hoezeer hij zijn vriend zou missen. Herinneringen aan vroeger vertroebelden zijn geest, zijn stem stokte.
'Is er iets?'

'Nee', herpakte Van In zich. 'Ik vroeg me alleen af wanneer we elkaar nog eens zien.'
'Wat dacht je van vijf minuten?'
'Wat bedoel je daarmee?'
'Dat ik je binnen vijf minuten kom ophalen zoals gewoonlijk. Ik ben het beu de hele dag met mijn vingers te zitten draaien. Zelfs de dokter vindt het een goed idee dat ik iets doe zolang het nog kan.'
'Zeg dat niet, Guido.'
'Niet zeuren, oude rukker. Zet alvast de koffie klaar.'

'Goedemorgen.'
Hoofdcommissaris Duffel was in uniform, een teken dat hij vandaag op een officiële gelegenheid verwacht werd. Van In salueerde met een overdreven zwierig gebaar en zei:
'Goedemorgen, chef.'
'Zie ik er belachelijk uit?'
'Nee, chef.'
'Doe dan normaal. Als je daartoe in staat bent tenminste.'
Buitenstaanders hadden de wenkbrauwen opgetrokken, de collega's wisten beter. Van In hield gewoon van onnozele vertoningen. Hij en Duffel konden het uitstekend met elkaar vinden, hoewel ze een compleet ander karakter hadden. De losbol en de nauwgezette manager.
'Ik vrees dat de politici en de magistraten niet geneigd zijn om mee te werken. Ze hebben het voorstel om Petrofski niet te vervolgen unaniem afgeschoten, maar dat was te verwachten. Zolang we niet zeker weten waar en wanneer er een aanslag komt, zullen we het zelf moeten zien te rooien. Ik zal ieder zinnig voorstel in overweging nemen, meer kan ik helaas niet doen.'
Duffel ging aan tafel zitten, schonk een kop koffie in, het bleef akelig stil en hij wist waarom. Van In zat in de rats,

maar dat wilde niet zeggen dat hij zich gewonnen gaf. Hij zou een alternatieve manier bedenken om Petrofski over de streep te trekken, het was echter zeer de vraag of die alternatieve manier door de beugel kon. Hij kon beter in het ongewisse blijven.
'Zijn er nog vragen?'
'Nee, chef. We redden ons wel.'
'Dat dacht ik ook.'
Duffel dronk zijn kopje leeg, trok zijn das recht en wenste hun een vruchtbare dag toe. Hij werd over een uur verwacht op een vergadering met de collega's van de omliggende politiezones in verband met een eerder geplande snelheidscontrole van elektrische fietsen in de zone 30. Het initiatief kwam van hogerhand. Hij durfde er een maandloon om te verwedden dat morgen in alle kranten opiniestukken en lezersbrieven zouden verschijnen van verbolgen senioren over het onverantwoorde rijgedrag van wielertoeristen die het snelheidsverbod op eigen kracht aan hun laars lapten.
'Zo te zien staan we er weer alleen voor', zei Van In. 'Wedden dat ze Chouchou vrijlaten bij gebrek aan bewijs?'
'Hebben we bewijzen?'
'Wat zijn bewijzen, Guido? Het is toch duidelijk dat Chouchou iemand in zijn kelder huisvestte.'
'Iemand onderdak bieden is geen misdaad.'
'Tenzij het een terrorist is.'
'Kunnen we Petrofski niet om de tuin leiden?' vroeg Saskia.
'De witte vlag vervangen door een rode en zien wat er gebeurt.'
'Zoiets.'
Het voorstel van Saskia was het overwegen waard, maar hoe kregen ze Petrofski aan de praat. Dreigen zou niet veel uithalen en martelen was bij wet verboden, tenzij ze hem

naar Syrië lieten overbrengen. Van In stak een sigaret op. Saskia zette de radio aan. Een sonore stem kondigde het regionale nieuws van negen uur aan. De verdwijning van inspecteur Vandenbroucke was een van de hoofdpunten.
'Gisteren te diep in het glas gekeken zeker', zei Van In onverschillig.
'Dan hadden ze hem waarschijnlijk al teruggevonden.'
'Je bent veel te goedgelovig, Sas. Tegenwoordig spreken ze van een onrustwekkende verdwijning als je je telefoon niet opneemt of je mails niet onmiddellijk beantwoordt.'
'Ik ken iemand die bij de politie van Sijsele werkt. Zal ik hem bellen?'
'Je doet maar, Guido. Wij hebben andere katten te geselen.'

Brahim stapte uit een taxi, liep het hotel binnen waar hij onder een valse naam een kamer had geboekt en liet zich door een jonge medewerker naar de lift begeleiden. Hij droeg een westers pak en had zich gladgeschoren voor hij vertrok. Niemand bekeek hem argwanend.
'Zal ik uw koffer dragen, meneer?'
'Nee, dank u.'
De kamer bevond zich op de derde verdieping. Ze stelde niet veel voor, maar dat hoefde ook niet. Er stond een bed, de badkamer was netjes. Meer had hij niet nodig. Het was de eerste keer dat hij in Brugge verbleef en hij moest toegeven dat de stad iets had. Ze deed hem aan vroeger denken toen hij met zijn ouders tijdens de vakantie bijna alle interessante Europese steden had bezocht, hij begreep niet waarom ze Brugge toen links hadden laten liggen. Hij legde de koffer met het sluipschuttersgeweer boven op de kleerkast, trok zijn kleren uit en nam een douche. Als alles volgens plan verliep, zou zijn verblijf maximaal twee dagen duren en hij

was vastbesloten om van die gelegenheid te profiteren om de stad beter te leren kennen. Het lauwe water koelde zijn afgetrainde lichaam af, gaf hem nieuwe energie. Hij ervoer iets dat je als geluk zou kunnen omschrijven, hoewel hij niet precies wist hoe hij geluk moest definiëren, het was eerder een herinnering aan een onbezorgde jeugd. Alles was veranderd toen zijn ouders in een verkeersongeval waren omgekomen, zijn voogd die de erfenis moest beheren er met al het geld vandoor was gegaan en niemand nog naar hem had omgekeken. Sindsdien was hij nooit meer gelukkig geweest. Hij probeerde de nare gedachten uit zijn hoofd te bannen, kleedde zich aan, trok de deur achter zich dicht. Hij was in een vluchtelingenkamp beland waar hij Chouchou had leren kennen, die hem had weten te overtuigen zijn leven aan God te wijden en uiteindelijk was hij een professionele moordenaar geworden. Er heerste een gezellige drukte in de straten. Toeristen slenterden langs de rijk gevulde etalages, namen ontelbare foto's, filmden alles wat ouder dan vijftig jaar leek. De terrasjes zaten vol met ontspannen mensen, koetsen denderden over de hobbelige kinderkopjes. Brahim keek misprijzend op hen neer, maar hij mocht niet uit de toon vallen, daarom installeerde hij zich op een terras onder de Onze-Lieve-Vrouwetoren, bestelde een kop thee en bekeek de menukaart. Na zijn opleiding tot scherpschutter was hij op aanraden van Chouchou naar Europa verhuisd om zich er voor te bereiden op een heilige missie. Het ogenblik waar hij jaren naar had uitgekeken was eindelijk aangebroken. Het sein stond op groen, Chouchou zou straks weer thuis zijn, alles was nog niet verloren.

'Ik bel je zodra ik meer nieuws heb, schat.'
Hakim kneep zijn vrouw in de billen terwijl hij haar een zoen gaf. Zij liep met hem mee naar de voordeur hoewel haar nachtjapon redelijk doorzichtig was.

'Ik maak vanavond iets lekkers voor je klaar', zei ze.
'Doe geen moeite, jij bent lekker genoeg.'
'Macho.'
'Seksbom.'
Hakim stapte in zijn auto en reed met een brede glimlach achteruit van de oprit. Hij was liever nog een poosje thuis bij Aisha gebleven, maar de plicht riep. Van In had hem tien minuten geleden gebeld met de vraag of hij zo snel mogelijk kon langskomen. Hij was benieuwd. Hij wierp een blik op zijn horloge. Tien uur. De nieuwslezer meldde dat inspecteur Vandenbroucke nog steeds niet terecht was, getuigen verklaarden dat hij voor het laatst was gezien in het asielcentrum. Hakim besteedde niet veel aandacht aan het bericht, zijn gedachten waren nog bij Aisha. Hij zette de radio uit, liet het raampje zakken. De warme wind die naar binnen stroomde deed hem denken aan de woestijn en, hoe kon het anders, aan thuis. België was een fijn land om te wonen, ze hadden zich aangepast aan de levenswijze van de Vlamingen, aten stoofvlees met frieten en dronken bier. Alles ging goed, behalve... Hij trok rimpels in zijn voorhoofd. Wat als iemand ontdekte dat ze vals speelden? Hoe konden ze het verdomde probleem in godsnaam oplossen? Was het verstandig Van In in vertrouwen te nemen voor hij het zelf ontdekte? Wat wist Petrofski? Hij reed door de tunnel onder het Zand langs de Hoefijzerlaan en de Koningin Elisabethlaan naar de brug over de ringvaart. Hij kon de muizenissen niet van zich afzetten. Het verkeerslicht aan de oude brandweerkazerne sprong op groen, de rij wachtende auto's zette zich langzaam in beweging.

'Waar blijft Hakim?' foeterde Van In.
Het was halftien, ze waren het ondertussen gewend dat hij nooit op tijd was. Arabieren hadden nu eenmaal een

totaal ander tijdsbesef dan westerlingen, maar dit was Syrië niet.

'Zal ik hem bellen?' vroeg Versavel behulpzaam.

'Dat zal niet nodig zijn', zei Sas. 'Ik denk dat hij er aan komt.'

Haastige voetstappen in de gang gaven haar gelijk. Hakim kwam binnen met een brede glimlach op zijn gezicht, deed de moeite niet zich te verontschuldigen. Van In liet niet merken dat hij zich druk had gemaakt, hij mocht Hakim wel.

'Wat doen we met Chouchou?'

Hem langer verhoren had weinig zin, de oude Arabier zou niets prijsgeven en eigenlijk konden ze hem niet veel ten laste leggen. Hannelore zou geen andere keuze hebben dan hem te laten gaan.

'Zolang we niet kunnen bewijzen dat hij een mogelijke terrorist onderdak heeft verleend, zijn we aan handen en voeten gebonden. Wat zegt het OCAD?'

'Niets tot nu toe.'

'Dan zullen we het zelf moeten oplossen.'

'Heb je een voorstel?'

Hakim knikte. De ESSE had een aantal agenten van Marokkaanse origine in dienst, hen in Brussel inzetten zou geen argwaan wekken.

'We kunnen hem dag en nacht laten schaduwen', zei hij. 'Ik weet zeker dat het spoor ons ergens naartoe zal leiden.'

'Voorstel aangenomen.'

Van In ging zitten, gooide een klontje suiker in zijn koffie, nam het theelepeltje dat Saskia had klaargelegd en begon bedachtzaam te roeren. Het zag er steeds meer naar uit dat de rest van de zaak in Brussel zou worden afgehandeld en dan was het beter dat ze een beroep konden doen op mensen die het terrein kenden. Het was alleen nog afwachten hoe Petrofski zou reageren.

'Heb je tijd, Hakim?'
'Natuurlijk. Je weet toch dat tijd mijn bondgenoot is.'
'Ik wil je even onder vier ogen spreken.'
Saskia en Versavel keken verbaasd op. Ze waren het niet gewoon buitengesloten te worden bij een bespreking. Versavel kon zich niet herinneren dat het ooit was gebeurd, maar hij voelde zich niet afgewezen omdat Van In een reden had om zo te handelen en het later allemaal duidelijk zou worden. Hij wierp een blik op zijn horloge. Het was drie minuten voor elf. De mysterieuze verdwijning van de politie-inspecteur intrigeerde hem, hij liep naar zijn bureau, zette de radio aan, net op tijd om te vernemen dat de vermiste flik met een verkrachtingszaak bezig was en de zoektocht ondertussen onverminderd voortging. Versavel pakte zijn mobieltje, belde zijn contactpersoon bij de politie van Sijsele, vroeg of er al meer details bekend waren. Het antwoord was negatief.

Twee medewerkers van de technische dienst vervingen de witte vlag op het belfort door een rode. Ze trokken amper de aandacht, mensen die het toch zagen, stelden zich geen vragen. Er hingen overal vlaggen in de stad, net zoals er overal bloembakken stonden omdat toeristen zoiets fijn vonden. Petrofski merkte de vlag in de late middag op toen hij van het station naar de Markt liep. Was het dan zo gemakkelijk geweest? De onvoorwaardelijke medewerking gaf hem een tegenstrijdig gevoel, hoewel hij verdomd goed wist dat een terroristische dreiging tegenwoordig altijd serieus werd genomen en er vlot geheime afspraken werden gemaakt tussen de overheid en waardevolle tipgevers. Toch voelde hij zich opgelaten. Kon hij het zaakje wel vertrouwen? Terugkrabbelen was een optie, maar dan zou hij de rest van zijn leven opgejaagd wild blijven. Petrofski haalde diep adem voor hij de beslissing nam het erop te wagen.

'Hallo, met Guido?'
 Versavel herkende de stem van zijn contactpersoon in Sijsele. De stem klonk gedempt alsof niemand mocht weten dat hij belde.
 'Heb je meer nieuws?'
 'Ik weet niet of het verstandig is dat ik je in vertrouwen neem, de situatie bij ons is nogal precair. Als de goegemeente achter de waarheid komt, is het hek van de dam.'
 'Wat bedoel je daarmee?'
 'De verdachte in de verkrachtingszaak is een jonge asielzoeker die onlangs zelfstandig is gaan wonen, ik ben hem gaan opzoeken, maar hij is er niet meer.'
 'Hij is misschien iets anders aan het doen.'
 'Ik denk het niet, al zijn persoonlijke spullen zijn verdwenen.'
 'Hoe weet je dat?'
 'De achterdeur was niet afgesloten. Toen er niemand de deur kwam opendoen ben ik binnen een kijkje gaan nemen.'
 De contactpersoon was zich er terdege van bewust dat hij het huis op een illegale manier was binnengedrongen en dat een dergelijke uitschuiver hem een sanctie kon opleveren, toch viel hem niets te verwijten. Hij had gedaan wat zijn geweten hem had ingegeven.
 'Mijn chef roept moord en brand als ik hem van mijn demarche op de hoogte breng, maar ik kan de zaak niet ongemoeid laten.'
 Versavel wreef over zijn snor. De verdwijning van een jonge Syrische asielzoeker die verdacht werd van verkrachting was geen prioriteit, maar het kon misschien geen kwaad er met Van In over te spreken.
 'Geef me wat tijd om na te denken. Ik bel je zo snel mogelijk terug.'
 Hij schonk een kop lauwe koffie in, nam een slokje. Het

was goed dat hij opnieuw aan de slag was gegaan. Het zwarte spook in zijn hoofd liet zich niet meer zien, hij voelde zich prima en dat had de behandelende arts ook gezegd. De tumor was in rust, niemand wist precies wanneer hij zijn duivels zou ontketenen, het was afwachten, en wie weet haalde de behandeling toch iets uit. Hij durfde niet te denken aan de langzame aftakeling die zijn geest en daarna ook zijn lichaam zou slopen. Het vooruitzicht dat het einde van de weg in zicht was, bezorgde hem kippenvel.

'Daar zijn ze weer', zei Saskia.

Van In en Hakim kwamen binnen. Van In ging bij Versavel zitten, Hakim pakte zijn jasje van de kapstok, stak zijn hand op en verdween weer.

'Ik moet iets met je bespreken, Guido.'

'Ik ook.'

Ze stonden op, liepen naar een leegstaand kantoor. Van In verontschuldigde zich uitgebreid voor de geheimdoenerij.

'Ik wilde eerst zeker weten of Hakim bereid was om mee te werken.'

'Dat begrijp ik', zei Versavel.

'Niemand verwacht dat de minister en het parket bereid zullen zijn mee te werken aan een generaal pardon voor Petrofski, hoewel ik vind dat we een dergelijke kans niet voorbij mogen laten gaan. De Amerikanen doen het, de Fransen, de Britten, de Zweden. Iedereen doet het, behalve wij. Daarom heb ik Hakim gevraagd of de ESSE bepaalde documenten niet zelf zou kunnen produceren.'

'Vervalsen zul je bedoelen.'

'Noem het zoals je wilt. We kunnen het risico niet nemen dat een of andere gek een aanslag pleegt en het ons niet permitteren dat we die hadden kunnen verijdelen. Akkoord?'

'Wie ben ik om jou tegen te spreken?'

'Je bent het dus met me eens.'
'Dat heb ik niet gezegd.'
'Doe niet flauw, Guido. Er is verdomme geen alternatief.'
'Weet je zeker dat we geen kat in een zak kopen?'
'Nee, maar wat als...'
'Je hebt mijn zegen toch niet nodig, Pieter.'
Versavel overwoog of hij de betrokkenheid van een Syrische vluchteling bij de verkrachtingszaak ter sprake zou brengen. Hij deed het omdat Van In ook eerlijk tegenover hem was geweest.
'Ik wil je nog iets zeggen voor je ermee doorgaat.'
Hij deed zijn verhaal, Van In luisterde aandachtig hoewel hij andere beslommeringen had, maar dat betekende niet dat ze er geen aandacht aan moesten besteden. Het was bovendien lang geleden dat Versavel de kans had gekregen zelf op pad te gaan, het was wellicht goed voor zijn moraal.
'Wat zou je ervan vinden om samen met Achilles poolshoogte te gaan nemen in Sijsele? De plattelandslucht zal je goed doen.'
'Niet overdrijven, Pieter.'
De telefoon ging over. Het was Hakim met de mededeling dat de vervalste documenten klaar waren. Het spel kon beginnen

Achilles bood aan om te rijden. Versavel maakte geen bezwaar, het was jaren geleden dat hij nog op een passagiersstoel had gezeten. Ze reden de ringweg op, sloegen links af aan de Kruispoort. Het was de eerste keer dat ze alleen waren, ze hadden ook nog niet vaak met elkaar gesproken, wat voor een zekere onderhuidse spanning zorgde. Achilles, de jonge enthousiaste hengst, en de dalai lama van de Brugse politie. Versavel brak het ijs. Hij vroeg of Achilles een vriendin had. Het antwoord klonk niet erg overtuigend.

'Mijn vriendin verblijft regelmatig in het buitenland en ze moet ook voor haar zieke moeder zorgen.'
'Dan zien jullie elkaar niet vaak.'
'Nee.'
De waarheid was dat hun relatie op een zeer laag pitje stond sinds Achilles over geld was begonnen. Hij had de laatste jaren een aardig bedrag bijeengespaard. Het was toch niet abnormaal dat hij van haar ook een inspanning had gevraagd voor hij zijn centen in een gezamenlijk project investeerde? Het voorstel om de kosten evenredig te delen als ze gingen samenwonen, was niet in goede aarde gevallen omdat zijn vriendin een hoog krekelgehalte had en systematisch alles wat ze verdiende aan reizen en luxeproducten uitgaf.
'Zoiets kan ook een voordeel zijn', zei Versavel.
Hij voelde instinctief aan dat het liefdesleven van Achilles niet onmiddellijk het meest geschikte gespreksonderwerp was.
'Heb je ook een hobby?'
'Ga je me niet uitlachen?'
'Waarom zou ik je uitlachen?'
Mensen verzamelden postzegels, bierviltjes, melkkannetjes, wikkels van suikerklontjes, geen verzamelwoede was te gek. Of ze sportten zich te pletter, werkten jarenlang aan een schaalmodel van het Colosseum, het maakte allemaal niet uit zolang ze zich maar amuseerden.
'Ik ben lid van een volksdansgroep. Country en Western.'
'Dat klinkt interessant.'
Versavel kreeg een lezing over stetsons, barbecues, cowboys en Lucky Luke. Ze arriveerden bij het huis van Omar nog voor hij het goed besefte. Ze stapten uit, liepen achterlangs het huis.
'Wat hoop je hier te vinden?'

'Geen idee, maar het kan nooit kwaad de woning van een verdachte te bezoeken.'

Versavel keek rustig om zich heen. Het was er netjes aan kant en niets wees op een vechtpartij. Hij probeerde zich voor te stellen wat er gebeurd kon zijn en wat hij in dezelfde omstandigheden zou hebben gedaan. Het lokale korps telde een handvol agenten, van wie de meeste niet opgeleid waren om recherchewerk te doen. Inspecteur Vandenbroucke was een oudgediende, een flik van de oude stempel die waarschijnlijk had willen vermijden dat de verkrachtingszaak zijn dorp in rep en roer zette. Hij had een aantal bewoners van het asielcentrum verhoord en was daarna waarschijnlijk een informeel praatje gaan maken met de verdachte, maar wat was er daarna gebeurd?

'Momentje.'

Hij liep terug naar de auto, haalde een uv-lamp en een plantenspuit uit de koffer. Van In had de hulpmiddelen destijds zelf aangekocht, ze hadden al meerdere keren hun dienst bewezen. In de plantenspuit zat een mengsel met luminol, een chemische stof die reageerde met ijzer in het bloed.

'Wat ben je van plan?'

'Sporen zoeken', zei Versavel

Hij trok de gordijnen dicht, vernevelde het mengsel, knipte de lamp aan. De uv-stralen detecteerden lichaamsvloeistoffen, maakten bloedvlekken zichtbaar zelfs als de vloer grondig was schoongemaakt, tenzij er bleekwater aan te pas was gekomen.

'Bingo.'

Een grote vlek werd even zichtbaar. Het was duidelijk dat het bloedspoor geen gevolg was van een banaal ongeluk. Versavel putte een zekere voldoening uit het resultaat dat hij had geboekt, hoewel hij wist dat Vermeulen hem de huid zou volschelden als hij vernam dat er luminol was gebruikt. Het goedje mocht bijzonder handig zijn, het kon eventuele andere DNA-sporen aantasten. Versavel pakte zijn mobieltje en belde Van In.

'Prima werk, Guido. Ik neem onmiddellijk contact op met Vermeulen, maak jij ondertussen maar dat je wegkomt.'

'Okido. Tot straks.'

Vermeulen reageerde niet enthousiast toen Van In hem vertelde dat Versavel op de plaats delict was geweest, hij verzweeg echter dat hij luminol had gebruikt.

Petrofski belde de meldkamer om tien minuten over zeven. De officier met wachtdienst, die vooraf instructies had gekregen, verbond hem onmiddellijk door met het kantoor van commissaris Van In en liet het signaal traceren.

'Met Van In.'

'Hebt u de gevraagde documenten?'

Hakim was een halfuur geleden gearriveerd met twee documenten die er ongelooflijk officieel uitzagen. Het eerste was ondertekend door de minister van Justitie, het tweede door het college van procureurs-generaal. Ze hadden ook een Russische vertaling erbij gevoegd om verwarring te vermijden.

'Inderdaad. Waar en wanneer kunnen we elkaar ontmoeten?'

'Ik wil alleen met u spreken. Geen pottenkijkers.'

'Beloofd', zei Van In.

'Over een uur op het Oosterstaketsel in Blankenberge en geef me uw nummer voor het geval er iets tussenkomt.'

Van In gaf hem zijn nummer, hij wist nu al zeker dat er iets zou tussenkomen. Petrofski zou zich waarschijnlijk verdekt opstellen om te zien of hij zich aan de afspraak had gehouden en alleen was gekomen. Afspraken, wie hield zich tegenwoordig nog aan afspraken?' Van In begreep niet goed dat Petrofski bereid was bepaalde cruciale informatie te verstrekken in ruil voor de belofte dat justitie hem niet zou vervolgen. Besefte hij dan niet dat een dergelijke belofte niets voorstelde? Maar dat was niet zijn probleem. Het was ook geen wet van Meden en Perzen dat alle criminelen intelligent waren.

'Gaan jullie mee, of klaar ik de klus alleen?'

'Wij gaan in ieder geval mee', zei Versavel.

Hij kon het ondertussen goed vinden met Achilles, de jonge inspecteur mocht een beetje naïef zijn, hij had een goede inborst. Het deed hem denken aan zijn beginperiode bij de politie, een schuwe mus die krampachtig zijn geaardheid had proberen te verbergen en zich daardoor afzijdig had gehouden van de collega's en hele avonden vulde met legpuzzels. Hij was uiteindelijk pas opengebloeid toen hij Van In had leren kennen, wie weet zou Achilles later op dezelfde manier aan hem terugdenken. Later, het woord deed hem huiveren.

'Ik moet helaas afhaken', zei Saskia. 'Mijn lieve man heeft me vanavond uiteten gevraagd.'

'Een geldig excuus. En wat ben jij van plan, Hakim?'

'Ik zou het voor geen geld van de wereld willen missen, vriend.'

'Oké.' Van In keek op zijn horloge. 'Dan kunnen we nu maar beter vertrekken.'

'Heb je nog vijf minuten? Ik moet dringend naar het toilet.'

Hakim verdween, het duurde geen vijf minuten voor hij terug was. Ze liepen naar beneden, waar een auto klaarstond. Achilles zat achter het stuur, hij was zichtbaar in zijn nopjes. Tijdens de rit knoopte Van In zijn overhemd los, kleefde een zendermicrofoontje op zijn borst met plakband. Het gaf hem een aangenaam James Bondgevoel.

'Ik stel voor dat jullie in de buurt op een terrasje gaan zitten. Is de schaduwploeg paraat?'

Hakim knikte. Ze hadden Petrofski beloofd hem niet te arresteren, maar ook niet meer dan dat. Een team van zes ervaren mensen stond klaar om hem te volgen. Het had moeite en geld gekost om de operatie in een paar uur op te zetten, maar er stond ook veel op het spel. Niemand zou nog zeuren over extra kosten als ze erin slaagden een vernietigende aanslag te verijdelen.

Het Oosterstaketsel was wellicht de meest exclusieve pleisterplaats van Blankenberge. De houten pier riep nostalgische gevoelens op, het was er rustig en wie zin had in een glas of een copieuze zeevruchtenschotel kon terecht aan het hoofdeinde, waar een gezellige brasserie stond. Van In besteedde geen aandacht aan de toeristen die op het ritme van de golfslag voorbij flaneerden. Hij stond bij de vuurtoren met de blik naar de grond gericht. Petrofski was laat, de kans werd steeds kleiner dat hij nog zou komen opdagen. Toen voelde hij plotseling zijn mobieltje in zijn binnenzak trillen.

'Ik sta aan de overkant.'

Van In herkende de stem van Petrofski. De Rus stond inderdaad aan de overkant van de vaargeul, hij zwaaide.

'En ik heb de documenten.'

'Fijn. Bel een taxi en kom naar me toe.'

'Oké.'

Van In stelde geen vragen, hij belde een taxi en zei dat het dringend was. Het was normaal dat Petrofski vooraf verifieerde of hij alleen was gekomen. Hij bracht Hakim op de hoogte, stak een sigaret op en wachtte op de taxi.

Ze drukten elkaar de hand op het terras van de Zee Zee, een restaurant aan het begin van de duinenrij die zich van Blankenberge tot Wenduine uitstrekte. De Rus gaf een rustige indruk, hij glimlachte zelfs.

'Mag ik de documenten?'

'Natuurlijk.'

Van In bestelde een Omer terwijl de Rus de papieren bestudeerde. Er zat weinig volk op het terras, waarschijnlijk omdat het al redelijk laat was en het restaurant nogal afgelegen lag. De plek werd voornamelijk door autochtonen gefrequenteerd want er werd uitsluitend Blankenbergs gesproken.

'En nu is het uw beurt', zei hij toen Petrofski klaar was met lezen. 'Kan ik u ondertussen iets te drinken aanbieden?'

'Nee, dank u.'

Ze keken elkaar aan als revolverhelden die op het punt stonden te duelleren. Er ontbrak alleen een deuntje van Ennio Morricone.

'Michiel Claes werd vermoord omdat hij van plan was de boel te verraden toen hij besefte waarvoor het nucleair afval gebruikt zou worden. In de portefeuille zat een briefje met de namen van alle betrokkenen.'

'Moesten het echtpaar Dumoulin en de buren daarom dood?'

'Ja, maar ook een beetje om de aandacht van Claes af te leiden. Een meervoudige moord veroorzaakt meer heisa dan een aangespoelde drenkeling.'

Van In ging niet dieper op de kwestie in. Het briefje in de portefeuille beantwoordde ruimschoots de vraag waarom de man die het lijk van Claes had aangetroffen, zijn vrouw en de andere bewoners van het gebouw waren vermoord. Het was een detail, hoe cynisch het ook mocht klinken.

'Je hebt het dus wel degelijk over een vuile bom.'
'Correct. Sinds de aanslag in Parijs houden geregistreerde terroristen zich gedeisd omdat ze zich verdomd goed realiseren dat een aanslag weinig kans op succes heeft als zij erbij betrokken zijn. De stroom vluchtelingen, die ze nota bene voor een deel zelf op gang hebben gebracht, bood een gedroomde oplossing voor het probleem.'
'Infiltratie.'
'Een simpele oplossing. De autoriteiten zijn absoluut niet in staat het kaf van het koren te scheiden. Iedere geïmporteerde terrorist is een onbekende terrorist. Ze hebben de opdracht gekregen zich te integreren en aan te passen aan de westerse normen tot ze geactiveerd worden.'
'Dat lijkt me logisch', zei Van In. 'Maar het is niet echt relevante informatie.'
'Denkt u dat ik achterlijk ben, commissaris? Bent u er werkelijk van overtuigd dat ik geloof dat u me zomaar laat gaan? De papieren die u me hebt overhandigd zijn een vrijgeleide, als niemand me tegenhoudt bel ik u over vierentwintig uur en geef u de naam van...'
Petrofski zakte in elkaar als een ledenpop, zijn gezicht vertrok, hij greep naar zijn borst. Een gaatje met een rode vlek eromheen, aan de andere kant een gapende wond waar de dumdum kogel zijn lichaam had verlaten. Van In liet zich plat op zijn buik vallen, kroop naar de zieltogende Rus.
'Geef me een naam, Petrofski. Geef me in godsnaam een naam.'
Er borrelden bloedbelletjes op zijn mond, Van In legde zijn oor te luisteren bij de prevelende lippen.

13

De spoedarts kon alleen maar vaststellen dat het slachtoffer dood was, wie een voltreffer met een dumdumkogel in de borst kreeg, maakte geen enkele kans. Het gaatje waar de kogel het lichaam binnengedrongen was, mocht dan klein zijn, de ravage die hij aan de achterkant had aangericht was desastreus. Van In bleef echter niet bij de pakken neerzitten, hij alarmeerde alle politiekorpsen in de buurt, probeerde een klopjacht te organiseren. Het probleem was dat de meeste korpsen onderbemand waren en de manschappen onvoldoende opgeleid om dat soort actie binnen een redelijke termijn te organiseren. Hij wist één ding: de schutter was een professionele moordenaar en zo goed als zeker dezelfde die Krilov had doodgeschoten. De technische recherche onder leiding van Klaas Vermeulen arriveerde veertig minuten nadat het fatale schot was gelost. Ze konden niet veel meer doen dan foto's van de plaats delict nemen en de positie van de schutter proberen te bepalen. De kans dat ze andere sporen aantroffen, was bijna verwaarloosbaar. Professionele moordenaars kenden het klappen van de zweep, ze maakten zelden fouten.

'Wat heeft hij eigenlijk gezegd?' vroeg Versavel.
'Alles en niets.'
'Wat is alles?'
'De dreiging van een terroristische aanslag met een vuile bom.'

'Ga je daarover communiceren?'
'Is er een alternatief?'
'Ik denk het niet', zei Versavel. 'Maar hoe pakken we de rest aan?'
'Dat is niet ons probleem, Guido.'
Van In stak nadenkend een sigaret op. De laatste woorden van Petrofski hadden hem in de war gebracht omdat hij geneigd was hem te geloven, na wat er net gebeurd was.
'Er is nog iets wat ik je moet vertellen. Kom je...'
'Commissaris!'
Achilles kwam hijgend de duin opgelopen, zwaaide enthousiast alsof hij de lotto had gewonnen. Klaas Vermeulen, die een eindje verderop stond, keek verveeld op, hij had een hekel aan flikken die in de kijker wilden lopen. Wat dachten die kerels? Dat ze in een politieserie acteerden? Van In bleef stoïcijns kalm, dacht met een zekere weemoed terug aan de tijd dat hij nog de moeite deed om te rennen als hij iets te melden had.
'Er is toch geen tsunami op komst?'
'Nee, commissaris. Ik heb een getuige die beweert dat hij de schutter heeft zien wegrijden in een donkergrijze Peugeot.'
'Waar is je getuige?'
'Beneden bij de auto.'
Ze liepen de helling af naar de Wenduinse Steenweg. Er was een deugddoende verfrissende bries komen opsteken Van In keek naar de hemel, die er nu veel donkerder uitzag dan vijf minuten geleden. Het werd tijd dat het weer omsloeg, iedereen was de moordende hitte kotsbeu.
'Ik kan alleen zeggen dat je je getuigen weet uit te kiezen, Achilles.'
De jonge inspecteur bloosde omdat hij inderdaad aan andere dingen had gedacht toen de jonge vrouw in bikini

naar hem toe was gekomen en hij meer aandacht had besteed aan haar lichaam dan hij naar haar verhaal had geluisterd. De vrouw, die voor een progressieve krant werkte, had ondertussen een badhanddoek om haar schouders geslagen en haar vriend, hij werkte voor dezelfde krant, was erbij komen staan.
'U hebt iemand zien weglopen met een geweer in de hand?'
'Ja', zei ze met een iel stemmetje.
'Heeft hij u gezien?'
'Ik denk het wel.'
'Kunt u hem beschrijven?'
De jonge vrouw deed haar best, maar ze kwam niet verder dan een man van rond de dertig met een normaal postuur, sluik zwart haar en een getaande huid.
'Een Noord-Afrikaan dus.'
'Daar spreek ik me niet over uit', reageerde ze fel.
Van In ging er niet dieper op in omdat hij geen zin had een discussie aan te gaan over allochtonen en autochtonen, een onderwerp dat heel gevoelig lag bij linkse intellectuelen.
'Is er u nog iets opgevallen?' vroeg hij routineus.
De jonge vrouw keek naar haar vriend alsof ze zijn goedkeuring wilde vragen voor wat ze nog te zeggen had. Van In herkende de blik, hij had het al zo vaak meegemaakt dat een getuige bang was om af te gaan.
'Zegt u het maar, mevrouw. Alles kan belangrijk zijn.'
'Ik denk dat hij psoriasis heeft.'
'En waarom denkt u dat?'
'Ik heb een glimp van zijn ellebogen opgevangen en die zaten onder de witte schilfers.'
'Ik heb het ook', zei de vriend voor Van In kon vragen hoe ze de huidziekte zo snel had herkend.

'Momentje, ik ben zo terug.'
Van In rende de duin op zonder rekening te houden met zijn conditie. De klim werd hem bijna fataal. Zijn knieën gierden van de pijn, zijn spieren trilden als snaren van een gitaar, zijn hart smeekte om genade, maar hij bereikte de top.
'Waar is Vermeulen?'
Een rechercheur van de technische recherche keek het strompelende wrak bezorgd aan en hij had zeer zeker een ambulance gebeld als het Van In niet was geweest.
'Zal ik hem voor u halen?'
'Doe het snel.'
Van In boog naar voren, plantte zijn handen op zijn pijnlijke knieën terwijl hij een amechtige poging deed om zijn longen van zuurstof te voorzien. Wie beweerde ook weer dat bewegen gezond was?
'Gaat het een beetje?'
Versavel was hem achternagelopen omdat de impulsieve ren hem nieuwsgierig had gemaakt. Hij schudde ongelovig zijn hoofd toen hij hoorde waarom Van In het had gedaan.
'Je had hem toch kunnen bellen?'
'Ja, Guido. Ik had hem kunnen bellen. Waar blijft die kerel verdomme?'
Van In had hem inderdaad beter kunnen bellen. Vermeulen was duidelijk niet gehaast. Hij kwam aangewandeld in het gezelschap van een van zijn medewerkers met wie hij in een geanimeerd gesprek was gewikkeld. Het rondje Van In pesten was weer geslaagd. Hij glimlachte minzaam, vroeg wat er zo dringend was.
'Beschikken jullie over een crimescope?'
'Presteren flikken overuren?'
'Ja of nee?'
'Natuurlijk.'

Van In rechtte zijn rug, trok zijn schouders naar achteren, net een vulkaan die op het punt stond uit te barsten. Straks begint hij als een gorilla op zijn borst te bonken, dacht Versavel.
'En ik mag hopen dat jullie ondertussen de plek hebben gelokaliseerd waar het schot is afgevuurd.'
'Uiteraard.'
'Haal dan als de bliksem de crimescope en begin eraan.'
De crimescope was een soort van laser waarmee minuscule hoeveelheden huidcellen of botschilfers zichtbaar gemaakt konden worden. Als de schutter aan psoriasis leed, lag de plek waar hij had gestaan vol met huidschilfers en was de kans reëel dat de crimescope er een paar kon detecteren, maar dan moesten ze snel handelen.
'Je had drilsergeant moeten worden', zei Versavel.
Vermeulen maakte voor een keer geen bezwaar omdat er te veel mensen hadden gehoord wat Van In gezegd had en hij het risico niet wilde lopen later berispt te worden omdat hij verzuimd had een spoor in een moordzaak te onderzoeken.

'Zouden jullie het erg vinden als ik naar huis ga? Ik heb Aisha beloofd vroeg thuis te zijn.'
Het onderzoek was nog aan de gang en het zou waarschijnlijk nog een hele tijd duren voor ze het konden afronden. Vermeulen had halogeenlampen laten plaatsen, medewerkers van de technische recherche waren druk in de weer, maar eigenlijk zat de taak van de politie erop.
'Doe maar. Achilles brengt je wel naar huis.'
'Dan zitten jullie vast.'
'Wij vast? Maak je geen zorgen, Hakim. Er zijn nog politiewagens. Ga maar en zorg dat je vrouwtje niets tekortkomt.'

'Wees maar gerust.'
Ze namen afscheid met een handdruk. Achilles keek sip, hij was liever langer gebleven, al was het maar om iets te leren van het sporenonderzoek. Een schouderklopje van de chef maakte echter veel goed.
'Wil je een taxi bellen, Guido?'
'Wat ben je van plan?'
'Aan de jachthaven een Omer gaan drinken met mijn beste vriend, en je ondertussen iets vertellen dat niet voor andere oren bestemd is.'
'Een geheim?'
'Zoiets.'

De taxi was er binnen vijf minuten en de meeste zaken aan de Franchommelaan waren nog open. De zwoele sfeer en de meeslepende muziek op de terrassen werkte als een tonicum voor vermoeide zielen, hardwerkende mensen op de rand van een burn-out, eenzame vrijgezellen, krasse oudjes, van energie borrelende jongeren en vermoeide flikken. Van In slorpte de positieve energie op, Versavel genoot in stilte van het goddelijke moment dat hem nog gegund was. De eenvoud van een leven zonder noemenswaardige zorgen ontroerde hem. Ze kozen voor een tafeltje tegen de gevel, waar het koeler was en minder mensen konden luistervinken. Van In bestelde Omer, Versavel volgde voor een keer het voorbeeld van zijn vriend. Hij had niets meer te verliezen, behalve de strijd tegen het ei in zijn hoofd. Een mollige dienster met een kort rokje en kleine stevige borsten laveerde behendig tussen de drukbezette tafels, het geroezemoes zocht als een heidens gebed zijn weg naar de hemel.
'Er zijn van die momenten waarop een mens eeuwig zou willen leven, momenten waarop niets nog belangrijk lijkt.'

'Maak me niet week, Guido. Ik ben gelukkig dat we er samen van kunnen profiteren.'
'Ik ook. Weet je...'
'Ja, ik weet wat je gaat zeggen, maar laten we de avond niet verpesten en Bacchus laten regeren, de ontnuchtering komt straks wel.'
Ze haalden herinneringen op aan vroeger, het dienstertje met de kleine borsten waakte erover dat ze niet droog kwamen te staan. Het goudgele bier smeerde de kelen.
'Weet je waarom een dom blondje op haar tenen voorbij een medicijnkastje sluipt?'
'Wat weet jij over domme blondjes, Guido?'
'Onderschat me niet, beste vriend. Zal ik je eens wat vertellen?'
'Graag.'
Versavel nam een fikse slok van de schuimende Omer. Zijn ogen stonden troebel, maar hij herinnerde zich nog verdomd goed hoe hij op zijn zeventiende Marina had versierd, het androgyne monster dat hem had betoverd als een losgeslagen sirene. Hij was de hete nacht die hij met haar had doorgebracht nooit vergeten. Een goddelijke spleet in een lichaam zonder borsten. Van In luisterde met open mond naar het relaas van de jongen die in het bed van een meisje tot de conclusie was gekomen dat hij mannen boven vrouwen verkoos.
'Dat heb je me nooit eerder verteld.'
'Iemand moet het weten voor ik doodga, vriend, en jij bent de enige die me niet zal uitlachen.'
Van In stak een sigaret op. De uitbundige stemming van zo-even maakte plaats voor ongebreidelde weemoed, de nacht mocht wat hem betrof eeuwig blijven duren.
'Ik heb honger', zei hij.
Versavel pakte de kaart, bekeek de lijst met snacks. Was het verstandig het ei in zijn hoofd te voederen?

'Er is spaghetti en er zijn croques.'
'Hawai?'
'Maakt het iets uit als je honger hebt?'
'Nee', zei Van In. 'Laten we een bordje kaas nemen.'

Hij zwaaide naar het mollige dienstertje, bestelde een portie kaas en nog twee Omers, terwijl hij zich afvroeg of het nu nog verstandig was het geheim met Versavel te delen. Het was bovendien al laat en ze hadden behoorlijk veel op. Het terras begon ook leeg te lopen.

'Zal ik vragen of ze ons komen ophalen?'
'Ophalen', reageerde Versavel met een dubbele tong. 'Als ik me niet vergis had jij nog iets te melden.'

Van In dronk zijn glas leeg, schoof het opzij in afwachting van een nieuwe Omer. De laatste woorden van Petrofski waren in zijn hoofd blijven hangen als smeer aan de handen van een garagist, hij had het probleem aan iedere kant bekeken, de eindconclusie was overeind gebleven.

'Petrofski heeft nog iets gezegd voor hij stierf.'
'Het geheim', grijnsde Versavel met een onaardse blik in zijn ogen.
'Twee woorden: gijzelaar en broer.'
'En dat noem jij een geheim.'
'Ik heb me de hele avond afgevraagd hoe de schutter erachter is gekomen dat ik vanavond in Blankenkerge aan de jachthaven een afspraak had met Petrofski.'
'Iemand heeft het hem verteld.'
'Niet iemand, Guido. Slechts vijf mensen waren ervan op de hoogte. Ik, jij, Saskia, Achilles en Hakim.'
'Hakim dus.'
'Wie anders?'
'Omdat iemand zijn broer gegijzeld houdt.'
'Zoiets.'
'Wat ga je doen?'

'Ik moet iets doen, Guido.'
'Het verklaart misschien de matras in de kelder van Chouchou.'
'Heb ik ook aan gedacht.'
'Het ziet er niet goed uit.'
'Nee, het ziet er inderdaad niet goed uit', zei Van In.

De nacht bracht geen raad, de ochtend evenmin. Van In wist nog altijd niet hoe hij Hakim zou aanpakken, Hannelore bleef boos omdat hij in verregaande staat van ontbinding thuis was gekomen. De gevolgen van het drinkgelag hadden sporen achtergelaten. Zijn hoofd stond op springen, zijn rug deed pijn na een gedwongen verblijf op de sofa en zijn neus zat verstopt waardoor hij moeite had met ademen. De temperatuur aan de ontbijttafel was tot diep onder het nulpunt gezakt, hoewel het buiten al aangenaam warm was. Van In deed er alles aan om een nieuwe woordenwisseling te vermijden en haar weer gunstig te stemmen. Hij douchte uitgebreid, nam ruim de tijd om zich te scheren, sloeg zijn ochtendsigaretten over. Hannelore gaf geen krimp, ze sloeg zelfs de afscheidszoen over.

'Het was ook mijn schuld', zei Versavel toen ze door de Vette Vispoort naar de auto liepen.
'Heb jij geen ambras gehad met Ben?'
'Nee, een terdoodveroordeelde kan altijd op gratie rekenen.'
'Je gaat toch weer niet beginnen, zeker.'
Ze stapten in de auto. Het viel op dat Van In lang onder de douche had gestaan. De geur van limoen was niet te harden.
'Ga je Hakim met de feiten confronteren?'
'Heb ik een andere keus?'
Van In moest weer denken aan wat Petrofski had gezegd voor hij werd neergeschoten. IS leed al geruime tijd zware

verliezen in Syrië, waar hun stellingen dag en nacht werden bestookt door de westerse coalitie, maar dat betekende niet dat ze de strijd opgaven. Er deden geruchten de ronde dat de top van IS overwoog om naar een Afrikaans land uit te wijken en vandaaruit de wereldwijde jihad tegen de christenhonden voort te zetten en te coördineren. Het idee om Europa te overspoelen met zogezegd vredelievende moslims paste perfect in die strategie. Hij begreep nu waarom Hakim het huis van Petrofski in de Snaggaardstraat niet onmiddellijk onder surveillance had geplaatst en hij realiseerde zich eveneens dat zijn ontvoerders zijn leven hadden gespaard omdat Hakim zijn bron bij de politie niet wilde kwijtspelen. Of hoe een mens zich kon vergissen in een andere mens?

'Wie weet zit die Omar er ook voor iets tussen.'

'Wie is Omar weer?'

'Die jonge Syrische vluchteling die met de noorderzon is verdwenen nadat hij inspecteur Vandenbroucke vermoedelijk uit de weg heeft geruimd.'

'Jezus christus. Hoe kan ik zo achterlijk zijn? Bel de technische recherche. Ik wil Vermeulen onmiddellijk spreken.'

Jonge journalisten hadden het tegenwoordig niet onder de markt. Ze moesten lange uren kloppen, minstens één primeur per maand uit hun hoge hoed toveren, dag en nacht beschikbaar zijn en dat alles voor een bescheiden loon en een minimum aan werkzekerheid. Joris was plaatselijk correspondent voor een nationale krant. Hij was ambitieus, intelligenter dan de gemiddelde journalist en had een neus voor primeurs. Vandaag was hij ook nog eens in alle staten omdat hij een halfuur geleden een mail van de chef nieuws had ontvangen met het verzoek even langs te komen op de redactie. Zo'n uitnodiging betekende in mensentaal dat zijn prestaties indruk hadden gemaakt en hij in aanmerking kwam om promotie te maken. Zijn dag kon in ieder geval niet meer stuk. Hij voelde zich zo gelukkig dat hij zijn laptop uitzette en als een uitgelaten kind naar een naburige garage fietste, waar zijn droomwagen, een volledig gerestaureerde Citroën DS waarvoor hij onlangs een voorschot had betaald, op hem stond te wachten – en die na het goede nieuws waarschijnlijk vlugger dan verwacht van eigenaar zou veranderen. Joris was behalve ambitieus, ook een veelzijdige journalist die niet alleen de plaatselijke politiek op de voet volgde, maar ook bijzonder geïnteresseerd was in rechtszaken. Het was daardoor dat hij de interventiewagen van de technische recherche herkende toen hij voor de etalage naar zijn droomauto stond te kijken. Hij draaide zich om. De technische recherche rukte alleen voor belangrijke zaken uit. Het zou hem dus niet verbazen dat hun aanwezigheid in Sijsele in verband stond met de verdwijning van inspecteur Vandenbroucke. Joris dacht niet langer na, hij sprong op zijn fiets die tegen de gevel stond gestald en zette de achtervolging in.

Van In en Versavel stonden voor het huis van Omar te wachten op de komst van de technische recherche. Het had heel wat voeten in de aarde gehad om Vermeulen te overtuigen een ploeg naar Sijsele te sturen, hij had pas toegegeven toen Hannelore hem had gebeld.
'Ze komen er aan.'
De lichte vrachtwagen van de technische recherche draaide de straat in. De chauffeur, een oudgediende, herkende Van In. Vermeulen was er gelukkig niet bij.
'Alles goed met jullie?'
De chauffeur drukte Van In en Versavel de hand. Twee medewerkers trokken beschermende pakken aan, haalden

een vreemdsoortig apparaat uit de laadruimte. Ze keken allebei bezorgd, alsof ze het zaakje niet vertrouwden.

'Met mij in ieder geval', zei Versavel toen Van In niet reageerde.

'Dat hoor ik graag. Jullie vinden het toch niet erg dat ik niet mee naar binnen ga?'

'Ben je zwanger misschien?'

De chauffeur lachte sip, maar hij bleef bij zijn beslissing. Zijn collega's hadden geen keus, ze volgden Van In en Versavel naar de tuin.

'Ga uw gang, heren.'

De jongste van de twee zette het apparaat aan en liep ermee naar binnen. Zijn collega bleef in de deuropening staan.

Joris zette zijn fiets tegen een lantaarnpaal, belde aan bij de buren van Omar. Hij kende de bewoners vaag, hun ouders hadden een paar jaar geleden hun vijftigste huwelijksverjaardag gevierd en hij was hier foto's van het jubilerende paar komen maken voor de krant. Hij belde aan. Een man van middelbare leeftijd kwam de deur opendoen.

'Mag ik u om een gunst vragen?'

'Een gunst?'

Plattelandsbewoners zijn argwanend van nature en meestal aan de zuinige kant. Ze geven niet zomaar iets weg. De man vroeg zich ongetwijfeld af of de gunst hem iets zou kosten.

'Ik ben Joris van de krant.'

'Dat weet ik.'

'Mag ik even binnenkomen?'

De jonge journalist was een graag geziene figuur in het dorp. Hem binnenlaten was geen onoverkomelijk probleem.

Joris glipte naar binnen. Hij wist dat hun tuin alleen met

een haag gescheiden was van de tuin waar de mensen van de technische recherche bezig waren. De buurman maakte geen bezwaar dat hij in zijn tuin ging postvatten.

'En?' vroeg Van In toen de jonge man van de technische recherche naar buiten kwam.
 'Het is er veilig.'
 'Weet je het zeker?'
 'De meter liegt niet.'
 Van In stak een sigaret op. Was dit nu goed of slecht nieuws? Hij had het liever anders gehad, want nu het huis veilig bleek, zou hij zich weer in allerlei bochten moeten wringen om de interventie te rechtvaardigen en nog erger was dat Vermeulen hem weer zou uitlachen.
 'Er is de schuur nog', zei Versavel.
 De jonge medewerker protesteerde niet, hij liep naar de schuur en ging binnen. Ze hoefden niet te wachten tot hij terug was om te weten wat het resultaat van de meting was. Het obstinate getik van de geigerteller sprak voor zich.
 'Het is dus toch waar.'
 De nachtmerrie van iedere Europese en Amerikaanse veiligheidsdienst was werkelijkheid geworden. Terroristen waren erin geslaagd radioactief materiaal het land binnen te smokkelen en de kans was bijzonder groot dat de voortvluchtige Omar een vuile bom had gemaakt.
 'Wat nu?'
 De chauffeur van de technische recherche zette automatisch een paar stappen achteruit toen zijn jongere collega met de geigerteller in zijn hand naar buiten kwam. De schrik zat er goed in.
 'Trek jullie pakken uit en ga een douche nemen, ik bel ondertussen de bevoegde autoriteiten', zei Van In. 'En doe alsjeblieft normaal. We moeten koste wat het kost vermijden dat het nieuws uitlekt.'

Milieubewegingen en linkse partijen hadden er jaren over gedaan om het publiek te overtuigen van de gevaren die kernenergie met zich meebracht en ze waren in hun opzet geslaagd. Niemand was nog in staat de angst terug te schroeven die ze hadden gecreëerd. Radioactieve straling was een beetje de pest van deze eeuw geworden. De straling in de schuur was beduidend hoger dan de toegestane normen, maar het was niet echt een reden om nu reeds paniek te zaaien.

'Heb je materiaal bij je om de boel te verzegelen?'

'Ik denk het wel', zei de chauffeur.

'Doe het dan zo snel mogelijk. Ik zorg er ondertussen voor dat de plek onder permanente bewaking komt te staan.'

Het nieuws dat een moslimterrorist over een vuile bom beschikte, joeg een sidderende elektrische schok tot in de hoogste regionen van de hiërarchie. De directeur van de ESSE riep een spoedvergadering bijeen om de toestand te evalueren, zijn collega van de Belgische Staatsveiligheid bracht de bevoegde minister op de hoogte van het dreigende onheil. Het was afwachten tot ze een beslissing hadden genomen.

Van In stak een sigaret op, belde Hakim en vroeg of ze mochten langskomen. De Syriër maakte geen bezwaar, hij vroeg zelfs niet waarom ze hem wilden spreken.

'Wat doen we met de mensen uit de buurt als ze vragen beginnen te stellen?'

'Goede vraag, Guido.'

De komst van de technische recherche had al voor enige commotie gezorgd, het zou alleen erger worden als het huis straks onder surveillance kwam te staan. Ze moesten een smoes zien te verzinnen om de zaak onder controle te houden, iets geloofwaardigs omdat ze niet konden ontkennen dat er iets aan de hand was. Van In stak een nieuwe sigaret op. Het vlammetje van zijn aansteker bracht hem op een idee.

'Als we de straat nu eens lieten afsluiten en de buurt evacueren vanwege een gaslek?'

'Zal ik de burgemeester bellen?'

'Het zal wel moeten', zei Van In. 'Maar verzwijg de ware toedracht, het nieuws mag absoluut niet uitlekken.'

'Ik doe mijn best.'

Het duurde veertig minuten om de straat af te zetten en de buurt te evacueren. De meesten gehoorzaamden gedwee, zij die protesteerden werden met zachte dwang afgevoerd. De burgemeester kwam tien minuten later een kijkje nemen, stelde een paar vragen over de ernst van de situatie. Van In stelde hem gerust.

'Het gas is ondertussen afgesloten', zei hij. 'Maar het kan een tijdje duren voor de mensen van het nutsbedrijf erin slagen het lek op te sporen.'

Van In klonk bijzonder overtuigend, de burgemeester knikte. Hij lette er zelfs niet op dat de mensen die het trottoir aan het openbreken waren overalls zonder logo van het nutsbedrijf droegen. Voor hem telde alleen dat de burgers geen gevaar liepen.

'U kunt nu beter met ons meekomen, meneer de burgemeester. Mijn medewerkers volgen de situatie op de voet, we zullen onmiddellijk contact met u opnemen zodra er iets belangrijks te melden valt.'

'Je had zelf politicus moeten worden', zei Versavel toen de burgemeester in een klaarstaande wagen stapte.

'Wat heb ik in godsnaam misdaan?'

'De eerste prijs gewonnen voor de wolligste zin.' Versavel probeerde de stem van zijn vriend na te bootsen: 'Mijn medewerkers volgen de situatie op de voet, we zullen onmiddellijk contact met u opnemen zodra er iets belangrijks

te melden valt. Daar kan zelfs de minister-president nog iets van opsteken.'
'Het is niet het moment om grapjes te maken, Guido. Kom. We zijn weg.'
Ze stapten in de auto, keerden en reden terug naar de Maalsesteenweg. De operatie gaslek leek geslaagd, de buurtbewoners hadden een tijdelijk onderdak gevonden in een zaaltje van de gemeente en er waren voldoende manschappen aanwezig om nieuwsgierigen op een afstand te houden. Een cameraploeg van de regionale televisie moest zich tevredenstellen met een nietszeggend beeld van de schermen waarmee de straat was afgezet. Van In bleef de hele rit in gedachten verzonken, terwijl de realiteit langzaam tot hem doordrong. Was het werkelijk mogelijk dat een explosie de hele provincie decennialang onbewoonbaar zou maken? De consequenties van een dergelijke ramp zouden catastrofaal zijn, zowel op sociaal als economisch vlak, maar het ergste was de angst die het land en wellicht de rest van Europa in zijn greep zou krijgen. De muren waarachter het Westen zich had teruggetrokken stonden op instorten, het oude continent lag voor het grijpen als een weerloze prooi. Van In dacht aan zijn kinderen en bij uitbreiding aan alle andere kinderen die zouden moeten leren leven in een maatschappij waar geen ruimte meer was voor alles wat het leven aangenaam kon maken en zouden moeten buigen onder het juk van een totalitair bewind dat geen tegenspraak duldde, waar iedere misdaad op barbaarse wijze werd gestraft. Dit was niet langer doemdenken, het gevaar was dichtbij en tastbaar.

'Denk je aan de kinderen?'
'Is het zo duidelijk?'
'Alle vaders zouden hetzelfde doen als jij.'
'We mogen er ons niet zomaar bij neerleggen, Guido. Het probleem moet opgelost worden.'

'Carthago delenda est.'
'Inderdaad. Wat de Romeinen konden, kunnen wij ook.'

Aisha deed de voordeur open. Ze droeg een jurkje van Indisch katoen en liep blootsvoets. De glimlach om haar lippen leek echt, maar ze kon de trieste glans in haar ogen niet maskeren.
'Kom binnen. Hakim zit in de tuin.'
Ze volgden haar de gang door naar de zitkamer, waar ze door een schuifdeur in de tuin kwamen. Hakim zat aan een houten tafel onder een parasol. Als een standbeeld. Hij keek pas op toen Van In hem aansprak.
'We moeten dringend over je broer praten, Hakim.'
'Ik heb geen broer.'
'Hoezo, je hebt geen broer?'
Van In liet zich op een van de stoelen neerploffen. Had hij Petrofski niet goed verstaan of zijn woorden verkeerd geïnterpreteerd? Hij voelde zich als iemand die plotseling besefte dat hij naakt in een winkelstraat stond. Versavel verroerde zich niet.
'Ik had een broer, maar...'
'Zijn broer is in handen gevallen van IS, ze hebben hem gemarteld en daarna levend verbrand. De smeerlappen hebben ons de beelden toegestuurd.'
'Sorry, ik...'
Van In was volledig van zijn stuk. Niet zozeer omdat hij zich had vergist, maar omdat Hakim de enige was die hen misschien had kunnen helpen. De ontgoocheling trof hem als een dreun van een beroepsbokser.
'Je hoeft je niet te verontschuldigen, vriend. Vertel me liever wat er aan de hand is, je ziet eruit alsof je in de hel bent afgedaald. Een biertje zal je deugd doen. Aisha heeft gisteren speciaal voor jou een krat Omer gekocht in de supermarkt.'

Aisha wachtte niet op een antwoord, ze verdween naar de keuken. Gerinkel van glazen verbrak de stilte, niemand zei een woord voor ze terug was. Ze maakte de flesjes open, schonk het ijskoude bier in, reikte de glazen aan en ging zitten. Het was een pijnlijk moment.

'Ik wil niet onbeleefd zijn', zei ze zacht. 'Maar mag ik vragen waarom jullie hier zijn?'

Van In nam een slok, stak een sigaret op terwijl hij over het antwoord nadacht en kwam uiteindelijk tot de conclusie dat de waarheid vertellen de beste garantie was voor een vruchtbaar gesprek.

'Het is zo goed als zeker dat een jonge Syrische vluchteling in het bezit is van een vuile bom. En we weten dat iemand cruciale informatie doorgaf aan de mensen die daarvoor verantwoordelijk zijn. Niemand behalve jullie en wij wisten dat ik een afspraak had met Petrofski. Overtuig me dat ik ongelijk heb. Of help me de aanslag te verijdelen.'

Aisha keek naar Hakim. Hij kneep zijn ogen dicht alsof hij tegen de zon in moest kijken omdat hij niets kon zeggen zonder haar toestemming.

'Hoe kom je erbij dat Hakim een broer heeft?'

'Het waren de laatste woorden van Petrofski voor hij stierf.'

'Kun je die herhalen?'

'Gijzelaar en broer.'

Hakim kreeg het heel moeilijk om nog langer te zwijgen. De westerlingen hadden hun asiel verleend, hun de kans gegeven een nieuw leven op te bouwen, hen met respect behandeld en dat in tegenstelling tot veel andere moslimbroeders die hun de toegang tot hun land hadden geweigerd. Als er dan toch maar één God bestond, waren Allah en de god van de ongelovigen een en dezelfde persoon, de Koran en de Bijbel leken op elkaar als twee auto's van hetzelfde merk.

'Hakim heeft geen broer', zei Aisha met een omfloerste stem. 'Ik wel.'

'Het is dus toch waar.'

'Ja, en ik schaam me uit de grond van mijn hart, maar wat zou jij in mijn plaats doen? Ze vroegen alleen informatie over het onderzoek door te spelen, er is nooit sprake geweest van een aanslag. Ik houd zielsveel van mijn broer en ik zou alles voor hem doen, maar...'

Ze barstte in snikken uit, vertelde in horten en stoten dat terroristen ermee hadden gedreigd haar broer te vermoorden als ze hun geen informatie doorspeelde en dat ze Hakim niet mochten veroordelen omdat hij het spel had meegespeeld.

Van In luisterde aandachtig naar haar bekentenis, dacht ondertussen na over hoe ze het probleem konden oplossen en er eventueel voordeel uit konden halen. Hij kwam tot de conclusie dat het de zaak niet zou vooruithelpen als hij hen arresteerde en ze beter een regeling konden treffen.

'Ik beloof je dat we alles zullen doen om je broer te redden, Aisha, op voorwaarde dat je vanaf nu met ons samenwerkt.'

Ze reageerde niet onmiddellijk, tranen bleven langs haar wangen stromen. Hakim probeerde haar te troosten. Het duurde een poosje voor ze zich wist te herpakken.

'Ik geloof je, Pieter. Je bent een fijne mens, ik had...'

'Ik geloof je ook, Aisha, maar we hebben nu geen tijd voor zelfmedelijden. Vertel me alles wat je weet, België mag misschien het belachelijkste land ter wereld zijn, we zijn een vredelievend volk en bijlange niet zo stom als sommige media laten doorschemeren.'

'Wat moet ik doen, Hakim?'

'Vertel hem alles, schat. De rest ligt in de handen van God.'

De telefoniste hield vakkundig de boot af toen Joris vroeg of ze hem met de hoofdredacteur van de krant wilde doorverbinden, maar de jonge journalist liet zich niet met een kluitje in het riet sturen. Hij bleef aandringen, tot ze uiteindelijk voorstelde hem met de chef binnenland door te verbinden.

'Nee, mevrouw. Ik wil met de hoofdredacteur praten en ik kan u verzekeren dat u morgen op straat staat als u niet op mijn verzoek ingaat.'

Het dreigement sloeg niet aan. De telefoniste had al meer dan tien jaar ervaring met opdringerige carrièrejagers die een zogezegde primeur alleen met de hoofdredacteur wilden delen.

'U bent uw hand aan het overspelen, jongen', repliceerde ze denigrerend. 'Als ik u was zou ik blij zijn dat ik uw boodschap noteer en doorgeef aan iemand van de redactie. U hoort nog van ons als zou blijken dat uw primeur de moeite waard is om gepubliceerd te worden.'

Joris had nog niet veel ervaring met bureaucratische spelregels, maar hij was realistisch genoeg om te beseffen dat hij nooit de eer voor de primeur zou opstrijken als hij het wijf aan de andere kant van de lijn vertelde wat hij ontdekt had.

'Oké', zei hij gelaten. 'U laat mij geen andere keuze dan iemand van de concurrentie te bellen. Pak ondertussen uw persoonlijke spullen in, hoeft u het morgen niet meer te doen.'

Joris hing op, toetste het nummer van een andere krant in, kreeg de telefoniste aan de lijn. Dit keer gebruikte hij een andere tactiek. Hij stelde zich uitgebreid voor en zei daarna dat hij iets belangrijks te melden had. De telefoniste verbond hem onmiddellijk door met de redactie. Hij viel met de deur in huis.

'Er is een terroristische aanslag op til met een vuile bom', zei hij rustig. 'Ik geef u alle details als u me doorverbindt met de hoofdredacteur.'

14

Van In was een van de honderden mensen die voor dag en dauw werden gebeld en de opdracht kregen zich zo snel mogelijk naar hun werkplek te begeven. Hij kreeg echter niet te horen wat de reden daarvoor was, hoewel die voor de hand lag.

'Er ligt een onderbroek voor je klaar in de badkamer', zei Hannelore nog slaperig toen ze hem voorbij zag strompelen.

Ze sloeg de dekens weg, ging op de rand van het bed zitten, wendde haar gezicht af naar de muur tot haar ogen zich hadden aangepast aan het felle licht boven haar hoofd. Het gebeurde wel vaker dat Van In op een onchristelijk uur uit zijn bed werd gebeld, ze stelde zich daarbij geen vragen. Het gerinkel van de telefoon en het gestommel in de slaapkamer hadden hun werk gedaan. Ze was klaarwakker.

'Is er nog douchegel?'

'In de spiegelkast naast de shampoo', riep ze. 'Zal ik een handdoek brengen?'

Mannen gedroegen zich hulpelozer naarmate ze ouder werden en Van In was in geen geval de uitzondering die de regel bevestigde, sterker nog. Soms zou je zweren dat hij ziende blind was. Hannelore was al jaren opgehouden zich aan zijn gestuntel te ergeren. Niemand was perfect, alles wende. Ze haalde diep adem, veerde op van het bed, liep hem achterna naar de badkamer, poetste haar tanden en ging daarna beneden koffie zetten. Hij verscheen vijf minuten later in zijn badjas, met nog druipend nat haar.

'Toch weer geen moord?' zei ze mat.

'Geen idee.'

'Hoezo, geen idee?'

'Het was de burgemeester. Hij verwacht me asap in zijn kantoor.'

'Komt Guido?'

'Dat weet ik niet.'

'Vreemd.'

Ze schonk koffie in, reikte hem een belegde boterham aan. Feministen hadden haar meewarig bekeken, maar het was de enige manier om ervoor te zorgen dat hij iets at. En wat is liefde anders dan voor elkaar zorgen? Van In mocht een bullebak zijn, hij hield evenveel van haar als zij van hem, wellicht nog meer dan ze vermoedde. Het gaf haar een warm gevoel.

'Ik bel je zodra ik meer weet.'

Hij propte het laatste stukje van de boterham met zijn duim in zijn mond, spoelde alles door met koffie en liep op een sukkeldrafje naar boven. Wedden dat hij het T-shirt dat hij gisteren aan had weer zou aantrekken? Ze spitste de oren tot ze pcht...pcht hoorde. Ze had gelijk. Hij had hetzelfde T-shirt aangetrokken en de zweetluchtjes met deodorant geneutraliseerd. Nu nog de haardroger. Ze schonk nog een kop koffie in, ging met haar kopje voor het openstaande raam staan en genoot van een verkoelende bries tot hij de haardroger uitzette en terug naar beneden stommelde.

'Hoe gaat het eigenlijk met Guido?'

'Hij zegt niet veel, maar hij ziet er niet slecht uit.'

'Wanneer beginnen ze met de behandeling?'

'Over een paar dagen.'

'Wens hem veel sterkte toe.'

'Zal ik doen.'

Hij stak een sigaret op, gaf haar een volle zoen op de mond en liep met gebogen schouders naar buiten alsof hij het gewicht van heel de wereld daarop torste. Er stond een auto met tollend zwaailicht klaar recht tegenover de Vette Vispoort. Achilles zat achter het stuur. De jonge inspecteur verkeerde in een opperbeste stemming, zijn overhemd was stralend wit en perfect gestreken, het geurtje dat in de auto hing, rook duurder dan de rommel die Van In onder zijn oksels had gespoten.

'Goedemorgen, commissaris.'

'Goedemorgen...'

Hij kreeg amper de tijd om zijn veiligheidsgordel vast te klikken, de G-kracht veroorzaakt door een bruusk optrekmanoeuvre drukte hem met zijn rug tegen de stoel. Het was gelukkig nog vroeg, anders had Achilles zeker brokken gemaakt toen hij met gierende banden een scherpe bocht nam en zonder een ogenblik te aarzelen iedere voorrangsregel negeerde.

'Er zijn toch geen buitenaardse wezens geland?'

'Niet dat ik weet, commissaris. Ze hebben mij alleen gevraagd u zo snel mogelijk naar het stadhuis te brengen.'

De burgemeester had de reputatie gauw in paniek te raken waardoor hij beslissingen nam die achteraf bekeken redelijk belachelijk overkwamen. Het was een manier van doen die hem in de normale wereld allang zijn baan had gekost, een politicus was helaas verkozen door het volk, hij kon blijven klooien tot aan de volgende verkiezingen.

'Dan is het goed.'

Achilles knikte enthousiast, hij had niet door dat het laatste ironisch was bedoeld.

Twee mannen in keurige pakken telden de minuten af tot ze werden afgelost. Ze waren doodop, transpireerden als fitnessfanaten in een gymzaal. De benepen ruimte werkte verstikkend. De straat waar de bestelwagen van de ESSE stond geparkeerd was doods, de ramen van de huizen leken zwarte vierkante gaten. Het zou gelukkig niet lang meer duren voor de nacht plaatsmaakte voor de dageraad. De mannen in keurige pakken werden op geregelde tijdstippen vervangen, ze hadden de opdracht gekregen het huis waar Chouchou onderdak had gevonden dag en nacht te bewaken en beelden te maken van iedereen die er binnenging of naar buiten kwam. Ze beschikten ook over uiterst gevoelige richtmicrofoons waarmee ze de meeste gesprekken konden registreren die in het huis werden gevoerd. De oogst was echter karig geweest. Chouchou had zich tot nu toe niet laten zien of horen, ze wisten zelfs niet zeker of hij zich nog in het huis bevond. De dag voordien waren twee vrouwen en een man met een aktetas langs geweest. De vrouwen hadden tassen met levensmiddelen bij zich, de man met de aktetas werkte voor een reisagentschap in de buurt. Ze hadden hun identiteit achterhaald en geen van de drie bezoekers had een strafregister. Hun afkomst was het enige wat hen verdacht maakte. De vrouwen en de eigenaar van het huis waren in Marokko geboren, de man met de aktetas was afkomstig uit Afghanistan. Uit de afgeluisterde gesprekken was gebleken dat er nog iemand in het huis verbleef, eveneens een Marokkaan. De twee mannen in keurige pakken beseften net als hun collega's dat Chouchou en zijn eventuele kompanen zich er terdege van bewust waren dat ze onder surveillance stonden. De bestelwagen die al ruim een etmaal in de straat stond geparkeerd, viel meer op dan een vuurtoren in het binnenland. De operatie kostte handenvol geld, het was zeer de vraag of

het iets zou opleveren. Dat was tenminste de mening van de twee transpirerende mannen in keurige pakken die al ruim zeven uur als sardines in een blik in de laadruimte van de bestelwagen zaten te wachten tot ze werden afgelost.
'Hoe lang nog?'
'Dertien minuten.'
'Godzijdank.'

De Burg baadde in een diffuus okergeel licht dat de beelden aan de gevel van het stadhuis een intimistische gloed gaf. De vochtige kinderkopjes glommen onder het zwakke schijnsel van de smeedijzeren straatlantaarns, een typisch prentbriefkaartbeeld dat menige toerist lyrisch had gemaakt. De Audi stoof het plein op, maakte een scherpe bocht, kwam met slippende banden tot stilstand op de vochtige kasseien. Van In stapte uit, overwoog om een sigaret op te steken. Het werd hem niet gegund, hoofdcommissaris Duffel arriveerde nog geen vijf seconden later. Hij had de moeite niet genomen zich te scheren en zijn uniform aan te trekken omdat hij wel wist wat er gaande was.
'De poppen zijn aan het dansen', zei hij toen ze elkaar de hand drukten.
Van In had natuurlijk kunnen vragen waarom de poppen aan het dansen waren, hij zweeg. Ze liepen samen het stadhuis binnen, knikten naar de conciërge die bij de ingang stond te wachten. Hun voetstappen op de donkere plavuizen klonken hol. De deur die naar het kabinet van de burgemeester leidde stond open, een jonge vrouw kwam aangelopen met een dienblad. Tikkende hakken in een verstilde ruimte. De burgemeester zat in de kleine raadzaal met een opengeslagen krant, de jonge vrouw zette het dienblad voor hem neer, schonk koffie in.
'Goedemorgen, meneer de burgemeester.'

Duffel en Van In kregen een knikje. Ze gingen zitten. Een blik op de opengeslagen krant maakte een briefing overbodig, de kop op de voorpagina sprak voor zich: 'Vuile bom bedreigt West-Vlaanderen'.

'De gouverneur komt zo', klonk het nors. 'Maar kan iemand me ondertussen verklaren hoe dit verdomme de krant heeft gehaald?'

Het was eigenlijk een stomme vraag omdat er zeker tien mensen wisten wat ze de dag ervoor in Sijsele ontdekt hadden. Zelfs mensen die een eed van geheimhouding had gezworen bleven mensen. De truc met het gaslek had een tijdelijke buffer gecreëerd, alleen een wereldvreemde socialist kon geloven dat het nieuws over de vuile bom niet binnen de kortste keren zou uitlekken. Van In had echter niet verwacht dat het zo snel de krant zou halen.

'Dit is niet meer onze verantwoordelijkheid', zei hij. 'Ik neem aan dat de bevoegde minister ondertussen contact met u heeft opgenomen?'

'Zie ik eruit als een halve debiel?'

Van In had de vraag graag positief beantwoord en eraan toegevoegd dat halve een overbodig woord was, maar dat kon hij Duffel niet aandoen.

'Natuurlijk niet, meneer de burgemeester. Ik bedoelde dat de Brugse politie niet over de nodige middelen en mankracht beschikt om een dergelijk onderzoek te voeren.'

'Dat weet ik ook wel, Van In. De minister heeft ondertussen een speciale taskforce opgericht, het is de bedoeling dat jullie de specialisten ter zake zo goed mogelijk bijstaan. En met bijstaan bedoel ik bijstaan, Van In.'

Duffel kende Van In te goed om te weten dat het niet lang meer zou duren voor de kurk uit de champagnefles zou knallen. Hij glimlachte beleefd, gaf Van In een bescheiden schopje onder tafel.

'U kunt op ons rekenen', zei hij doodernstig. 'Ik zorg er persoonlijk voor dat alle informatie over de zaak netjes wordt gebundeld en overgemaakt aan de bevoegde diensten. Ik neem aan dat er straks een persconferentie wordt georganiseerd?'

'De cameraploegen zijn op komst, de ogen van de hele wereld zijn op België gericht.'

'Dan kunnen we ons beter niet weer belachelijk laten maken', zei Duffel. 'Ik neem onmiddellijk de nodige maatregelen om het evenement in goede banen te leiden.'

'Dank u, hoofdcommissaris Duffel. Ik wist dat ik op u kon rekenen. Wat stelt u voor?'

'Het Zand lijkt me de meest ideale locatie.'

'Waarom het Zand?'

'Omdat het de grootste ruimte is waarover we beschikken.'

Een evenement als de Ronde van Frankrijk trok ongeveer vijfduizend journalisten en tientallen satellietwagens aan. Zo'n vaart zou het wel niet lopen met de persbelangstelling, maar ze hadden wel een communicatiecentrum, mobiele toiletten, stroomvoorzieningen en internetverbindingen nodig.

'Wat is er mis met de Burg?'

'Alles, meneer de burgemeester.'

'De Burg en de Markt dan?'

Politici zochten altijd hun eigen voordeel op. Een interview voor het stadhuis gaf een politicus meer aanzien dan een optreden in een tent op een locatie waar niets te zien was. Wat was er toch mis met die kerels? Er dreigde een nooit geziene crisis los te barsten en ze bleven alleen denken aan hun eigenbelang. Als de terroristen in hun opzet slaagden, kon hij straks op de Grote Markt in Brussel de pers te woord staan. Gelukkig bleef Duffel zijn kalme zelf.

'We kunnen de organisatie van dergelijke evenementen beter aan de bevoegde diensten overlaten', zei hij. 'Volgens mij zijn er maar twee prioriteiten: alle beschikbare middelen inzetten om de bom op te sporen en een evacuatieplan uitdokteren voor het geval dat we het eerste doel niet bereiken.'

'Een evacuatieplan', schreeuwde de burgemeester. 'U bedoelt toch niet dat...'

Wie de wereldgeschiedenis kent, weet dat plat opportunisme al ontzaglijk veel mensenlevens heeft gekost. Van In kon zich niet langer beheersen.

'Ik stel voor dat we de persconferentie op een onbewoond eiland laten doorgaan, waar het lekker rustig is zodat u daarna een partijtje schaak kunt spelen met de gouverneur. Als hij komt opdagen tenminste.'

Het gezicht van de burgemeester verkrampte, zijn ogen puilden uit als die van een opgewonden kikker. Duffel probeerde niet te glimlachen, maar het had geen zin nog meer olie op het vuur te gooien. De terroristische dreiging was een nationaal probleem, de rol van de burgemeester en de gouverneur louter formeel.

'Staan er nog punten op de agenda, meneer de burgemeester?'

De analisten van de Staatsveiligheid en de ESSE waren druk bezig met het uitzetten van een strategie en het lag voor de hand dat het OCAD het dreigingsniveau naar vier zou brengen, zij hoefden zich geen zorgen te maken om de strapatsen van de lokale overheden.

'Je kunt het niet laten, hé.'

Duffel en Van In stonden op de Burg. De spoedvergadering was opgeheven, hoewel de burgemeester en de gouverneur, die ondertussen was gearriveerd, nog binnen zaten te konkelfoezen.

'Dan had hij me maar niet moeten uitnodigen.'
'Ik veroordeel je niet, Pieter. Integendeel. Vertel me liever hoe het echt staat. Zin in een kopje koffie?'
'Is er al iets open?'
'Hotel Casselbergh ligt om de hoek. En ze serveren er lekkere koffie.'
'Oké, dan heb ik tijd om een sigaret te roken.'
Ze staken de Burg diagonaal over zonder iemand tegen te komen. Het plein lag er nog steeds verlaten bij, maar daar zou straks verandering in komen als horden toeristen de stad overspoelden, tenzij het nieuws van een mogelijke aanslag al in het buitenland was verspreid en ze massaal zouden afhaken. Zelfs een vage dreiging was tegenwoordig voldoende om de toeristische machine lam te leggen.
'Goedemorgen, Georges.'
'Goedemorgen, meneer de hoofdcommissaris', zei de receptionist.
Duffel was hier blijkbaar kind aan huis, zelfs een van de kamermeisjes die met een mand vuile was zeulde begroette hem als een oude bekende.
'Hier zitten we tenminste rustig.'
Het hotel beschikte over twee ruime, rijk aangeklede salons waar de gasten ongestoord van een drankje konden genieten, een boek lezen of gewoon zitten keuvelen, maar op dit uur was er nog niet veel te beleven. Een jong meisje met een blonde paardenstaart bracht koffie en een schaal met minikoffiekoeken.
'Ik was van plan je gisteren nog te bellen', zei Van In op een verontschuldigende toon.
'Je hebt dus toch iets te melden.'
'Inderdaad.'
Hij vertelde in het kort dat ze ontdekt hadden dat Aisha informatie had doorgespeeld aan de mensen die achter de

terreurdreiging zaten en verklaarde waarom ze dat had gedaan.

'Als ik het goed begrijp, kent ze haar contactpersoon niet?'
'Nee, hij belt haar op geregelde tijdstippen.'
'Kunnen we die gesprekken natrekken?'
'We zijn ermee bezig, maar ik vrees dat het een vruchteloze poging is. Die kerels weten verdomd goed dat één telefoongesprek hun de das kan omdoen. Ze gebruiken allemaal wegwerptelefoons met prepaidkaarten.'
'Hoe kan ik zo stom zijn.'

Duffel nipte van de voortreffelijke koffie, stak een minikoffiekoek in zijn mond. Een andere rechercheur dan Van In had van de gelegenheid geprofiteerd om een wit voetje te halen bij de burgemeester en uitgebreid verslag uitgebracht over de stand van het onderzoek, hij had wijselijk gezwegen omdat hij uit ervaring wist dat politici hun mond niet konden houden.

'We zijn van plan hen met valse informatie te misleiden tot ze een fout maken en dan toe te slaan.'
'Dat lijkt me een goede tactiek, Pieter.'
'Ik blijf je in ieder geval op de hoogte houden.'
'En jij geniet mijn volste vertrouwen.'

Het meisje met de blonde paardenstaart kwam koffie bijschenken en vroeg of ze nog koffiekoeken wensten. Van In hield het bij koffie, zijn knellende broeksband weerhield hem ervan toe te geven aan de zoete verleiding.

De cel die achter de vuile bom zat, was bijzonder goed georganiseerd. De jihadi's die er deel van uitmaakten kenden elkaar niet persoonlijk en als ze met elkaar communiceerden deden ze dat uitsluitend via het internet of met wegwerpmobieltjes. Ze wisten evenmin wie de cel leidde of waar de verantwoordelijken zich bevonden. Ze volgden gewoon de gecodeerde instructies die ze kregen.

Omar had het uitdrukkelijke bevel gekregen binnen te blijven en met niemand contact op te nemen tot de operatie achter de rug was. Hij hield zich keurig aan de afspraak. Hij was tenslotte een toegewijde strijder die bereid was zijn leven te geven voor Allah. Martelaar worden was zijn hoogste betrachting, wat natuurlijk niet wilde zeggen dat hij zich als een monnik op zijn missie moest voorbereiden. Zijn contactpersoon had hem niet alleen voorzien van een ruime voorraad coke, hij had er eveneens voor gezorgd dat de martelaar in spe zijn seksuele lusten kon botvieren op een meisje dat zich onlangs had bekeerd en wanhopig naar erkenning binnen de gemeenschap snakte. Ze heette Mia, kwam uit een doorsnee Vlaams gezin en had een tijdje economie gestudeerd. Omar noemde haar 'mijn slavin', ze deed alles wat hij haar opdroeg. De bom was ondertussen klaar, het tuig lag in de kelder onder een dikke laag aluminiumfolie. Hij hoefde het ding alleen nog af te stellen.

'Kom hier.'

Hij dacht weer aan Elke, het meisje dat hij in de bossen van Sijsele als een wildeman had geneukt. Mia verscheen in een wit gewaad, ze durfde hem niet aan te kijken, liet haar gedachten afdrijven naar de verzen die ze net uit het hoofd had geleerd.

'Ga zitten.'

Hij streelde haar over het hoofd, ze kuste zijn andere hand. Het voordeel van zijn gedwongen verblijf binnenshuis was dat hij zich niet hoefde te haasten.

'Ken je Pikkie nog?'

Ze knikte, legde haar hand op zijn kruis. Hij liet zich betasten tot hij op het punt stond uit te barsten.

'Af.'

Ze trok haar hand terug. Omar wachtte tot Pikkie weer in zijn huisje was gekropen, voor hij een volgende stap zette. Van handje naar mondje.

De eerste legereenheden reden Brugge om tien over tien binnen. Twee vrachtwagens met veertig tot de tanden gewapende commando's. Niemand stelde zich vragen bij de militaire aanwezigheid in het hartje van de stad omdat iedereen ondertussen de krant had gelezen en/of de speciale nieuwsuitzendingen op radio en televisie had gevolgd. De dreiging met een vuile bom liet niemand onberoerd. In de scholen werden de lessen inderhaast aangepast, duizenden mensen zochten naar bijkomende informatie op het internet en het begon stilaan bij de toeristen door te dringen dat er iets ernstigs aan de gang was. Van In zat aan zijn bureau, de telefoon stond niet stil. Journalisten, medewerkers van diverse ministeries, collega's en ongeruste burgers belden hem zonder ophouden, tot hij er om elf uur de brui aan gaf. Wat moest hij hun nog vertellen? Dat de draconische veiligheidsmaatregelen in feite alleen bedoeld waren om het grote publiek te sussen. Nee, hij had nuttiger dingen te doen.

'Heb je even tijd voor me, Sas?'

Versavel was vanochtend niet komen opdagen wegens stekende hoofdpijn, Achilles had een bewakingsopdracht gekregen hoewel niemand wist waar de aanslag zou plaatsvinden. Het was niet omdat de bom in Sijsele was geassembleerd dat Brugge het doelwit zou worden, maar ze konden geen enkel risico nemen, zoals iedere gezagsdrager tegenwoordig tot vervelens toe verklaarde.

'Kan ik je met iets van dienst zijn, chef?'

Ze zag er weer stralend uit, al was 'stralend' in deze omstandigheden niet het meest geschikte woord om in de mond te nemen. Meisjesachtig dan. Saskia mocht bijna dertig zijn, ze zag er veel jonger uit. Wat maakte het eigenlijk uit? Saskia was een verstandige meid. Dat had ze in het verleden al ruimschoots bewezen, en ze was bovendien voor honderd procent betrouwbaar.

'Ik wil dat je iets voor me doet.'
'Geen probleem, zolang het maar netjes blijft.'
Van In bekeek haar hoofdschuddend. Saskia had een lichaam dat iedere gezonde man het hoofd op hol kon brengen, hij had haar echter nooit lichamelijk begeerd omdat hij haar respecteerde en ze bovendien veel te jong was.
'Ik wil graag dat je er met niemand over praat, ze mogen er niet achter komen waar je mee bezig bent.'
'Je maakt me nieuwsgierig, chef.'
'Kom hier.'
Hij legde zijn arm om haar schouder, trok haar naar zich toe en fluisterde iets in haar oor. Haar pupillen werden merkbaar groter.
'Denk je dat echt?'
'Ik weet het niet, Sas, maar stel dat het zo is.'
'Jij oude vieze man, en dan durf jij te beweren dat ik een geile sater ben.'
Van In hoefde zich niet om te draaien om te weten wie daar was. De Poolse wetsdokter grijnsde als iemand die een fikse loonsverhoging in de wacht had gesleept. Zijn kleine ogen vonkten als de gensters van een vuurwerkstokje. Hij drukte Van In de hand en profiteerde van de gelegenheid om Saskia een zoen te geven.
'Welke ongure wind brengt je hiernaartoe, sater van mijn kloten?'
Met Zlotkrychbrto erbij evolueerde een gesprek meestal van beschaafd over pittig naar goor, wist Saskia. Toch kon ze hem best verdragen, een vuilbekkende oude man viel over het algemeen veel beter mee dan een hoffelijke binnenvetter. Hij deed haar een beetje aan haar opa denken, die stiekem het internet afspeurde op zoek naar opwindend vertier, vloekte als een ketter, maar altijd tijd voor haar maakte om naar haar te luisteren als ze in de problemen zat. Ze liep

glimlachend de kamer uit, draaide met haar kont omdat ze wist dat hij haar aan het keuren was.

'Die griet wordt met de dag knapper, vind je niet?'

'Saskia is geen griet, Zlot. Ga zitten, ik ben benieuwd wat je hebt te melden.'

'We hebben het DNA-profiel van de sluipschutter kunnen bepalen aan de hand van de huidschilfers in de duinen en hebben een overeenkomst gevonden in de databank van de federale politie. Hij heet Brahim, heeft een tijdje in een vluchtelingenkamp doorgebracht en is daarna naar Europa uitgeweken. Volgens de Dienst Vreemdelingenzaken zou hij gebruikmaken van een valse identiteit.'

'Maar ze weten niet waar hij uithangt?'

'Nee, maar we beschikken wel over een redelijk goede foto.'

'Dan laten we die ook maar verspreiden', zuchtte Van In.

Hij voelde zich leeg en moedeloos. De immanente dreiging van een vernietigende aanslag hing als het zwaard van Damocles boven hun hoofd en de kans werd steeds kleiner dat ze het tij zouden kunnen keren. Hij keek naar het telefoontoestel op zijn bureau, nam na lang aarzelen de hoorn op, legde na een paar seconden weer neer.

'Waar ga je naartoe?'

'Ik heb frisse lucht nodig, Sas.'

'Frisse lucht', herhaalde ze. 'Het is vijfendertig graden buiten.'

'Niet aan zee.'

'Gelukzak.'

'Niemand verbiedt je om mee te gaan.'

'Meen je dat echt?'

'Het zal ons misschien allebei goed doen.'

Hij voelde zich hulpeloos zonder Versavel, besefte hoe langer hoe meer hoezeer hij hem miste. Ze liepen door de gang, namen de lift naar beneden.

'En mijn opdracht dan?'
'Niemand verbiedt je om een laptop mee te nemen of is dat een probleem voor jou?'
'Zeker niet', zei ze kordaat.
Ze staken het parkeerterrein over. The Beauty and the Beast. Twee collega's keken hen hoofdschuddend na. De ene was pas gescheiden, de andere had een paar maanden geleden vernomen dat hij vijf jaar langer zou moeten werken voor hij met pensioen mocht, ze hadden allebei een grondige reden om te zeuren.
'Denkt Van In werkelijk dat hij zich alles kan permitteren?'
'Bazen eten nu eenmaal de kersen.'
'Een mens zou voor minder een doodzonde doen.'
'Ben je de wijven nog niet beu?'
'Ik hoef toch niet met haar te trouwen?'
'Ze ziet er in ieder geval beter uit dan jouw wijf.'
'Ex-wijf.'
Ze bleven roddelen en klagen tot de Audi met Van In en Saskia de parkeergarage was uitgereden. De twee misnoegde agenten vertolkten de mening van een verzuurd volkje. Weinig mensen waren nog tevreden met wat ze hadden, nog minder beseften dat er een storm op komst was die alles weg zou blazen wat de vorige generaties hadden opgebouwd.

Soldaten patrouilleerden lusteloos door de straten, bewaakten scholen en ziekenhuizen. Alle beschikbare politiemensen hadden dienst, de stad had nog nooit blauwer gekleurd dan vandaag. Hetzelfde was te zien in andere steden. Tientallen patrouilles controleerden duizenden voertuigen, helikopters scheerden als lawaaierige insecten over het land, camera's met nummerplaatherkenning stuurden een stroom aan gegevens door naar gulzige databanken. Burgers die het zich konden veroorloven boekten een lastminutevakantie in het buitenland.

'Het lijkt wel het einde van de wereld', zei Saskia.

'Misschien is het zover.'

De aanhoudende hitte deed er ook geen goed aan. Straks doken valse profeten op, profiteerden stoutmoedige charlatans van de situatie om de gelaten kudde te misleiden. Het had iets Bijbels, de voortekenen klopten, de vraag was alleen: wanneer?

'Laten we er dan nog even van genieten.'

Het klonk dubbelzinnig, maar ze had het niet zo bedoeld en Van In had het ook niet zo begrepen. Het verkeer verliep moeizaam door de talrijke controles. Van In liet zijn raampje zakken en stak een sigaret op toen ze op de Blankenbergsesteenweg stonden aan te schuiven.

'Hoe gaat het met de kinderen?'

'Prima. En met die van jou?'

'Ook prima', zei Van In.

Ze vorderden langzaam, maar toen ze eindelijk bij de controlepost kwamen mochten ze gewoon doorrijden omdat de agenten Van In herkenden.

'Waar wil je eigenlijk naartoe?'

'Doe maar Blankenberge. Ik weet een kroeg aan de haven waar het rustig en koel is.'

'In ieder geval bedankt dat ik met je mee mocht.'

Van In knikte. Hij mocht Saskia graag, maar dat was niet de reden waarom hij haar had gevraagd met hem mee te gaan. Hij wilde voor honderd procent zeker zijn dat niemand kon vermoeden dat hij op een vermetel plan zat te broeden.

'Echt druk is het hier ook niet.'

Saskia stalde de auto aan de Franchommelaan recht tegenover café North Sea, ze hoefde zelfs niet te zoeken voor ze een vrije plek vond, wat bij deze weersomstandigheden hoogst ongewoon was. Zelfs de baas van het café maakte een lome indruk, de bediening liet een tijdje op zich wachten. Was het seizoen te goed geweest of reageerde hij altijd zo laat als er klanten op het terras kwamen zitten?

'Wat neem jij?'

'Weet je', zei ze een beetje uitdagend. 'Ik vind dat ik een Omer mag hebben, als de baas ook bier drinkt.'

'Weet je zeker dat je een Omer aankunt?'

'Omer of Omar, het maakt niet uit.'

De cafébaas kwam uiteindelijk opdagen, hij knikte, nam de bestelling op, en slofte weer naar binnen. Een groepje luidruchtige, goed doorvoede Franstalige toeristen slenterde voorbij. Echte paradijsvogels met fluorescerende sportschoenen en te krappe T-shirts.

'Ik neem aan dat je wel vermoedt dat er iets mis is met Guido', zei Van In toen de Omers eindelijk op tafel stonden.

Hij kon niet anders dan haar de waarheid vertellen. Saskia was niet achterlijk. Ze zou zich vragen stellen als hij zijn plan uit de doeken deed.

'Oh, wat erg', zei ze toen hij uitgesproken was. 'Arme Guido. Maakt hij echt geen enkele kans?'

'Niet volgens de dokters.'

Ze namen allebei een fikse slok bier om er de prop in hun keel mee door te spoelen. Het leek alsof de wereld even stilstond. Hij liet haar rustig bekomen, stak een sigaret op en dronk ondertussen zijn glas leeg.

'Ik vond dat je het moest weten, zeker als we nauwer met elkaar gaan samenwerken. Ik heb je nodig, Sas.'

'Geen probleem. Wat wil je dat ik doe?'

'Kun je een tijdje van de aardbodem verdwijnen?'

'Wat bedoel je daarmee?'

'Ik leg het je uit.'
Van In probeerde de aandacht van de cafébaas te trekken door met zijn hand te zwaaien, er kwam geen reactie.

Omar lag verzadigd op de bank. Hij had de hele dag met Mia gespeeld, coke gesnoven en grote hoeveelheden chocolade gevreten. Het paradijs kwam steeds dichterbij. Mia stond in de keuken de afwas te doen, hij had nog een lange avond voor de boeg. Hij reikte naar de afstandsbediening van de televisie, zijn arm was te kort.
'Mia komen.'
Ze droogde haar handen af, haastte zich naar de woonkamer, waar hij ongeduldig op haar lag te wachten.
'Afstandsbediening.'
Ze gaf hem het ding en verdween. Haar geloof was de afgelopen uren zwaar op de proef gesteld omdat ze handelingen had moeten verrichten die ze als onnatuurlijk beschouwde. Was dit ook de wil van Allah? Ze berispte zichzelf om de godslasterlijke gedachte, prevelde een paar verzen uit de Koran voor ze de vaat netjes in de kast zette.

Saskia hing op, nam een slok Omer. Ze had net haar man gebeld.
'Jan gaat akkoord', zei ze. 'En er is een oplossing voor de kinderen.'
'Fijn. Ik waardeer enorm wat je voor me doet.'
'Je verdient het, Pieter.'
Het was gevaarlijk om de kat bij de melk te zetten, maar ze maakte zich geen zorgen. De genegenheid die ze voor elkaar voelden had niets met lichamelijke aantrekkingskracht te maken, toch zeker niet van haar kant. Van In was nu eenmaal geen Adonis, ze moest er niet aan denken hem naakt te zien.

'Waarom lach je?'

'Zomaar', zei ze.

'Vooruit dan maar. Vind je het erg als ik in de auto ga bellen?'

'Natuurlijk niet.'

Hij had zijn plan uit de doeken gedaan, ieder lek kon de doodsteek betekenen.

Jonge viriele mannen produceren sneller sperma dan een koe melk. Omar zette de televisie uit, keek naar Mia die bij het raam stond.

'Kom hier.'

Ze gehoorzaamde zonder morren, bereidde zich mentaal voor op wat komen zou. Ze had voor een keer geluk. Het gerinkel van de telefoon zorgde voor uitstel. Hij veerde op van de bank, griste het toestel van de salontafel, liep naar de keuken en sloeg de deur achter zich dicht. Hij herkende de stem onmiddellijk.

'Noteer de instructies, leer ze uit het hoofd en vernietig daarna het bewijsmateriaal. Heb je dat goed begrepen?'

'Een ogenblikje, ik neem pen en papier.'

Hij legde zijn hand op het mondstuk, schreeuwde naar Mia, die onmiddellijk reageerde. Er zat een pen in haar handtas en er lag een notitieblok naast de televisie. Ze haastte zich naar de keuken, gaf hem het schrijfgerei.

'Laat me nu alleen.'

Hij pakte de pen, scheurde een blaadje uit de blocnote en begon te noteren. De boodschap klonk bijzonder onsamenhangend, maar hij wist precies wat het betekende omdat hij de code kende. Eindelijk. Het tijdstip van de aanslag en het doelwit waren bepaald. Hij hoefde alleen nog te wachten tot zijn kompaan kwam opdagen.

Mia keek hem afwachtend aan toen hij weer uit de keuken kwam, hij stuurde haar weg.

'Ik wil dat je me vanavond met rust laat', snauwde hij.
'Mag ik dan slapen?'
'Het kan me niet schelen wat je van plan bent, trut. Ik heb het nu even te druk.'

Omar wachtte tot ze weg was voor hij de simkaart uit het toestel haalde en ging doorspoelen in het toilet.

15

Chouchou zag de surveillancewagen van de ESSE wegrijden. De sukkelaars hadden eindelijk begrepen dat hun actie niets zou opleveren.
'Is de kust veilig?'
Een jonge man in een wit gewaad kwam de kamer binnen. Hij had rustige grijze ogen, slanke handen en een scherpe neus. In een normale wereld was hij wellicht dokter of advocaat geweest, want zo zag hij eruit. Chouchou beantwoordde de vraag niet onmiddellijk omdat hij geleerd had alle voor de hand liggende antwoorden in twijfel te trekken, het was een van de redenen waarom ze hem nooit te pakken hadden gekregen. De westerse honden deden soms onverstandige dingen omdat ze dom waren, maar af en toe waren ze heel geslepen. De terugtrekking van het surveillanceteam kon ook een list zijn, hoewel hij die kans niet erg hoog inschatte.
'We moeten geduldig blijven, broeder. De tijd staat aan onze kant.'
'Je bent een wijze man, Chouchou.'
'En jij bent een dappere strijder, Brahim.'
Ze gingen op de grond zitten, een jonge vrouw met een hoofddoek om kwam thee en dadels brengen en verdween daarna heel discreet. Het vertrek was sober ingericht. Er stond een waterpijp op een laag tafeltje, op het vloerkleed

lagen kussens waarop gestileerde bloemen geborduurd waren. Een koperen luchter met vijf lampen wierp een ronde lichtkring op de vloer.

'Het wapen is klaar. Onze wraak zal verschrikkelijk zijn.'
'Eindelijk.'

Brahim citeerde een vers uit de Koran dat hun actie kon rechtvaardigen. Hij had zijn land zien verloederen, de arrogantie van de blanke honden ondergaan, zijn ouders waren omgekomen bij een bombardement, Assad had zijn oom dood laten martelen.

'Ik stel voor dat we wachten tot de nacht is gevallen voor we een beslissing nemen', zei Chouchou.

'Of we kunnen de proef op de som nemen.'

Chouchou durfde de jonge man niet tegen te spreken, hoewel hij door zijn aangeboren argwaan het niet eens was met zijn voorstel. Aan de andere kant was het misschien beter dat ze zelf het initiatief namen. Hij knikte en zei: 'Insjallah.'

Het Politiehuis leek een oase van rust omdat alle beschikbare manschappen, zelfs agenten die uitsluitend administratieve taken uitvoerden, op straat patrouilleerden. Hakim was dan ook niet verbaasd dat Van In er niet was. Hij liep naar beneden, belde hem toen hij weer buiten stond.

'Hallo, met Hakim.'
'Goedemorgen, Hakim. Wat kan ik voor je doen?'
'Heb je al meer nieuws?'
'Niet echt.'
'Waar ben je?'
'In Antwerpen.'
'In Antwerpen. Wat doe jij daar?'
'Overleg plegen met collega's. Het is niet omdat de bom in West-Vlaanderen geassembleerd is dat ze daar ook tot

ontploffing wordt gebracht. Een havenstad als Antwerpen ligt meer voor de hand. Wat zou jij doen als je een terrorist was? Zo veel mogelijk schade aanrichten, niet?'
'Kom je vandaag nog terug?'
'Ik denk het wel', zei Van In.
'Wil je dan even bij me langskomen?'
'Geen probleem.'
Van In hing met een gefronst voorhoofd op, keek naar Saskia, die naast hem zat.
Saskia had een hoofddoek om die de helft van haar gezicht bedekte, een beproeving. Zweet gutste uit haar poriën, maar ze durfde niet te klagen. De chef was er nog veel erger aan toe dan zij. Bij dit weer met een pruik en een valse baard rondlopen was een regelrechte marteling, maar hij had het aan zichzelf te danken. Hij had het initiatief genomen de surveillanceopdracht over te nemen en de directeur van de ESSE had hem de garantie gegeven dat hij er met niemand over zou praten.
'Wil je iets drinken?'
'Water graag.'
Van In wenkte de kelner, bestelde een fles water en twee glazen. Het terras van café Casablanca bevond zich op ongeveer honderd meter van het huis waar Chouchou verbleef. Saskia glimlachte speels.
'Ik heb je nog nooit water zien drinken, ch... euh Pieter.'
'En dat vind je waarschijnlijk grappig.'
'Mag ik een foto van je nemen?'
'Geen sprake van. Jouw enige taak is onderdanig zijn.'
'Droom maar.'
Haar man had eerst zijn neus opgehaald toen ze hem verteld had dat ze een tijdje met Van In zou optrekken, hij had toegegeven omdat hij wist hoeveel genoegen de opdracht haar zou verschaffen en ze hem extra had verwend

voor ze vertrok. Het was haar meisjesdroom geweest om bij de politie te werken, misdadigers op te sporen en aan gevaarlijke operaties deel te nemen.

'Hoe lang blijven we hier zitten?'

'Niet al te lang', zei Van In. 'Chouchou mag onder geen enkel beding vermoeden dat hij in het oog gehouden wordt.'

Café Casablanca was een louche tent, waar je ook een kamer kon huren. Niemand stelde vragen, zolang je de rekening betaalde. Hun kamer bevond zich op de tweede verdieping, vanwaar ze een onbelemmerd uitzicht op het huis van Chouchou hadden en ze beschikten over een camera met een krachtige zoomlens.

'Pieter. Je niet omdraaien. Er komt iemand naar buiten. Ga jij er achteraan of ik?'

Van In was het liefst zelf gegaan, maar zelfs op het terras van een bedenkelijk café zou een vrouw met hoofddoek die alleen zat te drinken de aandacht hebben getrokken.

'Ga jij maar.'

Saskia stond discreet op, wachtte tot haar mannetje gepasseerd was. Van In volgde hem met zijn ogen tot hij achter de hoek was verdwenen. Het was een jonge slanke man met een veerkrachtige tred. Een familielid van Chouchou? Hij dronk snel zijn glas leeg, haastte zich naar boven. De camera stond op een statief bij het raam, registreerde continu wat zich in de straat afspeelde. Hij spoelde de opname terug, zette het beeld stil, zoomde in en stuurde het bewerkte beeld met een laptop door naar het hoofdkantoor van de ESSE. Daarna kon hij niets anders doen dan wachten op een bericht van Saskia.

Brahim slenterde als een toerist door de straten, bleef af en toe voor een etalage staan. Het was een klassieke truc om te zien of je geschaduwd werd. De vrouw met de beige hoofddoek was hem eerst niet opgevallen omdat er in de buurt veel moslima's flaneerden. Het was pas toen hij een supermarkt binnenging dat hij begon te vermoeden dat ze hem volgde. Het onverwachte vertrek van de mannen in de keurige pakken was een list geweest. Hij liep weer naar buiten, versnelde de pas, wat Saskia deed vermoeden dat hij haar gezien had. Ze besefte dat het niet lang meer zou duren voor ze door de mand viel. Het boekje schreef voor dat je je in dergelijke omstandigheden moest laten vervangen. De vraag was door wie. En ze viel liever dood dan Van In teleur te stellen. Hem bellen en vragen wat ze moest doen was evenmin een optie. Hij zou haar onmiddellijk terugroepen. Ze stak de straat over in een wanhopige poging om op die manier onzichtbaar te blijven. Het leek te lukken.

Brahim vervolgde zijn weg zonder om te kijken, hield een keer halt om te bellen en ging daarna een eindje verderop op een terrasje zitten. Saskia haalde opgelucht adem. Hij had haar blijkbaar toch niet gezien, een ideaal moment om Van In te bellen en verslag uit te brengen.

'Waar ben je? Ik kom onmiddellijk naar je toe.'

Waar was ze eigenlijk? Op een plein, maar welk plein?

'Momentje.'

Ze klampte een voorbijganger aan, vroeg of hij de naam van het plein wist. Nee dus. De man verontschuldigde zich met het argument dat hij niet in Brussel woonde, hetzelfde gold voor de tweede en de derde voorbijganger die ze aansprak, maar bij de vierde, een gerimpeld besje zonder tanden, had ze geluk.

'Het Daillyplein. Hij zit op het terras van een brasserie met rieten stoeltjes.'

'Oké. Blijf waar je bent.'

In Mexico City worden mensen neergeschoten in drukke winkelstraten zonder dat iemand naar het slachtoffer omkijkt. Brussel mocht Mexico City niet zijn, geen enkele voorbijganger deed enige moeite om Saskia te helpen toen twee Noord-Afrikaanse mannen haar in een auto sleurden, op de achterbank dumpten en in volle vaart wegreden. Het was niet alleen onverschilligheid die hen deed wegkijken, het feit dat Saskia een hoofddoek droeg was voldoende om zich niet met de ontvoering te bemoeien, omdat moslimmannen hun vrouwen als hun bezit beschouwden en ze hen naar eigen goeddunken mochten behandelen. Brahim dronk zijn kopje leeg, betaalde de rekening en belde een taxi. Van In arriveerde amper een minuut nadat hij in de taxi was gestapt. De afwezigheid van de jonge Arabier op het terras met de rieten stoelen vormde de kiem van een met de minuut toenemende ongerustheid toen hij er ook niet in slaagde Saskia te lokaliseren. Verdomme. Er was duidelijk iets misgelopen en het was allemaal zijn schuld. Hij had haar nooit alleen op pad mogen sturen. Wat kon er in godsnaam misgelopen zijn? Hij haalde diep adem, pakte zijn mobieltje, belde haar, werd bijna onmiddellijk doorverbonden naar haar voicemail. Het was alsof de hemel verduisterde en de ruiters van de Apocalyps het decor kwamen binnengereden. Hij liep de brasserie binnen, klopte een van de kelners op de schouder, liet hem zijn politiekaart zien. De man was helemaal niet onder de indruk. Integendeel, hij foeterde in het Frans dat Van In hem met rust moest laten, dat hij wel andere dingen te doen had dan de flikken te woord staan. Er zat niets anders op dan zijn Brusselse collega's te bellen en hun de situatie uit te leggen, maar ook dat bleek geen sinecure omdat de meeste agenten bewakingsopdrachten uitvoerden en de officier met wachtdienst die hij aan de lijn kreeg niet bereid was kostbare mankracht vrij te maken voor een banaal verhoor van een weerspannige kelner. Het kostte hem uiteindelijk vijftig euro om een andere kelner bereid te vinden zijn vragen te beantwoorden.

'Hebt u de taxi gebeld of heeft hij het gedaan?'
'Ik in ieder geval niet', zei de kelner.
'Kent u de naam van de maatschappij?'
'Nee. Er stond alleen een telefoonnummer op het portier vermeld.'
'Hebt u de chauffeur gezien?'
'In een flits.'
'Was het een blanke?'
De kelner begon te lachen. De opgewonden flik kwam blijkbaar van een andere planeet, want blanke taxichauffeurs waren in Brussel even zeldzaam als cactussen aan de noordpool. Van In begreep dat het niet veel zin had de man nog langer lastig te vallen. Hij liep naar buiten, belde de directeur van de ESSE en vertelde wat er gebeurd was.

'We kunnen haar positie proberen te bepalen aan de hand van haar mobieltje.'
'Doe het dan zo snel mogelijk.'
'Ik doe mijn best.'

De ontvoerders sleurden Saskia uit de auto, trokken een kap over haar hoofd. Ze hoorde hen tegen elkaar praten in het Arabisch. Schelle stemmen, gejaagd alsof ze van mening verschilden. Krachtige handen trokken haar armen naar achteren, ze herkende het karakteristieke geluid van een strook tape die van een rol werd gescheurd. Ze wikkelden de strook om haar polsen, trokken er voor alle zekerheid nog een van de rol. Saskia kreeg het benauwd onder de kap, voelde zweetdruppels over haar wangen lopen. Een van de mannen stak een aansteker aan, waarschijnlijk om een sigaret te roken. Ze hadden blijkbaar tijd. Wachtten ze op iemand? Saskia probeerde rustig te blijven, niet te denken aan de dingen die haar konden overkomen hoewel de beelden van openbare executies op haar netvlies stonden gebrand. Of waren ze van plan haar te verkopen als seksslavin? Ze huiverde ondanks de smorende hitte. Minuten verstreken. De man die net een sigaret had opgestoken, stak een nieuwe op. Waar was de andere? Ze waren een smerige garage binnengereden, het soort waar gestolen auto's een nieuwe identiteit kregen. Op de gevel prijkte een Arabische naam. Ze vroeg zich af waarom ze een kap over haar hoofd hadden getrokken nadat ze waren binnengereden. Een elektromotor begon te zoemen. De metalen garagedeur klapte knarsend open. Een bestelwagen reed naar binnen, de deur ging weer dicht. De beul is gearriveerd, dacht ze doodsbang. Ze hadden waarschijnlijk al een camera opgesteld om de executie te filmen. Er gebeurde niets. Ze hoorde hen praten in de verte. Waarover? Niets was erger dan iemand in het ongewisse laten, onzekerheid de meest efficiënte brandstof voor angst. Saskia voelde haar hartslag oplopen, haar benen werden week, de druk op haar slapen nam toe. Ze wankelde. Voetstappen kwamen in haar richting, iemand sloeg zijn arm om haar middel, hield haar staande tot een tweede haar optilde en als een dood gewicht naar de bestelwagen droeg. Hij gooide de menselijke last op de laadvloer, kwam bij haar zitten. De anderen stapten in, de motor sloeg aan, de garagedeur ging knarsend open. Hij schoof dichterbij, boog zich over haar. De geur van knoflook deed haar bijna kokhalzen, hij begon haar te bepotelen. Het leed geen twijfel dat hij haar zou verkrachten, zijn vingers drongen bij haar naar binnen. Saskia dacht aan Jan en aan de kinderen die ze nooit meer zou terugzien. Haar lot was bezegeld, maar dat betekende niet dat ze zich als een willoze pop moest gedragen. Hij zou haar niet zonder slag of stoot krijgen. Ze trok haar knieën op, raakte iets hards, draaide zich op haar buik, kneep haar dijen dicht.

Een wagen van de Brusselse politie kwam Van In ophalen. De chauffeur, een vadsige kerel die uitsluitend Frans sprak, keurde hem geen blik waardig. De andere agent beperkte zich tot een knikje en zei in gebroken Nederlands dat ze erin geslaagd waren het mobieltje van Saskia te lokaliseren.

'Zijn jullie alleen?'

'Non, nous sommes deux.'

De vadsige flik kende dus toch Nederlands, hij was onbetwist de grappigste thuis. Van In had in normale omstandigheden voor weerwerk gezorgd, hij zweeg omdat hij andere dingen aan zijn hoofd had. En het was in ieder geval goed nieuws dat ze haar mobieltje getraceerd hadden.

'En avant la musique alors.'

Hij stapte in, ging op de achterbank zitten. De chauffeur mocht vadsig en onbeschoft zijn, hij bestuurde de wagen voortreffelijk, de auto sneed door het chaotische verkeer als een warm mes door boter. Van In kwam zelden in Brussel, behalve de Grote Markt was de stad onbekend terrein voor hem. Hij zag wel dat ze geen residentiële wijk doorkruisten. De gevels van de huizen leken op die in een oorlogsgebied, er lag overal afval en het krioelde er van dikke vrouwen in lange jurken, patsers in dure wagens en winkeltjes die nog nooit een belastingcontroleur over de vloer hadden gekregen. Van In kon zich voorstellen dat een blanke zich veiliger voelde in Beiroet dan in Schaarbeek. De blikken van de voorbijgangers waren ronduit vijandig.

'Is het nog ver?'

'We zijn er bijna.'

Twee minuten later stopten ze voor een troosteloos gebouw dat een school bleek te zijn. De IT-jongens van de ESSE waren erin geslaagd de exacte positie van Saskia's mobieltje te bepalen. De Brusselse flikken bleven in de auto zitten. Zij hadden hun plicht gedaan. Van In stapte uit, een jonge man in een gescheurde spijkerbroek stond hem op te wachten op de speelplaats. Hij bleek zowel directeur als leraar wiskunde te zijn. Van In liep naar hem toe en schudde hem de hand.

'Ik heb ondertussen navraag gedaan', zei de directeur. 'Het mobieltje dat u zoekt ligt in mijn kantoor. De jongen die het in zijn bezit had, beweert dat hij het op straat heeft gevonden.'

'Dat zegt u nu.'

De jonge directeur krabde in zijn warrige haardos. Hij had alle leerlingen van de klas waar het mobieltje was gelokaliseerd gedwongen hun zakken en tassen leeg te maken en het had hem al zijn invloed en overredingskracht gekost de jongen in kwestie te laten bekennen. Het mobieltje was terecht, hij had een schouderklopje verwacht.

'Het kon helaas niet vroeger, ik weet het zelf pas vijf minuten.'

'Oké', zuchtte Van In. 'U bent in ieder geval bedankt.'

Van In stak een sigaret op en liep met gebogen hoofd en opgetrokken schouders naar de politiewagen. Hij kon zichzelf wel voor het hoofd slaan. De operatie had niets opgebracht, behalve een boel ellende. Saskia was verdwenen, waarschijnlijk ontvoerd, en een van de hoofdverdachten was ervandoor. Hij kon weer helemaal opnieuw beginnen, als er nog aan iets te beginnen viel tenminste. De vooruitzichten waren verre van rooskleurig, de toekomst somberder dan die van een terdoodveroordeelde.

De ontvoerder die naast de chauffeur zat, draaide zich om en schreeuwde iets in het Arabisch. De handen die haar benen probeerden open te houden lieten los. Saskia prevelde iets dat op een gebed leek. Ze was voorlopig gered, maar ze bleef op haar buik liggen met een oor tegen het lauwe metaal van de laadvloer gedrukt. De bestelwagen reed met een behoorlijke snelheid, waaruit ze concludeerde dat ze de autosnelweg waren opgereden. Het gezoef van de banden maakte haar slaperig, en toen de auto eindelijk stilhield had ze geen flauw idee hoe lang ze hadden gereden. De achterportieren klapten open, de man met de vunzige handen sleepte haar over de laadvloer uit de bestelwagen, sloeg zijn armen om haar heen, trok haar overeind en maakte van de gelegenheid gebruik om in haar borsten te knijpen alsof hij haar duidelijk wilde maken dat uitstel geen afstel betekende. Ze liepen over een grindpad en een deur werd geopend, ze werd naar binnen geduwd. Hij trok de kap af en ze stonden in een kamer met neergelaten rolluiken. Hij drukte haar tegen zich aan, zijn stinkende adem maakte haar misselijk.

'Ikke straks tonen wie baas is.'

Hij duwde haar van zich af, legde zijn hand op zijn kruis, maakte een obsceen gebaar.

'Jij mogen kiezen: zuigen of poepen. Daarna...'

Zijn vinger gleed over zijn keel terwijl er pretlichtjes in zijn ogen dansten. De angst in haar ogen wond hem op. Voor psychopaten was angst een drug die verslavender was dan de daad op zich. Hij zette grijnzend een stap naar achteren, trok de deur open en herhaalde het gebaar nog een keer. De deur viel dicht. Stilte.

'Ik ben Mia, wie ben jij?'

Saskia schrok, ze had niet gemerkt dat er nog iemand in de kamer aanwezig was. Ze draaide zich om, zag haar silhouet.

'Ik heet Saskia.'
'Je bent Vlaams.'
'Jij toch ook. Hebben ze jou ook ontvoerd?'
'Ontvoerd? Ik ben de vriendin van Omar. Het is mijn taak hem bij te staan voor hij straks zijn opdracht uitvoert en Allah hem opneemt in het paradijs.'
Menslief, dacht Saskia. Waar ben ik in godsnaam terechtgekomen? In een gekkenhuis.
'Ben jij moslima?'
'Jij niet misschien?'
Saskia ging zitten, legde haar hoofd in haar handen. Waarom beleefde ze dingen die andere mensen alleen in nachtmerries meemaakten?

De Brusselse parketmagistraat weigerde pertinent Chouchou te laten oppakken, met het argument dat Van In de kans had gekregen hem te verhoren en er ondertussen onvoldoende nieuw bewijsmateriaal voorhanden was om een tweede arrestatie te rechtvaardigen. Zelfs de directeur van de ESSE kon niets voor hem doen en op de Brusselse politie hoefde hij evenmin te rekenen. De dreiging van een nieuwe aanslag was voor hen veel belangrijker dan de verdwijning van een West-Vlaamse politie-inspecteur. Er zat voor Van In niets anders op dan onverrichter zake naar Brugge terug te keren, waar hij in de late middag arriveerde. Achilles merkte onmiddellijk dat zijn baas in zak en as zat, hij bood hem aan een Omer te halen in de dichtstbijzijnde kroeg.
'Een Omer zou me inderdaad smaken, Achilles, maar vertel me eerst hoe de zaken er hier voor staan.'
'De mannen worden moe, commissaris, en het aantal bewakingsopdrachten neemt toe. Ik vrees dat de aandacht flink aan het verslappen is. Vanochtend is een journalist erin geslaagd een neppistool het gerechtsgebouw binnen

te smokkelen. Wedden dat het incident straks breed uitgesmeerd wordt in het journaal? Dat er ondertussen duizenden agenten dag en nacht in de weer zijn, interesseert die mannen geen fluit.'

'Dat was het dus.'

'Zo ongeveer.'

'Zeker weten?'

Achilles hief zijn kin, bracht zijn vinger naar zijn lippen. Hij had op het punt gestaan naar huis te vertrekken toen Van In arriveerde, zijn gedachten waren al ergens anders.

'O ja', zei hij plotseling. 'Er heeft iemand van de Dienst Vreemdelingenzaken gebeld. Een mevrouw, ze wilde Saskia spreken.'

'Wat heb je gezegd?'

'Ik heb haar nummer doorgegeven.'

'Hoe laat heeft die mevrouw gebeld?'

'Rond de middag.'

'Heb je het nummer van die mevrouw nog?'

'Ik denk het wel', zei Achilles.

De auto van Hakim stond op de oprit. Aan de overkant van de straat speelden twee jongetjes van een jaar of twaalf voetbal. Een trotse jonge moeder stond met haar baby op de arm te keuvelen met de buurvrouw. De straat zag er bijzonder vredig uit. Van In kon zich moeilijk voorstellen dat een dergelijk tafereel straks voltooid verleden tijd zou zijn. Hij stapte uit, stak een sigaret op, snoof de zomerse geur van gemaaid gras op voor hij een trek nam. Achilles zette plichtsgetrouw zijn pet op, wachtte geduldig tot de chef zijn sigaret had opgerookt.

'Vergeet niet wat ik je daarstraks gezegd heb, Achilles. Ik voer het woord, jij zegt niets.'

'Dat had ik zo begrepen, chef.'

Van In had hem eveneens op het hart gedrukt op geen enkele manier uitdrukking te geven aan zijn emotie. Speel gewoon de stoere flik en zwijg, Van In had het in de auto nog twee keer herhaald. Achilles zoog zijn borstkas vol met zuurstof, keurde zichzelf in een van de zijspiegels. Echt stoer zag hij er niet uit, meer als een bleek kostschoolventje.

'Ben je er klaar voor?'

'Uiteraard, chef.'

Hij liet de belachelijke pose vallen, liep met grote stappen naar de voordeur. Maar hij hoefde niet aan te bellen, Aisha had hen zien arriveren. Ze droeg een ruime, witte linnen jurk die zachtjes meedeinde op de tochtstroom tussen een openstaand raam en de voordeur. Haar verschijning deed Achilles' mond bijna openvallen, hij kon zich nog net op tijd beheersen, maar de gretige blik in zijn ogen kon hij niet meer corrigeren. Wat een wijf.

'Kom binnen. Hakim verwacht je.'

Ze volgden haar naar de tuin. Achilles was nog altijd diep onder de indruk, Van In keek naar haar kont omdat ze voor hem liep, terwijl hij aan compleet andere dingen dacht. Hij had Jan, de man van Saskia, op de hoogte gebracht van de verdwijning, hem zo goed mogelijk proberen te troosten en op het hoofd van zijn kinderen beloofd dat hij haar ongedeerd zou terugvinden. Het had niet veel geholpen, Jan was volledig door het lint gegaan. Van In had ten einde raad Slachtofferhulp gebeld en hem onder de hoede van een ervaren hulpverlener achtergelaten. Hij kon niet langer bij hem blijven, het was zijn taak Saskia op te sporen, maar het zag er allesbehalve goed uit, de kans op welslagen was gering.

'Eindelijk.'

Hakim begroette hem met een zucht, hij keek zorgelijk. Van In en Achilles namen plaats op een tuinstoel. Aisha ging op de rand van een ligbed zitten.

'Ik heb slecht nieuws, Pieter. Mijn directeur heeft beslist de surveillance van Chouchou op te geven. Gebrek aan mankracht en te weinig harde bewijzen. De federale politie had eerst toegezegd om die taak over te nemen, ze hebben op het laatste moment afgezegd om dezelfde redenen. Het spijt me echt.'

'Dat is inderdaad slecht nieuws', zei Van In. 'Maar het kan nog erger. We zijn Saskia kwijt.'

'Hoezo, Saskia kwijt?'

'Ze is spoorloos verdwenen tijdens een bewakingsopdracht. Ik vermoed dat ze ontvoerd is of...'

Van In durfde 'vermoord' niet uit te spreken. Dat hoefde ook niet, ze begrepen allebei wat hij bedoelde. Hakim keek verbijsterd, Aisha schudde haar hoofd.

'Weet je wel zeker dat...?'

'Ik ken Saskia. Volgens mij heeft ze iets ontdekt.'

'Ik kan het bijna niet geloven', zei Aisha. 'Wat zou ze ontdekt kunnen hebben?'

'Geen idee.'

'Iets over de bom?'

'Wie weet.'

Van In stak een sigaret op om twee redenen: hij was eraan verslaafd en hij wilde vermijden dat ze merkten dat hij zenuwachtig was. De rook dreef weg, ongrijpbaar als de daders. Aisha vroeg of ze iets wilden drinken, zij leek in ieder geval geen last van zenuwen te hebben. Ze stond op, liep statig en zelfverzekerd naar de keuken.

'Hoe was het in Antwerpen?'

'Antwerpen?'

'Je zei aan de telefoon dat je in Antwerpen met collega's overleg aan het plegen was.'

'Man, man, man. Sorry, maar ik ben er met mijn gedachten niet bij.'

Het was geen leugen en niemand kon hem zijn verstrooidheid kwalijk nemen. Hij was inderdaad vergeten wat hij aan de telefoon had gezegd. Achilles, die verdomd goed wist dat de chef niet in Antwerpen was geweest, speelde zijn rol voortreffelijk. Hij bleef stoer voor zich uit kijken tot hij in zijn ooghoek Aisha weer zag verschijnen met vier flesjes Omer en evenveel glazen. Ze schonk de glazen vol, bediende haar gasten met een glimlach die Achilles koude rillingen bezorgde. Van In nam een slok uit gewoonte, het smaakte niet.

'Heeft het overleg iets opgeleverd?'

'Ja en nee', zei Van In. 'Naar verluidt zou de Amerikaanse politie over apparatuur beschikken waarmee ze van een redelijk grote afstand heel kleine hoeveelheden radioactiviteit kunnen meten, het slechte nieuws is dat ze niet bereid zijn hun technologie met ons te delen.'

Hij had het bericht een paar weken geleden in een tijdschrift gelezen, het was de eerste smoes die hem te binnen schoot.

'Wat zeg je nu? Zoiets moet toch te regelen zijn.'

'De minister van Buitenlandse Zaken heeft beloofd dat hij zijn best zou doen.'

Waarom had hij in godsnaam geen eenvoudigere smoes kunnen bedenken? Straks nam Hakim contact op met de minister en stortte zijn verhaal als een kaartenhuisje in.

'Ik heb ondertussen nog iets anders ontdekt. De sluipschutter heet Brahim en hij logeert bij Chouchou. Kennen jullie hem?'

'Waarom zouden wij hem moeten kennen?'

'Geen idee, het was maar een vraag.'

Van In wierp een blik op zijn horloge: het was twintig over zeven. Opsporingsberichten werden onmiddellijk na het journaal uitgezonden, ze waren nog net op tijd.

'Mag ik de televisie aanzetten?'

'Ga je gang', zei Hakim.

Ze liepen naar binnen. Het logo van de federale politie kondigde het opsporingsbericht aan. Twee foto's verschenen op het scherm. Een van Brahim met baard en een zonder.

'Nog nooit gezien.'

Aisha had met een verbeten trek om haar mond zitten kijken en Van In zag duidelijk dat de foto's indruk op haar hadden gemaakt, maar een indruk was geen bewijs.

'Hebben de gijzelnemers ondertussen nog contact met jullie opgenomen?'

'Nee', zei Hakim. 'Anders hadden we dat toch gemeld?'

'Daar twijfel ik niet aan, maar ik verwacht dat ze het binnenkort zullen doen in verband met het opsporingsbericht.'

'Dat zou inderdaad kunnen', zei Aisha. 'Wat wil je dat ik hen wijsmaak?'

'Ik zou niet graag hebben dat je hun vertelt dat we het verband hebben gelegd tussen de man die bij Chouchou logeert en de huurmoordenaar.'

'Uiteraard', zei Hakim. 'Wanneer pakken we hem op?'

'Dat weet ik nog niet. Hij is ondertussen weer spoorloos verdwenen, maar we vinden hem wel. Saskia en Aisha's broer zijn voor het ogenblik prioritair, we staan machteloos zolang ze niet terecht zijn.'

'Dank je, Pieter.'

Er rolden tranen over haar wangen toen ze opstond, haar armen om hem heen sloeg en hem vol op de mond zoende. Achilles was jaloers, Hakim sprakeloos.

Hendrik was trots op het bedrijf dat hij vijf jaar geleden uit de grond had gestampt, een bedrijf waar niemand in had geloofd, laat staan geïnvesteerd, maar het was hem gelukt.

Heli H draaide al een hele tijd winst, zijn toestellen waren afbetaald en hij had een maand geleden een heerlijke cruise kunnen doen met zijn vrouw. Een mens hoefde niet rijk te zijn om gelukkig te worden, hoewel een klein beetje geld veel zorgen draaglijker kon maken. Hij liep over het beton waarop in het midden een omcirkelde H was geschilderd en keek naar het grote bord naast de grote hangar. HH: Heliport Hendrik. Daarna richtte hij zijn blik gewoontegetrouw naar de hemel, prevelde een dankwoord en zag dat het goed was. Zijn orderboek was gevuld tot in de late herfst, de weersvoorspelling voor de komende week was gunstig. Hendrik liep dromerig naar het huis dat hij eigenhandig had gebouwd en waarop hij net als op zijn bedrijf heel trots was. De zon zakte in een warme oranje gloed achter de horizon, krekels begonnen aan een monotone serenade.

'Het eten staat klaar', riep zijn vrouw uit de keuken.

Hendrik was een eenvoudige man gebleven, hij hield van een stevig glas bier en de kost waarmee hij was grootgebracht. Vanavond stond er een schelle van de zeuge met kroketten en witloof op het menu. Mmm. De tafel was gedekt, de geur van gebakken varkensvlees werkte op zijn smaakpapillen, hij ging zitten, schonk een trappist in, bracht het glas naar zijn lippen. Een harde klap deed hem achteromkijken. Was er iets gevallen? Hij zette zijn glas neer.

'Is er iets?'

Hij kreeg geen antwoord. Wat kon er in godsnaam gebeurd zijn. Was zijn vrouw onwel geworden? Hij sprong van zijn stoel, haastte zich naar de keuken. Zijn vrouw lag op de grond, ze keek hem angstig aan. Een gladgeschoren man met doordringende ogen en slanke handen hield een pistool op haar gericht.

'Er overkomt jullie niets als je precies doet wat ik zeg.'

Een Arabier, dacht Hendrik wanhopig. Hij was niet achterlijk, volgde het nieuws op de voet. Dit was geen ordinaire overval. Ze hadden een helikopter nodig en hij wist waarom.

'Ik zal doen wat u me vraagt, meneer. Maar laat mijn vrouw alstublieft met rust.'

Brahim knikte. Het zou een lange nacht worden, hij was blij dat hij zich niet al te veel zorgen hoefde te maken. De man was volgzaam, de vrouw zijn levensverzekering. Hij haalde twee paar handboeien uit de linnen zak die over zijn schouder ging, gooide ze op tafel.

'Maak jullie zelf vast aan de radiator.'

Hendrik hielp zijn vrouw overeind, deed wat de Arabier hem gevraagd had.

'Niet bang zijn, hij doet ons niets.'

Brahim liet het pistool zakken, liep naar het fornuis waar het varkensvlees in een pan lag te sudderen, haalde zijn neus op, zette het vuur uit, kiepte de inhoud in de vuilnisbak.

16

'Hoe ben je hier in godsnaam terechtgekomen?'
Saskia had zoals de meeste mensen gelezen over westerse meisjes die zich tot de islam lieten bekeren, ze had nooit begrepen wat hun bezielde. Mia was de dochter van een welgestelde Gentse zakenman, had ze verteld, een meer dan middelmatige student, geliefd bij haar vrienden en helemaal niet godsdienstig opgevoed. Als vrouw wist Saskia als geen ander hoe ver een meisje kon gaan om bij haar geliefde te zijn, zijn wensen te vervullen, hem te verafgoden en ze had uit de praktijk geleerd dat de vriendin van een loverboy bereid was tot het uiterste te gaan om haar vriend te behagen. Het betrof steevast meisjes met een zwak karakter die zich gemakkelijk lieten manipuleren of hun saaie luxeleven een zinvolle richting probeerden te geven door zich op het spirituele pad te begeven. Mia was een teruggetrokken type, de ideale prooi voor godsdienstfanaten die er heilig van overtuigd waren dat vrouwen zich aan hen moesten onderwerpen. Mia verkeerde duidelijk in een staat van verdwazing, Saskia vroeg zich af hoe ze die zou kunnen doorbreken.
'Dat heb ik toch al gezegd. Omdat ik van hem houd.'
'Hoe kun je van iemand houden die je als een slavin behandelt.'
'Dat ben ik niet', vloog ze uit. 'Omar houdt zielsveel van mij.'

'Krijg je soms slaag?'
Die vraag bracht haar in de war. Ze friemelde met haar vingers, sloeg haar ogen neer. Haar vader had zich ooit ontzettend druk gemaakt toen ze met een blauw oog was thuisgekomen en onder druk had toegegeven dat haar toenmalige vriend haar had afgetuigd omdat ze zonder hoofddoek met de postbode stond te praten.
'Vroeger wel, maar dat had ik toen verdiend.'
'Verdiend? Niemand verdient het om slaag te krijgen.'
'Omar heeft me nog nooit geslagen', ging ze in het verweer.
'Ik wil je best geloven, maar hoe lang ken je die kerel al?'
'Twee dagen.'
'Wat zeg je?'
'Ik ben uitverkoren opdat hij zijn taak beter zou kunnen vervullen.'
Saskia hield zich in omdat ze besefte dat haar aanpak niet de juiste was. Als ze het goed had, was Mia een goedkope hoer die de strijder op zijn wenken moest bedienen. Ze ging op de rand van het bed zitten. Ze moest hier koste wat het kost weg zien te komen. De vraag was hoe. Er zaten zo te zien stevige luiken voor het raam, de deur was aan de buitenkant vergrendeld en ze maakte weinig kans tegen een gespierde kerel als Omar. Kon ze iets als wapen gebruiken? In de kamer stonden twee stoelen, een tafel, een bed, een sofa, een chemisch toilet, een plastic fles met water, geen glazen. Hem bespringen en proberen te wurgen met haar beha was te gek voor woorden. Ze doorliep alle mogelijke manieren om te ontsnappen, geen enkele doorstond de toets, tot haar plotseling een weerzinwekkend idee te binnen viel. Ze wierp een blik op Mia, die met gebogen hoofd zat te mediteren. Het was nu of nooit. Ze probeerde haar verstand op nul te zetten, knoopte haar bloes los, begon op de deur te bonzen.

Het duurde een tijdje voor ze gestommel hoorde, het was te laat om nu nog van gedachte te veranderen. Grendels werden weggeschoven, de deur zwaaide open. Omar hield een pistool in zijn hand geklemd.

'Wat is er aan de hand?'

Saskia had een platte, gespierde buik en kleine volle borsten. Ze keek hem aan, likte haar bovenlip. Welke normale heteroseksuele man kon zo'n verleiding weerstaan? Haar negeren was hetzelfde als een koffer vol met geld laten staan. Omar kreeg een erectie nog voor hij haar goed had bekeken.

'Komt er nog iets van, schat?'

Ze haakte haar beha los, liet het niemendalletje achteloos op de grond vallen. Mia veerde op, haar onderlip zakte naar beneden, ze bekeek het tafereel als iemand die een dode zag verrijzen.

'Nee!'

De kreet ging door merg en been. Ze liep met gekromde vingers naar Saskia, klaar om de ogen van haar rivale uit te krabben, maar Omar was haar te vlug af. Hij zette een stap naar voren, haalde uit. Zijn vuist trof Mia vol in haar gezicht. Ze wankelde, zwijmelde met een bloedneus naar het bed.

'Kom.'

Omar pakte Saskia ruw bij de arm, trok haar naar buiten, vergrendelde de deur. Seks om de seks was een technische oefening. De man drong bij de vrouw binnen, ging op en neer tot hij klaarkwam, trok zijn penis terug en viel daarna meestal in slaap. Saskia probeerde zichzelf te troosten, terwijl hij haar de kleren van het lijf scheurde en haar daarna dwong op het vloerkleed te gaan liggen. Ze spreidde gewillig haar benen om de beproeving niet langer dan nodig te laten duren. Hij ging tekeer als een bezetene, ramde, kneep, krabde en kwijlde. Saskia deed haar ogen dicht, dacht aan

Jan terwijl ze zich afvroeg of ze wel de juiste beslissing had genomen.

Het zicht in de Vette Vispoort was beperkt door de mist die plotseling was opgekomen. Van In schuifelde langs de blinde muur, haalde de huissleutel uit zijn broekzak. Zijn hoofd zat vol muizenissen, hij voelde zich weer eens leeg en nutteloos. Hannelore begroette hem met een vluchtige zoen, liet haar hand over zijn rug glijden. Ze wist dat het niet veel zin had hem met troostende woorden op te peppen, hem een teken geven dat ze de verdwijning van Saskia even erg vond als hij was het enige wat ze kon doen.

'Er staat Omer koud', zei ze mechanisch. 'En er is steak tartaar met frieten.'

'Sorry, maar ik heb geen trek.'

'We kunnen ook later eten.'

'Je hoeft met mij geen rekening te houden, schat.'

'Dat weet ik, maar ik heb eerlijk gezegd ook niet veel trek.'

'Slapen de kinderen?'

Ze knikte. Hij liep naar de koelkast, pakte een flesje uit de deur. Het was een van die avonden dat hij zich beter kon bezatten, het ontbrak hem niet aan redenen om het te doen. Versavel was ten dode opgeschreven en wie weet zagen ze Saskia nooit meer levend terug.

'Je hebt wel hopelozer zaken tot een goed einde gebracht, Pieter. Soms ligt succes in een klein hoekje.'

'Doe geen moeite, Hanne. Ik weet echt niet meer wat te doen. De terroristen kunnen ieder moment toeslaan en we beschikken tot nu toe over geen enkele bruikbare aanwijzing. Om gek van te worden.'

Hij zette het glas aan zijn lippen, dronk het in één teug halfleeg. Omer was een krachtig bier, het zou niet lang duren voor de pijn minder schrijnend werd.

'Vertel me dan tenminste wat je wel weet.'
'Moet dat?'

Haar vader had de truc destijds toegepast toen ze nog studeerde en het op de vooravond van een belangrijk tentamen niet meer zag zitten. Vertel wat je weet, meid. Ze hoorde het hem nog zeggen. De eerste keer had ze negatief gereageerd zoals Van In, maar ze was later tot de conclusie gekomen dat de methode van haar vader werkte en ze meer wist dan ze had aangenomen.

'Wat hebben we anders te doen?'
'Oké. Waarmee zal ik beginnen?'
'De ontmoeting met Petrofski.'

Van In dronk zijn glas leeg, schopte zijn schoenen uit en trok zijn hemd uit. Het was geen gezicht, maar dat was het minste van zijn zorgen.

'Laten we in de tuin gaan zitten.'

Hannelore bediende zich van een glas witte wijn, haalde kussens uit het schuurtje om het hem zo comfortabel mogelijk te maken. Het deed haar denken aan hun eerste ontmoeting, toen ze voor de eerste keer hadden gezoend en zij zijn voeten had gemasseerd.

'Ik luister.'

Van In stak een sigaret op, haalde diep adem en stak van wal. Zij luisterde aandachtig. Hij bleef bijna een halfuur aan het woord.

'Zal ik nog een Omer voor je halen?'
'Graag.'

Ze liep op blote voeten naar de keuken, het contact met de kille vloertegels werkte als een tonicum tegen het lome gevoel dat haar had overvallen in de tuin, waar het ondanks de mist nog broeierig heet was. Mist verhult dingen die in normale omstandigheden zichtbaar zijn, dacht ze. Zat Van In wel op het goede spoor? Klopten de verklaringen van de anderen? Volgens de jezuïeten moest je alles ter discussie stellen en kritisch blijven, zelfs als iets vanzelfsprekend leek. Ze trok de deur van de koelkast open, pakte een flesje en nam de witte wijn mee naar buiten.

'De laatste woorden van Petrofski.'

'Wat is ermee?'

'Je vertelde net dat je niet alles hebt verstaan wat hij gezegd heeft, alleen "broer" en "gijzelaar".'

'Ja, en dan?'

'Hoeveel woorden ontbraken er, denk je?'

'Geen idee.'

'Kun je het nog terughalen?'

Van In nam een slok. Alcohol kon verhelderend werken als de dosis klopte. Twee Omers werkten meestal perfect. Hij concentreerde zich op de luttele seconden die aan de dood van Petrofski vooraf waren gegaan. Hij zag zichzelf weer zitten, de lippen van de Rus bewegen terwijl zijn ogen braken. De eerste twee woorden had hij niet verstaan, alleen de twee laatste.

'mmm... m... broer gijzelaar.'

'Weet je het zeker?'

'Niet echt.'

'Maar er ontbraken twee woorden?'

'Dat denk ik toch.'

'Het ene wat langer dan het andere?'

'Hanne, wil je alsjeblieft ophouden met mij het hoofd op hol te brengen.'

'Het was maar een idee, schat.'

Ze glimlachte, nam een slokje wijn. I rest my case, zei ze in gedachten omdat ze wist dat ze hem met een vraagstuk had opgezadeld en hij niet zou rusten voor hij de oplossing had gevonden.

'Je bent een vuile hoer, maar ik heb er wel enorm van genoten.'

Omar trok zijn broek op, ritste ze dicht. Saskia kwam kreunend overeind, probeerde haar gescheurde kleren zo goed en zo kwaad als het ging aan te trekken. Ze had pijn, voelde zich vernederd, had wroeging, was bang dat Jan er ooit achter zou komen, maar ze had niet al haar strijdlust verloren.

'Klein pietje, grote muil.'

De reactie bleef niet uit. Hij gooide haar woedend op de grond, stampte haar schuimbekkend verrot maar ze gaf geen krimp, het was haar verdiende loon. Toen hij er eindelijk mee ophield, krabbelde ze weer overeind, trok haar schouders naar achteren. Hij pakte haar ruw bij de arm, sleurde haar mee naar de kamer, ontgrendelde de deur en duwde haar naar binnen. Mia zat nog steeds op het bed, ze keek amper op toen Omar de deur met een klap dichtgooide en vergrendelde. Haar hart bloedde omdat hij haar laatste greintje trots had afgenomen.

'Hij vond me in ieder geval lekkerder dan jij.'

Saskia deed een poging om te grijnzen, het lukte niet zo goed. Haar hele lichaam schreeuwde van de pijn, maar wie weet maakte ze nu een kans om te ontsnappen. Alles hing van Mia af, die stil op het bed bleef zitten met haar blik op oneindig. Het meisje dat zich uitverkoren waande, probeerde de ontgoocheling te verbijten. Was ze dan zo slecht voor hem? Ze had alles gedaan om hem gelukkig te maken, te steunen bij de uitvoering van zijn heilige opdracht en hij dumpte haar voor een flik.

'Als ik jou was zou ik vertrekken, ik weet zeker dat hij je links zal laten liggen. Ik ben nu zijn favoriete. Heb je dat goed begrepen, Mia?'

Mia sloeg haar rood omrande ogen op, staarde naar haar concurrente als een cobra naar haar prooi, ze had ongetwijfeld aangevallen als ze over giftanden had beschikt.

'Je liegt, ik ben zijn favoriete', ze spuwde de woorden uit.
'Dat zien we nog wel.'
Saskia probeerde weer te glimlachen, ze mocht niet overhaast te werk gaan maar ook niet te lang dralen. Mia moest er klaar voor zijn als hij terugkwam. Bij Jan duurde het soms maar een kwartier voor hij een tweede erectie kreeg. Omar zou meer tijd nodig hebben, hij was twee keer klaargekomen, maar kon ze daarvan uitgaan, hij was nog jong en bijzonder hitsig.

'Het zal van jou afhangen, meid.'
'Wat bedoel je daarmee?'

Mia leek plotseling heel geïnteresseerd. Ze was bereid alles te doen om weer bij Omar in de gunst te komen. Het was haar taak hem te bevredigen, als het niet lukte zou ze zich de minachting van haar geloofsgenoten op de hals halen.

'Waarom zouden we elkaar beconcurreren, Mia? In zijn ogen ben ik een onreine hond.'
'Dat ben jij zeer zeker.'
'Exact, en wat doen jullie met onreine honden?'
'Afmaken.'
'Of laten lopen, Mia.'
'Dat kan ik niet doen.'
'Waarom niet?'
'Omdat ik dan zijn missie in gevaar breng.'

Saskia hoefde niet te vragen wat die missie inhield, ze mocht evenmin laten blijken dat ze wist wat ze van plan waren. Ze had zelfs de indruk dat Mia het niet wist. In dat geval kon ze van haar onwetendheid profiteren.

'Hoe kan ik een missie waarvan ik niets af weet in gevaar brengen?'
'Je zou onze schuilplaats kunnen verraden.'

Saskia vloekte binnensmonds. Mia was inderdaad niet van alles op de hoogte, maar ze wist wel dat Omar voortvluchtig was. Was al haar moeite dan vergeefs geweest? Ze probeerde zich te troosten met de gedachte dat hij haar hoe dan ook toch had verkracht. Het maakte eigenlijk niet uit of ze hem had uitgedaagd of niet.

'Dat hoef ik niet onmiddellijk te doen. Als Omar ontdekt dat ik er niet meer ben, zal hij niet wachten tot de politie hem komt oppakken. Je moet me vertrouwen, Mia. Als je me vrijlaat, wacht ik drie uur voor ik mijn collega's bel.'

Het was een flauw argument, maar ze wist niets beters te verzinnen, ze kon het Mia zelfs niet kwalijk nemen, niemand had haar geloofd. Toch gaf ze niet op. Ze bleef op Mia inpraten tot ze voetstappen hoorde.

De vrouw van Hendrik zette Brahim een bord dampende pasta voor en ketende zich daarna weer vast aan de radiator. De Arabier at gulzig, af en toe opkijkend van zijn bord. Het was ondertussen donker geworden, duizenden sterren bevestigden de gunstige weersvoorspelling: een heldere dag met maximumtemperaturen tot vierendertig graden.

'Hoe ziet uw planning voor morgen eruit?'

'Ik heb twee klanten in de ochtend.'

'En na de middag?'

'De vroegste komt om vier uur.'

'Als je liegt schiet ik je vrouw dood', zei Brahim met zijn mond nog vol.

'Ik lieg niet.'

'Het is je geraden.'

Brahim schonk een glas water in. Hij kon twee dingen doen: voor dag en dauw vertrekken of wachten tot de klanten van 's ochtends weg waren. Twee afspraken afzeggen was riskant en zou wie weet ook argwaan wekken, wat hij absoluut moest zien te vermijden. Het dreigingsniveau bleef op vier gehandhaafd, de ordediensten hadden de opdracht alle verdachte activiteiten te verifiëren en in te grijpen als een vermoeden gegrond bleek. Brahim kon met niemand overleg plegen, hij moest de beslissing zelf nemen omdat ze afgesproken hadden vierentwintig uur voor de missie geen contact meer met elkaar op te nemen. Hij leunde achterover op zijn stoel, keek tersluiks naar de man en de vrouw die bang zaten af te wachten. Het zou een heel oncomfortabele nacht voor hen worden als ze op de koude vloer bleven zitten. Het was bijgevolg niet uit medelijden maar uit praktische overwegingen dat hij besliste hen in de slaapkamer op te sluiten en aan het bed vast te ketenen. Een vermoeide piloot met stijve gewrichten vormde een risico dat de missie kon bedreigen.

Omar schoof de grendels weg, trok de deur open. Saskia kromp ineen. Hij kwam tergend langzaam naar haar toe, betastte haar borsten, stak zijn hand tussen haar dijen. Er lag een koortsige blik in zijn ogen, de blik van een psychopaat die op het punt staat zijn slachtoffer te vermoorden op de meest pijnlijke manier die hij heeft kunnen bedenken.
'Ik wil je horen smeken, teef.'
Hij greep haar bij de haren, trok haar hoofd naar achteren. Saskia keek hem recht in de ogen. Ze had niets meer te verliezen, het kon haar niet schelen wat hij haar aandeed.
'Ik ga nog liever met mijn grootvader naar bed dan met een kamelenneuker.'
Ze verwachtte een stomp in haar gezicht. Hij bleef echter merkwaardig rustig, lachte zijn tanden bloot. Weerspannige vrouwen prikkelden hem. Het zou haar zuur opbreken, want hij was van plan met volle teugen te genieten van wat hij haar straks zou aandoen. Pijn voor de hoer, genot voor hem. Hij zou haar breken tot ze smeekte om gedood te worden.

'Dan moet ik je nog even teleurstellen. Het feest begint pas na de maaltijd.'

Hij liet haar los, wendde zich tot Mia, die nog steeds op de rand van het bed zat. Het meisje durfde zich bijna niet te verroeren, zo bang was ze.

'Kom mee, ik heb honger.'

Ze stond op, volgde hem als een hond zijn meester. De deur klapte dicht, het werd stil in de kamer. Saskia haalde diep adem, liet haar longen langzaam leeglopen. Ze had uitstel gekregen, maar het ergste moest nog komen.

'Wat wil je eten, schat?'

Mia had een schort voorgebonden, ze hield haar handen gevouwen, het hoofd licht gebogen. Ze zag er rustig en onderdanig uit, in haar binnenste borrelde een vulkaan, maar ze was niet van plan haar pogingen om zijn liefde terug te winnen op te geven.

'Wat is er?'

'Kip en lamsvlees.'

'Ik neem ze allebei. En trek verdomme je kleren uit. Ik wil je kont zien.'

Hij voelde zich God, absolute macht uitoefenen over twee vrouwen had hem in een roes gebracht, maar hij wilde meer. Een toekomstige martelaar mocht zich immers alles permitteren. Het was de wil van Allah. Hij stond op, ontkurkte een fles maltwhisky, haalde een zakje coke uit de kast. Mia stond naakt aan het fornuis, ze had de kip in stukken gesneden en boter in de pan laten smelten. Er lagen nog tomaten in de koelkast en er waren voldoende rode pepers om een peloton soldaten heet te maken.

'Laat je zien, trut.'

Ze zette de pan op een laag pitje, liet zich aan hem zien, maar hij liet haar met rust. Zijn bovenlip zat onder het witte poeder, het peil in de fles was behoorlijk gezakt. De zweverige glimlach om zijn lippen voorspelde niet veel goeds, toch bleef ze hopen dat hij haar zou verkiezen boven die andere. Ze ging naast hem zitten, maar hij duwde haar weg, schopte haar na.

'Laat me nu met rust en kook, trut.'

De boter in de pan was aangebrand, het had niet veel gescheeld of de boel was in brand geschoten. Mia maakte alles weer schoon en begon opnieuw.

'Gaat het een beetje, schat?'

Hendrik pakte zijn vrouw vast met zijn vrije hand, gaf haar een zoen op de wang. De privacy maakte hun lot draaglijker, hoewel hij er niet aan durfde denken hoe het zou aflopen. De man die hen gegijzeld hield, was duidelijk afkomstig van Noord-Afrika en hij was niet met de beste bedoelingen bij hen binnengevallen. Hendrik mocht nooit de slimste van de klas geweest zijn, hij wist dat twee plus twee vier was. De kranten hadden vol gestaan over een dreigende terroristische aanslag met een vuile bom. Hij had niet lang hoeven na te denken om te weten waarom de man die bij hen was binnengevallen een helikopter nodig had. Hij had in de krant gelezen wat de gevolgen van zo'n aanslag zouden zijn, West-Vlaanderen zou herschapen worden in een dodelijke woestenij waar de komende decennia geen plaats meer zou zijn voor hun kinderen en kleinkinderen. Hendrik was geen dappere kerel, maar hij was ook niet laf.

'Voel eens, Rikje.'

'Wat moet ik voelen?'

'Pak mijn hand.'

'Een haarspeld.'

Hendrik was meer dan veertien uur per dag in de weer, als zijn dagtaak erop zat viel hij meestal op de bank in slaap terwijl zijn vrouw naar haar favoriete misdaadseries keek.

'Hiermee kunnen we onze handboeien losmaken.'
'Hoe weet je dat?'
'Gezien op de televisie.'
'Gezien, heb je het ooit geprobeerd?'
'Nee, maar dit is het moment om het te doen.'

Hendrik onderdrukte een zucht. Hij wilde haar niet teleurstellen en zeggen dat er een groot verschil bestond tussen iets zien doen en het zelf doen, maar waarom nog moeilijk doen, ze hadden toch geen alternatief.

'Lukt zoiets ook in het donker?'
'Een beetje licht zou waarschijnlijk helpen.'

Hendrik draaide zich op zijn zij, reikte met zijn vrije hand naar de schakelaar van het nachtlampje, knipte het aan en keek daarna gespannen toe hoe zijn vrouw met het puntje van de haarspeld aan het slot van de handboei begon te prutsen. Haar hand beefde een beetje en ze lag in een ongemakkelijke positie, maar ze was handig. Als het lukte, maakten ze kans om te ontsnappen aan de nachtmerrie.

'Zouden we niet beter gaan slapen, schat?'

Het was laat, ze hadden allebei gedronken en het werd tijd dat hij ophield met piekeren. Het probleem waarmee Hannelore hem had opgezadeld bleef om een oplossing schreeuwen maar wie weet bracht de nacht raad. Ze wierp een blik op de overvolle asbak, ruimde de tafel af, zette de lege flesjes Omer in de berging, de glazen op het aanrecht.

'Ga maar, ik kom zo.'
'Nee, Van In. Ik blijf beneden tot je meekomt.'

Hij stak een nieuwe sigaret op, zijn pakje was bijna leeg net als zijn hoofd. De laatste woorden van Petrofski bleven zich als een mantra herhalen. mmm... m... broer gijzelaar. Drie lettergrepen – één lettergreep – broer – gijzelaar.

'Ze had vanaf het begin kunnen vertellen dat ze een broer had', zei Hannelore.

'Wie?'
'Aisha.'
'Wie?'
'A-i-sha', herhaalde ze nadrukkelijk.

Het licht ging aan. Ze beseften allebei tegelijkertijd dat ze de helft van het probleem hadden opgelost. Waarom klonk de oplossing van een ingewikkeld probleem altijd zo poepsimpel? Aisha... m... broer gijzelaar. Wat had Petrofski hun nog duidelijk willen maken?

Minuten tikten voorbij, Van In stond op, liep naar de koelkast, pakte een flesje Omer en een nieuw glas. 'Is' was het meest voor de hand liggende ontbrekende woord met één lettergreep, gevolgd door 'de', 'een', 'van'...

'Aisha geen broer gijzelaar...'

Van In liet zijn glas bijna vallen, keek hoofdschuddend naar Hannelore. Waarom had zij en niet hij de oplossing gevonden? Waren vrouwen dan toch beter in dit soort dingen? Hij was er nog zo dichtbij geweest toen hij Saskia had gevraagd om in alle stilte na te trekken of Aisha een broer had, een poging die jammer genoeg geen resultaat had opgeleverd. De interpretatie van de laatste woorden van Petrofski hadden alles duidelijk gemaakt. Aisha had helemaal geen broer, Brahim was een ordinaire handlanger. Ze had het verhaal dat terroristen haar broer gegijzeld hielden uit haar duim gezogen om Hakim te overtuigen informatie over het onderzoek door te spelen en hen te misleiden. Het kon bijna niet anders of zij maakte ook deel uit van het complot.

Een krakende plank deed Brahim opschrikken. Hij was ingedommeld, lag met zijn hoofd op zijn arm. Huizen konden 's nachts tot leven komen. Krakend hout klonk verontrustend, maar het was zelden de moeite waard om ervoor op te staan. Brahim had geleerd niets of niemand te vertrouwen, geen enkel detail over het hoofd te zien. Hij pakte zijn pistool en liep de trap op.

Hendrik en zijn vrouw beseften dat het allemaal vergeefs was geweest toen ze hem hoorden komen. Brahim zag de lichtstreep onder de slaapkamerdeur. Waarom hadden ze het licht aangestoken? Hij gooide de deur open. De vrouw van Hendrik stond naast haar man met een haarspeld tussen haar vingers. Ze keek angstig alsof ze al wist wat haar te wachten stond. Hendrik schreeuwde: 'Niet doen!' Hij probeerde haar met zijn lichaam te beschermen, maar het was te laat, de kogel had de mond van het wapen verlaten, hij trof haar in de hartstreek. Ze riep nog iets onverstaanbaars voor ze neerviel, Hendrik rukte als een bezetene aan de handboei die hem machteloos maakte. Brahim liet zijn wapen zakken, kwam de kamer binnen. Hij leek kalm, de blik in zijn ogen was ijskoud.

'Help haar toch', schreeuwde Hendrik wanhopig.

Hij had evengoed kunnen vragen of Brahim hem wilde vrijlaten. De tijd stopte. Alles leek bevroren als op een foto die een eeuwigheid geleden was genomen. Hendrik hoorde alleen nog zijn vrouw onregelmatig ademen, een machine die af en toe bleef haperen. Hij probeerde haar aan te raken, zijn arm was te kort, zelfs met gestrekte vingers.

'Help haar alsjeblieft.'

Brahim keek star voor zich uit terwijl hij nadacht over hoe hij het probleem kon oplossen. De vrouw verzorgen was een nutteloze daad, haar aan haar lot overlaten zou Hendrik weerspannig kunnen maken. Hij moest de schijn ophouden en hem hoop geven, omdat hoop nu eenmaal deed leven. Hij legde zijn wapen op een stoel, liep naar de kant van het bed waar de vrouw lag, stak zijn armen onder haar oksels en sleepte haar de kamer uit. Ze kreunde, wat de illusie versterkte dat ze het zou halen, maar het bleef een illusie. Ze bezweek aan de schotwond, nog geen vijf minuten nadat Brahim haar in de logeerkamer had achtergelaten. Hij ging beneden aan de keukentafel zitten, dreunde verzen uit de Koran op in zijn hoofd, terwijl Hendrik lag te jammeren en voortdurend haar naam riep. Een uur later was het weer stil, hoewel geen van beide mannen sliep. Hendrik lag wezenloos naar het plafond te staren, Brahim doodde de resterende tijd met het bekijken van pornofilms op zijn iPhone.

'Je ziet eruit als een appel die te lang op de zolder heeft gelegen.'

Hannelore reageerde verbaasd. Zij had tenminste vier uur geslapen, Van In niet de helft en hij was een stuk ouder dan zij. Zag hij er dan zo goed uit? Als zij op een appel leek die te lang op de zolder had gelegen, zag hij er als een verdroogde bospaddenstoel uit. Van In wreef zijn ogen uit, constateerde dat zijn pakje sigaretten leeg was, hij ergerde zich niet wegens te vermoeiend. Hij zuchtte alleen.

'Wat ga je doen vandaag?'
'Een fuik zetten.'
'Sorry, ik begrijp je niet goed.'
'Een dikke vis proberen te vangen met een fuik.'
'Aisha?'
'Een magere vis dan.'
'Hoe ga je dat aanpakken?'
'Weet ik nog niet, en wil je me nu alsjeblieft met rust laten. Mijn hoofd staat op springen.'

Een paar Omers drinken was heilzaam, een halve krat achteroverslaan kon de gezondheid ernstig schaden. Hij nam een slok koffie, stond op, liet zijn badjas van zijn schouders glijden, liep poedelnaakt naar boven en nam een koude douche. Het hielp. Zijn hersens ontwaakten, de grijze cellen communiceerden weer met elkaar. Sommige mensen losten problemen op het toilet op, Van In kreeg de beste ideeën onder de douche.

'Ben jij nog dezelfde persoon als daarnet?'

Van In had zijn haar gekamd, zich geschoren, dagcrème op zijn gezicht aangebracht en kleren aan die hij alleen aantrok als hij voor een belangrijke gelegenheid in het openbaar moest verschijnen.

'Men zegt toch dat kleren de man maken?'

'Dat is waar, alleen jammer dat jij een selectief geheugen hebt.'

Ze lachten eindelijk weer eens. Het water van de douche leek een deel van zijn zorgen te hebben weggespoeld en zij was blij dat hij er netjes uitzag.

'Komt Achilles je ophalen?'

'Ik hoop het.'

'Doe hem de groeten en houd me op de hoogte.'

'Tot uw dienst, mevrouw de onderzoeksrechter.'

Ze kreeg een zoen en een speels kneepje in haar borsten. De zon scheen, mussen tjilpten in de tuin. Het had een mooie dag kunnen worden, die kans was echter bijzonder klein.

'Ga thee zetten in de keuken. Ik wil neuken.'

Omar had zijn roes uitgeslapen, Mia was geen duimbreed van zijn zijde geweken. Het was tegen haar zin, maar ze gehoorzaamde zonder morren.

Hij krabbelde overeind, liep naar de kamer waar Saskia opgesloten zat, ontgrendelde de deur. Zij zat op een stoel, wist wat haar te wachten stond, want ze had hem horen schreeuwen. Het kon haar minder schelen dan de eerste keer omdat hij haar niet meer dieper kon vernederen. Het ergste was dat haar plan mislukt was en ze vannacht was

gaan beseffen dat hij geen andere keuze had dan haar te doden als alles afgelopen was.
'We gaan eerst netjes douchen, de rest kun je waarschijnlijk raden.'
Mia serveerde de thee toen ze nog in de badkamer waren, daarna ging ze in de keuken zitten met de deur op een kier. Het zou pijn doen hen bezig te horen, maar ze zou er later spijt van hebben dat ze niet had meegeluisterd. De deur van de badkamer die openging was het eerste wat ze hoorde. Ze had hem blijkbaar voldoende opgewarmd onder de douche, want er was geen voorspel. Geklets van vlees op vlees, gore taal, dierlijk gekreun, een langgerekte schreeuw en uit. Mia herademde omdat het niet te lang had geduurd.

Aisha keek verrast op toen ze Van In voor de deur zag staan. Verrast dat hij zo vroeg kwam aanbellen en ook een beetje vanwege zijn kledij. De verraste blik maakte gauw plaats voor bezorgdheid toen ze hoorde dat hij niet voor Hakim kwam.
'Wat kan ik voor je doen?'
'Ik kom je zeggen dat je je vandaag waarschijnlijk op slecht nieuws moet voorbereiden, Aisha.'
'Slecht nieuws?'
Ze keek de straat in, hij was blijkbaar alleen gekomen. Er zat niemand in de Audi die voor de deur stond geparkeerd en er liepen geen mensen op straat die ze niet kende.
'Mag ik binnenkomen?'
'Uiteraard.'
'Is Hakim nog thuis?'
'Nee, hij is vijf minuten geleden vertrokken.'
Het was een overbodige vraag omdat Van In hem had zien wegrijden toen hij samen met Achilles in een zijstraat had postgevat.

'Mag ik weten welk slecht nieuws je komt melden, Pieter?'

Er lag een pistool in de slaapkamer en een in een la in de woonkamer, beide wapens waren geladen en gebruiksklaar. Ze zag hem in gedachten naar zijn pistool grijpen, maar ze wist dat ze sneller was dan hij. Niemand zou de kans krijgen de missie in gevaar te brengen.

'Ik heb net een bericht van de Staatsveiligheid gekregen, ze zijn erin geslaagd de verblijfplaats van de terroristen die je broer gegijzeld houden te lokaliseren.'

'Waar is hij?'

'Sorry, maar dat mag ik je niet vertellen.'

'Is dat het slechte nieuws?'

'Nee, maar je moet er rekening mee houden dat je je broer waarschijnlijk niet meer levend terugziet. De speciale interventie-eenheid die de actie zal uitvoeren heeft het uitdrukkelijke bevel gekregen geen enkel risico te nemen en te schieten om te doden, omdat ze ervan uitgaan dat de terroristen zich niet zonder slag of stoot zullen overgeven. De kans bestaat dat je broer het niet zal overleven.'

'Dat begrijp ik.'

'Ik wilde het je niet over de telefoon vertellen en wilde dat je vooraf zou weten wat je broer zou kunnen overkomen, de ervaring leert dat de shock dan minder groot is.'

Ze probeerde een triest gezicht op te zetten, dacht ondertussen razendsnel na. Het had geen zin hem te bellen, hij zou niet opnemen omdat ze het zo hadden afgesproken. Er zat niets anders op dan Van In zo snel mogelijk naar buiten te werken, in haar auto te springen en Brahim persoonlijk te waarschuwen. Wie weet was ze al te laat, het helikopterverhuurbedrijf van Hendrik lag op een uurtje rijden van Brugge.

'In ieder geval bedankt', zei ze met een gebroken stem.

Hij legde zijn hand op haar tengere schouder, de aanraking leek sterk op een judaskus. Hij keek haar meewarig aan.
'Ik zal je laten. Bel gerust als je hulp nodig hebt.'
Hij zette een stap naar achteren. Ze hield hem tegen, vroeg of ze nog iets mocht vragen.
'Het mag eigenlijk ook niet, maar ik zeg het toch omdat het uiteindelijk geen rol speelt.' Hij wierp een blik op zijn horloge. Het was tien over halfnegen. 'Ze vertrekken over anderhalf uur, de bestorming zal waarschijnlijk in de loop van de middag plaatsvinden.'

Het water voor de thee kookte bijna. Mia had pannenkoeken gebakken en dadels en yoghurt klaargezet. Ze dekte de tafel, wiegde met haar heupen toen ze terug naar de keuken liep. Omar keek amper op, hij was druk bezig met zijn tablet. Ze passeerde opnieuw met de kopjes en een thermoskan heet water, dit keer gaapte haar bloes verleidelijk, ze boog zich voorover.
'Vind jij me niet lekker meer?'
Hij sloeg zijn ogen op, wierp een blik in haar decolleté, gromde iets onverstaanbaars, richtte zijn aandacht weer op de tablet. Hij vond haar lichaam natuurlijk nog lekker, maar hij had een voorkeur voor weerspannige vrouwen die hij zijn wil kon opleggen. Mia was een slavin die klakkeloos bevelen uitvoerde, gewillige vrouwen verveelden hem gauw, maar hij wilde haar niet al te zeer bruuskeren zolang ze hem niet te veel op de zenuwen werkte, want in geval van nood was ze inderdaad best lekker.
'We hebben nu geen tijd meer', zei hij met een vluchtige glimlach. 'De missie wordt binnenkort uitgevoerd, we kunnen hier niet langer blijven. Nog even geduld.'
'Wat is binnenkort?'
'Dat weet ik niet exact. We zien wel als het zover is', antwoordde hij korzelig.

'Dan hebben we toch nog tijd om...'

Omar haalde onverwacht uit, zijn hand striemde haar wang. Ze wankelde, probeerde steun te vinden aan de leuning van een stoel. Hij trapte haar na, de neus van zijn schoen boorde zich tussen haar ribben, perste de lucht uit haar longen.

'Je moet leren luisteren en zwijgen, dom schaap. Pak je koffers. We vertrekken over een uur.'

Mia had haar lesje geleerd, ze vroeg niet wat hij met Saskia van plan was omdat hij geen andere keuze had dan haar te doden. Tenzij hij haar meenam als zijn ultieme speeltje.

Tien voor negen. Brahim ijsbeerde door de woonkamer. De ontsnappingspoging had roet in het eten gegooid. Hendrik mocht er niet achter komen dat zijn vrouw dood was, hoe langer hij wachtte om te vertrekken hoe groter de argwaan zou worden. Hij nam een beslissing, liep de trap op, gooide de slaapkamerdeur open. Hendrik lag op zijn zij, hij leek te slapen.

'Wakker worden.'

'Ik ben wakker. Waar is mijn vrouw?'

'In de logeerkamer.'

'Ik wil haar zien.'

'Dat gaat niet.'

'Waarom niet?'

'Ze heeft veel bloed verloren.'

'Dan heeft ze dringend verzorging nodig.'

'Inderdaad', knikte Brahim. 'Hoe sneller wij klaar zijn, hoe sneller je haar kunt laten verzorgen.'

Hendrik had zich graag vastgeklampt aan de strohalm die hij kreeg aangereikt, hij wist dat de dood van een geliefde moeilijk te aanvaarden was. Zo had het twee volle dagen geduurd voor hij geloofde dat zijn moeder echt dood was, zelfs het koude voorhoofd dat hij meermaals had gezoend in het mortuarium had hem er niet helemaal van kunnen overtuigen dat ze er niet meer was.

'Wat moet ik doen?'

'Naar de haven van Zeebrugge vliegen, me op een afgesproken plek afzetten en daarna terugkeren.'

'Om wat te doen?'

'Ik wil het terrein verkennen.'

Dacht die kerel nu werkelijk dat hij geloofwaardig klonk? Hendrik was gewend om met mensen om te gaan, hij had de meest waanzinnige smoezen moeten aanhoren, de uitleg van de Arabier scoorde één op een schaal van tien. Toch ging hij er niet op in. Hij dacht aan zijn vrouw die hen had proberen te redden en aan de toekomst die in rook was opgegaan. Er welden tranen in zijn ogen op, herinneringen aan vroeger knepen hem de keel dicht. Hij wierp een blik op de ingelijste huwelijksfoto die tegen de muur hing, boog daarna lichtjes het hoofd opdat de terrorist de blik in zijn ogen niet zou opvangen.

Aisha stapte in haar wagen nog geen twee minuten nadat Van In de deur was uitgegaan. Een buurvrouw zag haar wegrijden. Van In was juist naast Achilles in de Audi gestapt en klapte het portier dicht.

'Ze is erin getrapt', siste hij.

Aisha reed de stad uit, nam de autosnelweg in de richting van Oostende. Achilles kweet zich uitstekend van zijn taak, hoewel hij niet opgeleid was om auto's te schaduwen. Hij zorgde ervoor dat er zich steeds twee of drie wagens tussen hem en die van de verdachte bevonden. Van In had ondertussen contact opgenomen met de bevelhebber van de speciale interventie-eenheid in Gent. Hij wist dat het minstens een uur zou duren voor de elitetroepen assistentie konden

verlenen en dat zij waarschijnlijk zelf de kastanjes uit het vuur zouden moeten halen, maar het was een geruststelling dat er hulp op komst was. Aisha reed gelukkig niet te snel, ze respecteerde de snelheidsbeperkingen, haalde niet roekeloos in omdat ze geen politiecontrole wilde riskeren.
'Heb je voldoende benzine?'
'Ik denk het wel.'
De tank was nog zo goed als vol en een lange rit zat er waarschijnlijk niet in. Het verbaasde Van In dat ze haar kompanen niet telefonisch had gewaarschuwd. Het kon bijna niet anders of ze had het vermoeden dat ze verdacht werd en dat haar telefoon werd afgeluisterd of de communicatiestop hoorde bij de veiligheidsprocedure. Wat er ook van zij, het zou niet lang meer duren voor ze erachter kwamen waar de terroristen zich schuilhielden.
'Volgens mij rijdt ze naar de Franse grens', zei Achilles toen ze in Jabbeke naar links afbogen.
'Of naar het land van kabouter Boem.'
Het was niet echt het geschikte moment om een grapje te maken. Plopsaland lag aan de Franse grens, het zou er straks heel druk zijn. Een bomaanslag in het pretpark zou catastrofale gevolgen hebben omdat bijna alle bezoekers kinderen waren.
'Laat zoiets alsjeblieft niet gebeuren.'
Van In knikte. Het leven van een kind woog inderdaad zwaarder dan dat van een volwassene. Hij dacht onwillekeurig aan Guido en aan Saskia.

Saskia wilde niet langer leven. Ze zat op de rand van het bed met haar hoofd tussen haar knieën. Wie kon ze nog onder ogen komen? De schaafwonden op haar billen, de pijn tussen haar dijen, haar geplette tepels, het stelde niets voor in vergelijking met de pijn in haar hoofd. Waar had ze in godsnaam het idee gehaald om hem te verleiden? Om haar vege lijf te redden? Seks voor een kans op vrijheid omdat hij haar anders toch had verkracht. De dood lonkte als een vertrouwde vriend, iemand die haar in bescherming wilde nemen. Ze keek naar de badjas van Mia die over de leuning van de stoel hing, zocht naar een plek waar ze de ceintuur kon vastmaken. Patrick Haemers, een notoire crimineel, die zich aan een radiator in de gevangenis had verhangen, had bewezen dat het mogelijk was. Ze stond op, haalde de ceintuur uit de badjas, maakte een strop. Ze had gelukkig geen groot hoofd en een slanke hals. Ze bewoog zonder nog langer na te denken, legde de strop om haar hals, ging op haar hurken zitten, maakte het andere uiteinde van de ceintuur vast aan de bovenkant van de radiator, liet zich met haar rug tegen de muur naar beneden glijden tot de geïmproviseerde strop strak ging staan en haar de adem afsnoerde. Het was nog alleen een kwestie van doorzetten. De pijn ebde weg, maakte plaats voor een onbestemd gevoel van rust omdat ze nu zeker wist dat niemand haar nog kon deren.

De bom zat in een loden huls om de straling af te schermen. Het kostte Hendrik al zijn spierkracht om het zware ding in de helikopter te sleuren. Hij stelde geen vragen omdat hij wist wat hij aan het doen was. Brahim keek scherp toe met het pistool in de vuist. Hendrik had gemerkt dat hij een klein plastic doosje in zijn broekzak had gestoken dat sterk op de afstandsbediening van een garagedeur leek. Het was duidelijk wat de terrorist van plan was. Zeebrugge was het kloppende hart van de regio, de straling zou niet alleen mensenlevens kosten, de West-Vlaamse economie zou compleet ontwricht worden en in heel Europa zou paniek zijn, maar wat kon het hem eigenlijk nog schelen, zijn vrouw was dood, zijn leven kapot. Hij stapte in, werkte de controleprocedure af en zette de motor aan. Brahim stapte pas in toen de rotor aan het draaien was.

'Ik neem aan dat je de weg kent', schreeuwde hij boven het geluid van de motor uit.

Hendrik knikte, reikte hem een helm met ingebouwde microfoon aan, niet zozeer om met hem te praten tijdens de vlucht, het hoorde gewoon bij de procedure.

Van In zag hen opstijgen net voor Aisha het bedrijfsterrein opreed, het was duidelijk wat ze van plan waren, maar wat moest hij doen? De luchtmachtbasis van Koksijde lag hier vlakbij, het zou amper een paar minuten duren voor een legerhelikopter de achtervolging kon inzetten, maar het was onmogelijk hen nog in te halen, en zelfs als ze daarin zouden slagen, konden ze niets ondernemen. Zelfs een gevechtsvliegtuig had het tij niet meer kunnen keren. Van In dacht wanhopig aan Hannelore en aan de kinderen. Ze moesten zo snel en zo ver mogelijk weg zien weg te komen voor de bom ontplofte en ze aan de straling werden blootgesteld.

'Bel Hannelore en zeg haar wat er aan de hand is.'

Van In was niet echt een sportieve kerel, maar de snelheid waarmee hij uit de auto sprong had menigeen die hem kende de wenkbrauwen doen fronsen. Zelfs Achilles stond versteld van het spurtje dat hij trok. Aisha kreeg niet de kans om te keren en te ontsnappen. Van In schoot een van haar banden lek, een andere kogel verbrijzelde de voorruit. Ze raakte een leeg olievat, verloor de macht over het stuur en de auto belandde met een klap in het zwembad dat Hendrik voor de verjaardag van zijn vrouw had laten aanleggen. Van In deed geen moeite om haar te hulp te gaan omdat ze ongedeerd was gebleven en nog in staat zich door de verbrijzelde voorruit naar buiten te wringen.

'Besef je wat je hebt aangericht?'

Van In pakte haar ruw bij de schouder, trok haar armen naar achteren en legde haar de handboeien om. Ze verzette zich niet, omdat Achilles, die er ondertussen bij was komen staan haar onder schot hield.

'Jullie verdienen allemaal te sterven.'

'Hakim ook?'

'Hakim zeker. Alle christenhonden verdienen het te sterven.'

De haat die in haar ogen brandde, was beangstigend. Hoe kon een godsdienst die gestoeld was op goedheid en medelijden dergelijke fanatieke monsters creëren? Heel wat mensen lazen in de krant dingen die er niet stonden, maar de Koran was geen krant, imams en schriftgeleerden deden al eeuwen hun best de teksten op een correcte manier te verklaren en door te geven aan de gelovigen, het was niet hun schuld dat ze bij sommigen geen gehoor kregen. Homo homini lupus, er veranderde nooit wat.

'Zo'n goede moslima was je ook niet', zei Van In. 'Of mogen jullie nu plotseling wel varkensvlees eten en alcohol drinken?'

De blik in haar ogen veranderde van hatelijk in moorddadig. Ze probeerde zich los te rukken, maar Van In hield haar in een ijzeren greep.

'Allah laat zoiets toe als het een middel is om de ongelovigen te misleiden.'

'En dat is je ook niet gelukt.'

'Toch wel', krijste ze. 'Niemand kan Brahim nog stoppen.'

Ze had gelijk. Van In besefte dat hij een pyrrusoverwinning had behaald. Niemand was nog in staat de helikopter terug te halen, het ding uit de lucht schieten was evenmin een optie, hij had het enige gedaan wat nog kon: alarm slaan en hopen dat de bom niet al te veel mensenlevens zou kosten.

Had de ceintuur het begeven? Haar billen raakten de vloer, een hand trok de knoop los. Saskia hapte naar adem, het donkere waas voor haar ogen trok weg, ze begon amechtig te hoesten.

'Haast je.'

Mia hielp haar overeind, ondersteunde haar tot aan de deur. Omar zat op het toilet, waar hij waarschijnlijk nog een tijdje zou doorbrengen. Het laxeermiddel dat ze in het apothekerskastje had gevonden en in zijn thee had gemengd werkte perfect.

'Dank je.'

Saskia keek niet achterom, ze strompelde naar buiten, dacht alleen nog aan ontkomen uit de hel waar ze achtenveertig uur had vastgezeten. Haar keel deed pijn en ze voelde zich een beetje duizelig maar ze vertraagde niet. Integendeel. De pas herwonnen vrijheid gaf haar vleugels. Ze begon te rennen zonder te weten waar ze was. Een zandweg tussen twee weiden waarop koeien graasden, een eindje verderop reed een auto voorbij. Ze schreeuwde terwijl ze bleef rennen tot haar longen protesteerden en ze even moest uitblazen. Een angstige blik over haar schouder. De hel lag ver achter haar. Ze keek om zich heen. Er kwam weer een auto aangereden. Dit keer ging ze midden op de weg staan, stak haar armen in de lucht.

'Hoe lang nog?'

Brahim hield de piloot onder schot. Ze waren tien minuten geleden opgestegen en vlogen op driehonderd meter hoogte. De gigantische portaalkranen, de strekdammen en een paar grote schepen waren al goed zichtbaar, de nog af te leggen afstand was voor een leek echter moeilijk in te schatten.

'Acht minuten.'

Brahim had hem bevolen de radio uit te zetten en de kortst mogelijke koers uit te zetten. Het monotone geronk van de motoren klonk als het gezoem van een zwerm horzels, het leidde de finale in van een macabere symfonie. De mensen op de begane grond beseften nog niet wat hun boven het hoofd hing, maar dat zou niet lang meer duren. Zeven minuten om precies te zijn.

'Waar ga je de bom eruit gooien?'

'Zwijg en vlieg.'

De bom lag bij de schuifdeur in de passagiersruimte achter hen. Brahim had hem de te volgen werkwijze toegelicht tijdens de korte vlucht. Hij moest een bijna-landing maken boven de polder, waar Brahim de bom op een geringe hoogte uit de cabine zou gooien en pas tot ontploffing zou brengen als ze weer voldoende hoogte hadden gewonnen. Na de explosie moest hij de terrorist een eindje verderop afzetten op de plek waar een klaarstaande auto hem zou oppikken. De lafaard had zelfs het lef niet om zichzelf op te blazen.

Van In nam plaats op de achterbank naast Aisha. Achilles zat achter het stuur. De radio stond aan. Het zou niet lang meer duren voor de normale uitzending werd onderbroken voor een extra journaal, maar ze konden nu al merken dat het verkeer in de richting van de Franse grens gevoelig was toegenomen.

'Hebben jullie ook een hel?'

'Wat zeg je?'

'Of jullie ook een hel hebben?'

'Waarom vraag je dat?'

'Omdat ik zeker weet dat je er ooit terechtkomt', zei Van In bitter.

Het waren nutteloze woorden. Alle mogelijkheden om een ramp te vermijden waren uitgeput, de kwade krachten hadden hun slag binnengehaald. Van In had in zijn leven nog nooit overwogen iemand in koelen bloede dood te schieten, de verleiding om haar vrij te laten en daarna neer te schieten met het excuus dat ze had geprobeerd te ontsnappen groeide met de minuut. Niemand zou het hem kwalijk nemen als hij zijn voornemen uitvoerde.

'Wil je even stoppen, Achilles?'
'Wat ga je doen?'
'Dat zie je straks.'
Van In liet haar uitstappen, maakte haar handboeien los.

'Je vliegt te laag', snauwde Brahim.

De helikopter naderde Zeebrugge langs de kust over de zee, ze konden de nevel van het schuim van de golven bijna voelen.

'Dat heb je toch gevraagd.'
'Het is nog te vroeg.'
'Oké.'

Hendrik legde zijn hand om de stuurknuppel, duwde hem bruusk naar voren in plaats van naar achteren, waardoor Brahim met zijn hoofd tegen het glas van de cockpit werd gekatapulteerd.

'Je had je veiligheidsgordel om moeten doen, vriend.'

Hendrik bleef grijnzen tot de neus van het toestel met een harde, doffe klap het water raakte en de rotorbladen nutteloos door de golven ploegden. Hij gooide de deur open, sprong in het water, zwom van de helikopter weg en bleef een eindje verderop watertrappelen tot het ding als een baksteen naar de dieperik zonk.

'Niet doen, commissaris.'

Van In stond met een gekromde vinger om de trekker op het punt Aisha koelbloedig af te maken. Achilles reikte hem zijn mobieltje aan. Het was Hannelore met het nieuws dat de helikopter in zee was neergestort en de bom niet ontploft was.

'Waarom heb je eigenlijk niet zelf opgenomen?' vroeg ze.

Ze had eerst Van In gebeld en pas daarna Achilles, van wie ze gelukkig het nummer bewaard had.

'Ik was met iets bezig.'

'Heb je haar kunnen oppakken?'

'Ja', zei hij gelaten. 'Het kreng staat naast me. We zien elkaar straks. Heb je nog iets van Saskia gehoord?'

Saskia kreeg het nieuws mee in de auto van de man die haar een lift had gegeven. Ze hoorde dat de piloot ongedeerd was gebleven, dat Brahim verdronken was en een elite-eenheid van de federale politie Omar als een hond had doodgeschoten. Het deed haar niet zo veel. Ze vroeg zich alleen af of ze nog ooit de oude zou worden.

Van Pieter Aspe
zijn bij dezelfde uitgever verschenen:

Het vierkant van de wraak
De Midasmoorden
De kinderen van Chronos
De vierde gestalte
Het Dreyse-incident
Blauw bloed
Dood tij
Zoenoffer
Vagevuur
De vijfde macht
Onder valse vlag
Pandora
13
Tango
Onvoltooid verleden
Casino
Ontmaskerd
Zonder spijt
Alibi
Rebus
Op drift
De zevende kamer
Bankroet
Misleid
De cel
De vijand

Erewoord
Postscriptum
Solo
Eiland
Min 1
Het laatste bevel
Het janussyndroom
(Pijn)³
Zonder voorschrift
Het oor van Malchus

———

De oxymorontheorie

———

Grof wild
De Japanse tuin